天坑追匪

天下霸唱 著

天津出版传媒集团
天津人民出版社

图书在版编目（CIP）数据

天坑追匪 / 天下霸唱著 . — 天津 : 天津人民出版社, 2018.11
ISBN 978-7-201-14173-2

Ⅰ . ①天… Ⅱ . ①天… Ⅲ . ①长篇小说 – 中国 – 当代
Ⅳ . ① I247.5

中国版本图书馆 CIP 数据核字 (2018) 第 227756 号

天坑追匪

TIAN KENG ZHUI FEI

出　　版　天津人民出版社
出 版 人　黄　沛
地　　址　天津市和平区西康路 35 号康岳大厦
邮政编码　300051
邮购电话　（022）23332469
网　　址　http://www.tjrmcbs.com
电子邮箱　tjrmcbs@126.com

责任编辑　刘子伯
装帧设计　原　色　孙晓萌　赵　芮

制版印刷　三河市华润印刷有限公司
经　　销　新华书店
开　　本　710×1000 毫米　1/16
印　　张　17
字　　数　209 千字
版次印次　2018 年 11 月第 1 版　2018 年 11 月第 1 次印刷
定　　价　45.00 元

目 录

第一章　带血的钞票

1

20 世纪 80 年代，我听过很多人讲过“带血的钞票”这件事，版本众多，说法不一，主线却差不多，都是讲两个朋友——某甲和某乙，合伙到外地做生意。当时改革开放不久，有生意头脑的人并不多，做买卖的只要肯吃苦，大多可以赚到钱，就算在市场卖服装练摊儿，弄好了一天也能挣个千儿八百。这俩人起早贪黑，从年头忙到年尾，老话说天道酬勤，再加上二人运气不错，临近年关一拢账，钱是真没少挣。等到回家的时候，二人把辛苦一年赚来的钞票全装在一个提包里，准备回到家二一添作五一人分一半。不料某甲见财起意，不想跟某乙平分这笔钱，于是在路上找个偏僻所在，乘某乙不备将其杀害，又残忍地将尸体大卸八块，分别掩埋到各处，然后拎着提包，独自踏上归途。途中一晚，某甲住到一家小旅店里，关上房门数钱，本以为这件事做得神不知鬼不觉，前前后后天衣无缝，却发现某乙的鲜血流进了提包。那一提包钞票都是十元面值的，当时最大的面值就是十元，俗称“大团结”，正面青灰色，图案是工农兵和全国各族人民，背面粉红色，图案是天安门城楼，所有这些钞票都被鲜血浸透了，洗不掉又舍不得扔。某甲望着带血的钞票，心里头七上八下，脊梁背上一阵阵发冷。随后这一路都不太平，接二连三发生了不少怪事。等某甲回到家中，无意当中一照镜子，居然看到全身是血的某乙站在他背后死死地盯着他。原来是某乙死后阴魂不散，一路跟到家中……

一般讲到这个地方，听者基本上已经听得入神了，正是又惧怕又想接着听的时候，讲述者突然抬高嗓门儿，做出厉鬼掐人脖子的动作，能把人吓一大跳，屡试不爽。据传还真有人因为听这个故事，被吓得心脏骤停致死，也许这就是所谓的“人吓人，吓死人”。

“带血的钞票”来源于真实事件，报纸上有过新闻报道。当时有很多人到广州进货，蛤蟆镜、喇叭裤、港衫、旅游鞋、双卡录音机、流行歌曲磁带之类的，带回来绝不用发愁销路，不少个体户坐火车往返做生意，从南方进货到北方赚钱，进货时全都是现金交易。那时候银行储蓄所没有现在这么方便，无法实现通存通兑，更没有什么借记卡、信用卡之类，出门在外都是带现金，有人怕丢，就在内裤上缝个口袋，把钱装在里面。个体户去外地进货，怎么说也得带个几千块钱，只能用报纸包好，放到提包里拎着，走路时包不离身，睡觉时拿包当枕头。当时有两个合伙做这种买卖的人，赚了一大笔钱，其中一个图财把合伙人杀了，分尸藏匿之后，独自带上侵吞的钞票从广州回家。此人并非惯犯，作案之后难免做贼心虚，整天提心吊胆，总以为有鬼跟着自己，最后承受不住心理压力，到公安机关自首了。此事成了老百姓茶余饭后的谈资，一传十十传百，越传越玄乎，从个体户发家致富的反面典型，变成了一个专门吓唬人的段子。其实这个故事还说明一个道理，几个人一起做事，本来都约定好了，但结果有人偏偏不按规矩出牌，这样的人纵然一时占了便宜，将来也得倒霉。用句老话说，就是“天理昭昭，报应不爽”。

我第一次听这段“带血的钞票”，还是听我表哥讲的。表哥这个人，我不止一次说过他，上学的时候除了学习不好什么都好，长大了除了不会挣钱什么都会。之所以提起这个话头，是想说以前一到放暑假的时候，表哥就带我一起玩，他是我们那一片的孩子王，在众多小孩、半大小孩中一呼百应，别人不会玩的他会，别人不敢玩的他敢，上野地里逮蛇、下臭河沟子摸鱼、做弹弓子打家雀儿、占茅坑蹲老头，连猴屁股也得多把手，简直淘出了圈儿。

那阵子他经常带我去一个姓赵的老头家里玩，据说这个老爷子挺厉害，周围相识的人都尊称他“赵工”。我和表哥也跟着这么称呼，而不像寻常那样叫“大爷”。在那个年代，成年人彼此互称“同志”，“先生”这个词几乎被废止了，一般的尊称是“师傅”，“老师”这个称谓还特指学校教员。称谓中带个“工”字，大多指工程师或高级知识分子，能够被这样称呼的人少之又少，比“师傅”高出好几十个档次。听大人们说过，赵工当年曾在海外留学，20世纪50年代初拍过电影、当过导演，“文革”时戴了帽子、挨批斗，又被下放到新疆的戈壁荒滩上进行劳动改造，受了不少苦，遭了不少罪。可以说那一代人经历过的坎坷挫折，他一次也没落下，七灾八难全赶上了。很难想象经历了那么多苦难，还能有赵工这样的心气儿，活得有滋有味。

按当时的话来说，赵工是个非常“洋气”的人。为什么这么说呢？

首先他不同于别的老大爷，整天捧着大茶缸子，抓上一把花茶，茶缸内壁上全是黄澄澄的茶垢。赵工几乎不喝茶，他习惯喝咖啡。其次赵工总是一副高级知识分子的派头，满头银发总是梳得一丝不乱，经常穿背带裤、白衬衫，皮鞋擦得锃亮，上衣兜里永远插着一支派克钢笔，海泡石烟斗从不离手，时不时抽上两口，言谈举止间透出一股睿智。我当时还在上小学，好奇心特别强，看见什么都想尝试。表哥经常哼唱一首歌，歌词大意是“美酒加咖啡，我只要喝一杯”，这更激发了我对咖啡的遐想。有一次我趁赵工不注意，偷偷喝了一口他杯子里的咖啡，结果大失所望，差点吐回杯子里。那个味道跟鸟屎一样，怪不得叫“鸟窝咖啡”，实在想不明白这洋玩意儿有什么好喝的！

表哥也偷喝过赵工的咖啡，他和我一样，打小享受不了咖啡，不仅是速溶三合一咖啡，再好的咖啡也不能接受，但这并不妨碍我们隔三岔五去赵工家里玩，而赵工也对我们这两个充满好奇心的捣蛋鬼格外亲切。因为赵工总有机会出国，家里边有各种各样从国外带回来的巧克力，这在国内很难见到，他每次都会拿出来招待我们。跟咖啡的鸟屎味比起来，甜腻的巧克力简直让我们着迷。赵工家里另有一处与众不同的地方，就是柜子里摆放了许多从国外带回来的小玩意儿，像个微型博物馆，像什么法国的埃菲尔铁塔、德国的骑士雕像、美国的自由女神像都有，让我和表哥大开眼界。最让我们惊奇的是一组俄罗斯套娃，一共十个比例相同、大小不一的木头娃娃，装到一起可以变成一个。赵工说它叫“玛特罗什卡”。套娃的外观十分精致，可能收藏了很多年，上面五颜六色的漆皮已经有些褪色。赵工家的墙上还挂了一个相框，装嵌着一只不走字的苏联手表，从来也不让任何人碰。不过最吸引我和表哥的，还是他口中神奇的故事。赵工肚子里的奇闻异事非常多，比电台的评书联播还吸引人。表哥一样爱听赵工讲故事，隔三岔五就缠着赵工讲一段。他曾跟我说过，如果学校里的老师讲课也这么精彩，他就不逃学了。

有一次表哥想让赵工讲讲以前当导演拍电影的故事。赵工却告诉我们他从没当过导演，此事说来话长，大部分人不知道内情，因此以讹传讹。这跟看电影、小说、连环画一样，越是说来话长，我们就越想一探究竟。经不住我们几次三番的纠缠，赵工就跟我们说了这个故事：事实上在 20 世纪 50 年代初期，1954 年 8 月前后，他跟随一支来自苏联的摄影队，进入大兴安岭的深山老林为一部纪录片拍摄素材，其间有过一段离奇无比的遭遇。

2

当年日本关东军侵占中国东北，为了防御苏联方面的进攻，布置了数十万精锐部队严阵以待，并在边境线上修筑了绵延数百公里的防线，每一段防线都设有要塞，首尾呼应，互为犄角，无异于铜墙铁壁。那是牺牲了无数中国和朝鲜劳工筑成的战争机器，号称“难攻不落的东方马其诺防线”，其军事功能和建筑规模实际上已远超法国在其东北边境地区构筑的马奇诺防线。完工之后为了保守秘密，关东军残忍地将劳工全部处决，相关资料也销毁殆尽，留下许多至今无法解开的谜团。

关东军要塞东起吉林珲春五家山，西至内蒙古海拉尔，大多以山脉、丘陵为依托，控扼开阔的平原，处在茂密的山林中，其隐蔽程度即使白天走到附近也难以发现。要塞由山底挖掘，完全以钢筋混凝土构筑，最坚固的地方水泥层厚达数米，分为地上和地下两部分设施，地上有战斗掩体以及明碉暗堡，地下有各种军事设施，指挥部、粮秣库、弹药库、升降梯、飞机场、观测点、反击口、发电所一应俱全，甚至配备了炊事室、兵舍、卫生间、浴室。要塞内部的通道纵横交错，分布犹如蛛网，其复杂程度超乎想象，连当年的关东军都无人走遍。不了解其内部结构的人，进去容易，再想出来就难了。除此之外，还有一些专门储存战备物资的“秘密仓库”，具体位置只有高级军官才知道。

从 1945 年开始，日军在太平洋战场上节节败退，战线也大幅收缩，拿东北老百姓的话来说：“大日本帝国不行了，小小的了。”同年 8 月 9 日 0 时，在德国法西斯宣告失败三个月之后，百万苏联红军机械化部队如同滚滚而来的钢铁洪流，兵分三路，一路取道满洲里，越过大兴安岭，另一路从东面突破，进入东北中部平原，第三路强渡黑龙江，剑锋直指哈尔滨，同时从多个方向对日本关东军发起猛攻，以摧枯拉朽之势向前推进，将盘踞在东北的日军分割包围，逐一加以歼灭，但在攻打几处关东军重点防御的要塞时，遭到了顽强抵抗。关东军利用其坚固的地上和地下防御工事负隅顽抗、死守不降。

苏联红军动用了大量坦克、火箭炮之类的重型武器和飞机，同日军展开持续血战。从凌晨开始实施空袭，万炮齐发轰平了一座又一座山头，炸弹跟不要钱似的一股脑儿往下扔，地面工事大部分被摧毁，只有部分地下要塞得以保全，很多日军还没见到苏联红军长什么样，就被铺天盖地的炮弹震死在了要塞中。大部分日军并不相信，或者说不愿相信他们的天皇已经宣布无条件投降这个事实，抱着同归于尽的“玉碎信念”死守，因此这场仗一直打到 8 月 26 日，红军才彻底攻占了整条防线。此时距第二次世界大战正式宣告结束，已经整整过去了 11 天。从此之后，这座要塞被世人称为“二战终结地”。

1954 年 8 月，抗美援朝战场上的硝烟刚刚散尽，中苏关系还非常密切，苏方决定在中国边境的黑龙江沿线为一部纪录片实地拍摄素材，用以记录苏联红军为了消灭法西斯曾在此浴血奋战的光辉事迹。片中很重要的一个部分，是那些遗留在深山老林中的关东军要塞。

赵工生于东北一户商人家庭，20世纪40年代留学海外，在新中国宣告成立之后，他和一大批爱国知识分子一起满怀热情地返回祖国，因为精通俄语、英语，上级把他派到当时的东北电影制片厂翻版组从事翻译工作。从新中国第一部译制片《普通一兵》开始，他参与翻译了多部译制片，后来由于工作需要，又调到电影厂厂部当了一名干事。在电影厂的大院里，赵工度过了一段非常难忘的时光。有一天，老厂长将他叫到办公室，告诉他有一个莫斯科电影制片厂的摄制组，一行三人来到中国，准备去当年的关东军要塞拍摄纪录片，让他全程担任翻译，同时也是中方工作小组的负责人。老厂长命令赵工务必做好三件事：一是全力配合摄制组，圆满完成拍摄任务；二是关东军要塞位于深山老林，随时会有豺狼虎豹出没，再加上路滑山险，一定得多加小心，要保证摄制组全体人员的安全；三是要有大局意识，不该说的别说，不该问的也别问，不能让老大哥挑出毛病来。老厂长最后拍着赵工的肩膀强调："小赵同志，这是一次艰巨的政治任务，组织上高度重视，所以一定不能出现任何纰漏。"赵工连连点头道："请老厂长放心，保证完成任务。"

第二天一大早，摄影队的人就到齐了。整个小组一共有六名成员，中苏各有三人，苏方是大胡子导演格罗莫夫、摄影师契卡、年轻的女助理娜佳。导演格罗莫夫是个胖老头，一脸横丝儿肉，挺着个大肚子，其实也没多老，但那边的人显老，四十出头就秃顶了，据说以前参加过卫国战争，因为拍摄战地纪录片立功，得到过象征苏维埃最高荣誉的列宁勋章，还和斯大林同志握过手。赵工见到他的时候，他穿着一身蓝色双排扣开领的列宁装，胸前的口袋别着一支钢笔，时不时拿出来炫耀一番。据他自己说，这是苏联最高领导人赠送的。这个人总是对身边的人呼来喝去，一副趾高气扬、神气活现的派头。他背了一支俄国产的双管猎枪，说是防备土匪，实则是听说大兴安岭多有飞禽走兽，想在路上打猎解馋。总体来说，导演格罗莫夫就是个傲慢自大的人，但是口才极好，说话头头是道，净拣冠冕堂皇的讲。大高个儿契卡是个三十岁上下的摄影师，一米九几的身高，大长胳臂大长腿，皮肤看上去粗粝而苍白，眼神迷迷离离，穿着一件棕色皮夹克，敞着怀，头戴碎格纹鸭舌帽，为人木讷冷漠，话也不多，顿顿饭离不开烈酒，有时不吃饭也在喝伏特加，不知是不是常年酗酒的缘故，身上总是散发出一种说不清道不明的浓郁体味，使旁人不得不跟他保持一定的距离。他背着一个苏式行军背包，硕大的帆布背包外侧有两个插袋，袋盖边缘由褐色皮革包边，里面塞得鼓鼓囊囊，不知道装了什么东西。他有个优点是非常善于服从命令，导演让干什么他就干什么，从来也不多问。只有一头金发的娜佳年轻开朗，非常和善可亲，一身苏制猎装，皮带束腰，脚穿长皮靴，显得身材既修长又丰满。娜佳明显与另外两个人不同，她身上有一种青春的魔力，淡蓝色的眼睛温柔似水、清澈透明，初次见面，就给人留下了纯真、热情的印象。

中方这边也是三个人，干事赵工中等个头儿，长得浓眉大眼，分头剪得整整齐齐，蓝色卡其布军便装浆洗得很干净，脚下穿着一双温州皮鞋，擦得干干净净，负责此次拍摄任务的翻译工作。别看他是个留过洋的大知识分子，可是说话敞亮，办事麻利。警卫员小陈名叫陈为民，个头不高，敦敦实实，小圆乎脸儿，老家在山东，说话一嘴的山东口音，当过两年兵，但没上过战场，自以为是个老兵，其实就是个新兵蛋子。小陈主要负责摄影队的保卫工作，穿草绿色平纹粗布军装，双钩领系得严严实实，纽扣被刻意刷了一层绿漆，有利于隐蔽，挎着一支苏制PPS-43冲锋枪。看得出他非常珍爱这支枪，没事就从兜里掏出块干布，从头到尾擦拭一遍。枪身被擦得闪闪发亮，一点轻微的指痕都没有。

除此之外，还有个熟悉地形的向导，此人一身洗到发白的旧军装，脚底下穿一双解放鞋，身板结实，宽肩阔背，走路呼呼带风，说话高门大嗓，脸部轮廓明显，鼻梁挺直，一双细长的眼睛炯炯有神，两边的腮帮子很凸出，在部队里战友们就叫他“大腮帮子”，这个外号一直带到林场，真名反而被人忽略。很多人以为他是朝鲜族，其实并不是。他是个参加过抗日战争、东北剿匪、解放战争、抗美援朝的老兵，如此资历，脱下军装后却回到山里当了个普普通通的猎人。说到这片人迹罕至的深山老林，没有第二个人比他更熟悉，他当向导是再合适不过了。他不仅带了一柄猎叉探路，更有一支从不离身的柯尔特手枪。这种手枪曾是美军装备的第一支半自动手枪，可以装七发子弹，在二战时期被各国军队广泛使用，此时仍是公安部队的标配。可以说这个人浑身上下都有一种看不透、说不明的气质。

纪录片摄影队的任务十分简单，只是到老爷岭猛虎山要塞拍摄关东军和苏联红军交战的废墟，虽然那一带山高林密、多有野兽出没，但是有大腮帮子作为向导带路，手里还有武器，倒不至于遇到什么危险。对于他来说，钻山入林是家常便饭，这趟任务不过是带众人进山走一趟，是个相对轻松的差事。

出发之前，中方几人相互熟悉了一下，大腮帮子唠嗑时喜欢蹲着抽手卷烟。他身经百战，一肚子深山老林里的故事，和知识分子赵工搭班子，可谓“一文一武、相得益彰”，两个人在一块儿取长补短，关系处得不错，大有相见恨晚之意。不过大腮帮子并不喜欢苏联人，当年苏联红军的确打跑了关外的日本鬼子，可到最后扒铁路、拆工厂，趁火打劫把能抢的东西全抢走了。他们经常干损人利己的事不说，损人不利己的事也没少干，但是这些话他不敢明说。他当兵多年，知道上级安排的任务不能不执行，只是心里多多少少有些不痛快，寻思着早去早回，尽快把差事应付了。赵工看得出来，大腮帮子对对方的成见很深，甚至可以说怀有敌意，但都刚刚认识，他也不便多问。经历过战乱年代的人，谁还没点秘密？大腮帮子不愿意像小陈那样称呼赵工为赵干事，他行伍出身又是山中猎人，可没那么文气，就直接叫“老赵”，他说这才显得近乎。其实赵工那时候还很年轻，比小陈大不了几岁，就稀里糊涂成了“老赵”。

六个人组成的摄影队到齐之后，赵工为大家互相做了介绍，各自带上行李背包，即刻乘车出发前往老爷岭。当时谁也没想到，一场惊心动魄的历险就从这里开始了！

3

摄影队进山之后弃车而行，走入了无边无际的莽莽林海。此时已是夏末，大山里刚发过洪水，腐烂的枯枝败叶形同淤泥，走上去一步一陷，发出扑哧扑哧的声音，跋涉十分艰难。大腮帮子告诉其余五个人深山里原本有一条通往关东军要塞的公路，连接着多处地堡群，沿路设有多处火力点，两侧林中更是遍布地雷，目的是阻挡小股步兵渗透进来破坏公路。当年小日本鬼子修的这条公路挺扛造，路基至今完好，但是这几年经过暴雨山洪的反复冲击，再加上无人保管看护，路面被流失的泥土埋得严严实实，早已看不出任何痕迹。而且为了防备红军轰炸，公路走势蜿蜒曲折，直线距离两三公里的路程，绕上十几公里也到不了。由于摄影队是徒步行进，携带的补给有限，但俗话说，“计划赶不上变化”，山里情况复杂，万一临时出现变故延误行程，众人吃喝住用都是问题。所以大腮帮子才想带队翻山越岭，走一条只有山中猎人才找得到的近路，尽管陡峭崎岖，但可以在两天之内抵达老爷岭猛虎山要塞。只是这条近路走起来并不轻松，有的地方可能千百年来没人走过，如果没有向导，一旦走迷了路，十天半个月也走不出来，要是一不小心碰上被枯枝树叶遮蔽的沟壑，陷下去无人救援，冻死、饿死也不出奇。赵工他们当然不能擅自做主，跟导演格罗莫夫说明了情况。不过格罗莫夫并不反对，而且饶有兴趣，指手画脚叽哩哇啦说一大通。他带着猎枪有备而来，巴不得尽快步行进山，顺路打些野味解馋。

老爷岭猛虎山真是山连山，岭连岭，绵延不绝的山岭重重叠叠，一路上尽是遮天蔽日的原始森林，林梢穿破天际，人行其中，仰不见天，只有一缕缕耀眼的阳光穿透了茂密枝叶投射下来，借此才可以辨别昼夜。走了没多久，赵工就晕头转向，分不出东南西北了，完全没有继续欣赏美景的闲情逸致了。周围也没什么可瞧的，各处景致几乎完全一样，走了半天也似在原地踏步，加上跋涉艰难、语言不通，众人一路上的交流并不多，一个个闷着头跟在大腮帮子身后往前走，只有格罗莫夫莫名地地兴奋，双手举着猎枪，边走边四下搜寻，遇到点风吹草动就提枪追过去，一点也不吝惜体力。他的那支双管猎枪一次可以装两发霰弹，打猎非常方便。有几次看到山鸡野兔，格罗莫夫抬手就是一枪，可是从未命中。大腮帮子看在眼中，从鼻子里哼了一声，显然不敢恭维这位老大哥的枪法。东北是块宝地，天上飞的、地下走的、水里游的，应有尽有。打猎也有诸多讲究，有句话叫“飞打嘴，站打腿，上打脊梁下打腿，瞄准脑袋打得美”，一看这导演就没打过猎，装什么大瓣儿蒜？

赵工对大腮帮子这个人十分好奇，他听警卫员小陈说过，大腮帮子退伍前是个排长，在部队里当了十多年的兵。此人浑身是胆、屡立奇功，可是身上的毛病也不少，烟不离口、枪不离身，整天叼着呛人的土烟，闻不惯的人隔老远能呛一跟斗。部队的师首长不是没说过他，可是大腮帮子依旧我行我素，谁都拿他没辙。一来他不耽误执行任务，冲锋陷阵没含糊过，也从来没误过正事，不时还立个功什么的；二来他资历老，师首长刚当兵的时候，就是他这个排长带的兵，人家当上师长了，他还是个排长，师首长也只能对他睁一只眼闭一只眼。他抽的土烟，就是东北人常说的"喇叭筒"或"蛤蟆头"，黑土地上种的旱烟叶子味道醇厚，用纸条卷成喇叭状，放在舌头尖上舔一舔黏好，开口处拧成纸捻，如若卷得不好，抽都抽不上火。大腮帮子从一早出发时点上，一支接着一支地续，动作娴熟，再没见他划过第二根火柴。挎在腰上的美制柯尔特手枪从不关保险，就那么直不愣愣地插着，也不怕一不留神走了火，举手投足一身的匪气。看人的眼神之中，总透着一种说不清道不明的东西，张嘴闭嘴全是黑话，赵工听得懵腾转向，怎么看大腮帮子都不像个多次立过战功的老兵。

据警卫员小陈说，大腮帮子可不是一般人，部队里知道他事迹的人不少，都说他是个百发百中的神枪手，那支柯尔特手枪在参军之前就有，谁也说不清楚是打哪儿得来的。此人特别能打仗，参加过抗联。后来东北民主联军追剿土匪时期，由于他熟悉土匪的活动方式、藏匿办法，对土匪"猫冬"的落脚地点也了如指掌，又会说东北土匪的黑话，甚至多次扮成土匪，闯入匪巢里应外合，让他盯上的土匪头子，没有一个跑得了。在小陈这个新兵蛋子的眼中，大腮帮子就是一个充满了传奇色彩的战斗英雄。这样一个身经百战、出生入死的军人，能够全须全尾儿活下来，本身就是个奇迹，怎能不让人佩服?

赵工听小陈这么一说心里更糊涂了，如果实际情况如此，部队最讲究资历，一个参加过抗日战争、解放战争、东北剿匪、抗美援朝，在战场上出生入死十几年的“战斗英雄”，即使没当上师首长，最起码也该是个团级干部，怎么仅仅是个排长？赵工一问小陈才知道，大腮帮子身上存在“历史问题”。有人说他参军之前可能当过土匪，否则不可能对土匪的行动和黑话一清二楚，又有一身的土匪习气。尽管大腮帮子打仗是把好手，却无组织无纪律，想干什么就干什么，对看不顺眼的人张口就骂、抬手就打。按照领导讲话，做人做事不讲政治，这是一个大是大非的问题。虽然大腮帮子坚称自己从没当过土匪，也确实没人见他当过土匪，不仅如此，他还在剿匪战斗中屡立奇功，不过这个问题没有历史证人，这么多年一直没结论，从抗美援朝的前线下来之后，他就脱下军装回山当了猎人。

由于大腮帮子开口闭口全是“黑话”，赵工耳濡目染多多少少也跟着学了几句，他实在按捺不住心中的疑惑，就在私底下问：“大腮帮子同志，你怎么会说这么多土匪的黑话？”大腮帮子轻描淡写地告诉老赵：“那能是爹娘教的吗？跟绺子里大当家的教的呗！”赵工之前听大腮帮子说过，“绺子”指土匪团伙，“大当家的”就是匪首，他好悬没让这句话噎个半死，再也不敢往下问了。他怕大腮帮子承认当过土匪，真是那样的话，回去以后报告上级不是，不报告上级也不是，搁心里又不踏实，还不如不知道呢。大腮帮子倒是个敞亮人，见赵工欲言又止，就说：“老赵，有啥话就直说，憋在肚子里得劲儿吗？”赵工尴尬地咳嗽了一声，不敢再接这个话头，低下头继续赶路。

大腮帮子见赵工不接话茬儿，也没再多说什么。几个人继续往前走，过了一会儿，赵工走到娜佳身边，两人并肩而行，用俄语你一句我一句地聊了起来。娜佳告诉赵工，她是苏联电影学院导演系的毕业生，格罗莫夫是她们的代课老师。毕业后她分配到莫斯科电影制片厂，成了老师的助手。赵工与她聊得投缘，就问她："你这么漂亮，为什么没当演员？"这句话不仅是询问，也是赵工对她的由衷称赞。一谈到电影，赵工可就有的说了。不过感觉娜佳却似在保守什么秘密，并不愿意涉及这个话题，赵工只得悻悻作罢。

山里天黑得早，众人刚走近一条山沟，日头就要落山了。大腮帮子对赵工说："前头这个地方叫'挑灶沟'，距离日军要塞已经不远了，咱们今天夜里就在这儿对付一宿，明天一早再出发翻越老爷岭。"

赵工把这些话翻译给苏联老大哥，助理娜佳听得不解，问赵工"挑灶沟"是什么意思？这一下还真把赵工问住了，这三个字分开都能解释，合起来却说不通。为什么会有如此古怪的地名？此时被娜佳一问，赵工不知道该如何解释，只好去问大腮帮子，"挑灶沟"的地名是怎么个由来，有没有什么讲头。

大腮帮子说这地方深山野岭，以前也没个具体地名。后来关东军为了消灭抗联、加强统治制造无人区，把周围几个屯子的人全部赶到这个地方集中居住，在当时称之为"归大屯"。没有老百姓乐意背井离乡，但是拗不过小日本，反抗的统统活埋，为了保住性命，乐意不乐意都得去，只能用独轮车把家当搬到指定的地方。到了地方一看，除了荒山野岭就是当地人叫"塔头甸子"的沼泽地，房子连个影儿都没有。当时天寒地冻的，如果不想点儿办法，那就得活活冻死。被撵到这里的老百姓无奈，只好在山坡上挖个大方坑，坑里支起木头、苫上茅草，当房子住，勉勉强强地遮风挡雨。大屯四周已经垒起了围墙、碉堡，挖了几丈宽的壕沟，修了吊桥，吊桥后面有伪满军警把守，如果住在大屯里的人胆敢无故走出半步，让小鼻子瞅见二话不说就枪毙。老百姓没办法，只能在这里生活，可山沟里水不行，水里连条鱼都没有，倘若喝多了，还会要人命。一开始大家并不知道喝了沟里的水会得病，有的孩子跟着家大人迁到这里，就长成了大脑袋、小短腿的侏儒，又陆陆续续死了一些人，才知道这个水喝不得。可是没有水喝一样活不了，屯子里的老百姓为了活命，不得不动手挖河引水，费了两年多力气才成功。水倒是有了，可是荒山野岭种不出庄稼，干粮不够吃，连糠也见不到，很多时候要靠野菜充饥。孩子饿得打耗子吃，大姑娘穷得没裤子穿，一年四季就一件补了又补的大布衫罩在身上，人哪里禁得住这么折腾？没过几年，整个“归大屯”的人都死得差不多了，活人也快活不下去了，谁还顾得上死人？死尸就丢在河边，横七竖八排了一大片，全让野狗啃了，东北土话管一家人死绝户了叫“挑灶”，这个大屯里的人全死光了，因此得了“挑灶沟”的地名。

赵工听得骇然，大致给娜佳翻译了一遍，娜佳听完也吃了一惊，不再说话了。大胆帮子带摄影队又往山沟深处走了一程，果然有个荒无人烟的屯子。东北话“屯子”就是村子的意思。赵工一想到挑灶沟里的人家全死绝户了，又没人安葬，抛尸荒野，走到附近便觉得有些可怕，脖子根儿发凉，心窝子发虚，腿肚子转筋。经过这么多年，挑灶沟中的屯子已然破败不堪，仅余断壁残垣，没有半座完整的屋舍，各处长满了山花和蒿草，低垂的暮色中，不时传来两声野鸟的怪叫，令人毛骨悚然。

4

一行人决定在屯子里过夜，按计划明天翻过大山，到老爷岭猛虎山要塞拍摄纪录片，如果一切顺利，最多两天就能完成拍摄任务，然后再从原路返回。小分队六个人各怀心事，大胆帮子想尽快完成任务回去，警卫员小陈和别人话不多，却总追着大腮帮子问东问西。有时把大腮帮子问烦了就厉声呵斥他，他倒也不怕，一个劲儿呵呵傻笑，似乎吃准了大腮帮子外冷内热的脾气。三个苏联队员经常聚集在一处小声商量着什么，又不想让赵工听见。赵工也能理解，远在异国他乡，本国人小团体说些自己的话题倒也正常。赵工属于文职人员，几乎不参加野外工作，此次进山拍摄纪录片虽艰苦，却不在乎路途远近，巴不得可以在山里多走几天，因为这一路之上，除了大腮帮子之外，他跟娜佳聊得也很投机，几乎被这个金发碧眼的外国女人迷住了，一想到她那甜美的笑容、春风一般的柔情，胸口就像揣了个小兔子一样怦怦乱跳，浑身发热，眼中的小火苗子噌噌往外蹿。大腮帮子是在土匪窝里当过卧底的人，目光比刀子还锐利，什么风吹草动也逃不过他的注意，一眼就看出了苗头不对。他也不愿意拐弯抹角，直截了当地提醒赵工："我的同志哥，你可把持住了，大好前途等着你呢，千万不能犯错误。"

赵工被大腮帮子看破了心思，不由得脸上一红，赶紧打岔说："这个景象可够荒凉的，'几处败垣围故井，向来一一是人家'，看着就让人心里发冷！"大腮帮子被他这么一岔也走神了，似乎被触动了心事，若有所思地说："可不咋地……"他没再往下说，只是使劲儿嘬了一口喇叭筒，陷入了长久的沉默。

挑灶沟房倒屋塌，找不出一座完整的屋舍，众人在背风处寻了一堵比较坚固的夯土墙，选定在此搭帐篷过夜。大伙儿一齐动手捡拾柴火、搭上帐篷、锅灶，开始准备晚餐。只有导演格罗莫夫什么都不干，一边摆弄着手里的猎枪，一边躁动地在营地周围走来走去，似乎在犹豫要不要到附近的林子打点野味。

说话这时候天也黑透了，漫天星斗挂在天上。赵工担心导演格罗莫夫天黑迷路，劝他不要往远处走。格罗莫夫多少还有点自知之明，不想自讨没趣，于是就坡下驴放弃了深夜打猎的念头，坐在帐篷边哼着小曲等待开饭。由于山里刚下过雨，小陈和赵工拾来的柴火有些潮湿，半天点不着火，反复灭了几次，腾起阵阵浓烟，呛得他们两个人睁不开眼。大腮帮子见状掏出一把匕首，在身后的土墙里抠出几块干木头，用匕首削成薄木片，又从手枪弹匣里退出两发子弹，拧开子弹壳，将里面的火药撒在木片上，撮成一小堆，再把湿柴围在四周搭成斗笠形，划火柴点燃火药，很快烘干木柴，燃起了篝火。赵工眼见大腮帮子这套取木头点火的动作利索无比，不由得很是佩服，对着熊熊烈火感叹道："百无一用是书生！"大腮帮子瞥了他一眼，嘿嘿一笑："老赵你可不能这么说，我这都是大老粗的土法子，没啥可嘚瑟的，你们知识分子才是干大事的人。剿匪那阵子，炮管子都摸不准的洋学生照样是咱首长，那革命道理讲起来一套一套的，战前动员真能说得你心服口服，外加个佩服。"

天黑下来之后，山里的气温急剧下降，众人围坐在篝火前取暖。大高个儿契卡是一个不折不扣的酒懵子，他的行军背囊上挂着六个行军水壶，里头装满了伏特加烈酒，穿山越岭时叮咣乱响，也不嫌沉。他不仅吃饭的时候喝，走路的时候也喝。还没等吃饭，他就先干了一整壶伏特加，喝得脸红脖子粗。此人平时沉默寡言，喝多了之后却在那自言自语、喋喋不休，说的话颠三倒四、前言不搭后语。赵工也听不明白他在嘟囔什么，从没见过这么喝酒的，喝成这样不耽误事吗？他还发现契卡有个奇怪的习惯，经常喝一口烈酒，舔一下袖口，看了半天也没琢磨明白是个什么意思。大腮帮子早就心知肚明，对赵工说："那是你不知道，那圪垯啥也没有，整点红菜汤，来块硬得跟石头似的大列巴，这就是一顿饭。吃饭也邋遢，不讲究，菜汤子都粘袄袖子上了，有时候馋酒了又没下酒的东西，那咋整呢？舔一舔袄袖子上的油泥儿，那也能整一口，真不嫌埋汰！”

大腮帮子是打心底看不惯契卡，赵工却觉得有些不对劲儿，他也知道俄国人有喝烈酒舔袖子的习俗，但那是沙皇统治下忍饥挨饿的劳苦大众，契卡身为莫斯科电影制片厂的摄影师，是意气风发的社会主义建设者，不可能不懂吃饭的礼仪，为什么会是这样一个喝一口酒舔一下袖子的酒懵子？这几年赵工看了不少苏联电影，怎么看都觉得契卡和自己心目中的苏联年轻人不一样，更像个乡下的农夫，而且还是旧社会的农夫。

当天夜里，众人围坐在火堆旁一同吃晚饭，说是“一同”，实际上是各吃各的。摄制组有特供的食物，其实也是中方提供的，按专家级别待遇，不仅有面包、香肠、罐头，还有昂贵的鱼子酱，以及味道美得让人心醉的葡萄酒，五花八门摆了一地。导演格罗莫夫甩开腮帮子一通胡吃海塞，一手搂着助理娜佳，一手抱着酒瓶子连喝带唱，如同在庆祝节日一般。契卡似乎喝惯了烈酒，对葡萄酒不感兴趣，仍是自顾自喝着伏特加，目光呆滞眼神儿发直，冷不丁吱哇乱叫两声，也不怎么吃东西。向导大腮帮子和警卫员小陈、翻译赵工三个人一声不响地坐在旁边，端着水壶啃干粮。赵工隔着篝火远远看见格罗莫夫搂着娜佳，心里挺不是滋味。娜佳正巧也看了赵工一眼，四目相对。娜佳冲他微微一笑，表情有点复杂。赵工的心情更复杂了，干脆把目光投向别处，来了个眼不见心不烦。几个人一直闹到后半夜，摄影师契卡仍觉得不够尽兴，独自走到河边捉了两条鱼，用树枝穿起来，架在火上翻烤。导演格罗莫夫上前要了一条，跟契卡边吃边喝，不一会儿就喝多了，倒在帐篷中闷头大睡，鼾声如雷，传出去很远很远。赵工看见娜佳往边上挪了挪，缩在帐篷的一角睡觉，他的心里平静了一些。

烤鱼的香味飘出老远，小陈见苏联人吃得津津有味，不免跟着嘴馋，看了看手中难以下咽的干粮，提议也去河边抓几条鱼烤了吃。赵工想起大腮帮子说过，这个山沟里的水不能喝，水里也没有鱼，后来才从别处挖出了水源，契卡抓鱼的河流，应当是后者。刚刚契卡抓鱼回来时，他特地到近前看了看，这两条鱼的模样很是奇怪，双眼灰白陷于皮下，浑身长满倒刺，背鳍又黑又长，嘴里全是尖牙。赵工没见过形貌如此狰狞的怪鱼，不禁啧啧称奇，深山老林里确实无奇不有，连鱼都长得这么怪。他认为是自己孤陋寡闻，回过头问大腮帮子这是什么鱼，这个鱼能吃吗。

这山里没有大腮帮子不知道的事，他从远处瞟上一眼就下了断言，告诉赵工和小陈，这种鱼个头大、样子凶，只有老爷岭、挑灶沟一带的水里才有，相传是被关东军杀害之人的亡魂所变，长得又丑又凶，当地无人敢吃，不知道是啥滋味。小陈闻言吃惊不小，想过去告诉苏联老大哥这种鱼不能吃。赵工认为没有必要，迷信的传说怎么能当真，或许这是还没被人发现过的古老鱼类。大腮帮子看小陈实在眼馋，就跟他说："那啥，我给你整个临时指导员来。"小陈忙转头往周围看："指导员来了？"大腮帮子却从背囊中掏出一块鹿肉脯，是他带了备用的，按山中猎人古法所制，生肉用树蜜浸透风干，撕开分给赵工和小陈吃。赵工一吃觉得真是好，入口细嫩，干而不柴，罐头比不了，可也纳上闷儿了，问大腮帮子："连队指导员给送来的肉脯？怎么没见人呢？"大腮帮子哈哈一笑，他说："指导员在连队里的主要任务是指导思想、鼓舞战士们的斗志，以往在战争年代有句话——好伙食顶得上半个指导员，那不就是临时指导员吗？"

三个人一说一笑，就把晚饭吃完了。转过天来急于赶路，赵工就把挑灶沟怪鱼一事忘在了脑后，当时他完全没意识到这个发现有多么重要！

5

第二天天气不好，乌云厚重、闷雷滚滚，看起来要下一场马蔺筒子雨。导演格罗莫夫为了赶时间，不肯在挑灶沟继续停留，催促众人收拾好行囊，尽快出发。大腮帮子担心万一下起暴雨，不仅山路不好走，摄影器材也得让雨淋坏了，坚持要再等等。不过格罗莫夫打定了主意，别人再怎么劝也没用，赵工见二人各有各的道理相持不下，为了顾全大局只好去做大腮帮子的工作。大腮帮子一直对识文断字的老赵高看一眼，拒绝不了赵工恳切的请求，只得带上小分队继续赶路。半路上果然下起了雨，前不着村后不着店，树林子里找不到避雨的地方，想停也停不下来。大腮帮子憋了一肚子火儿，深一脚浅一脚在前面带路，走到泥深的地方一脚踩进去直没小腿肚子，脚拔出来了鞋还在里头，又得半蹲下身子把鞋掏出来。其余五个人不敢乱走，小心翼翼排成一排，沿着他踩过的足迹冒雨行进。一行人冒雨走了小半天，终于翻过林海覆盖的大山，视野豁然开阔，一望无际的荒原尽收眼底，与深山老林相比，另有一番景象。

老爷岭猛虎山要塞是一片规模巨大的防御堡垒群，山底有多处残存的关东军地堡，均为钢筋水泥浇筑，各个堡垒的入口全是铁门，不仅厚重还带有防爆夹层，且经过特殊设计，所有的门都向里倾斜，可以利用重力自动闭合。墙壁中除了机枪射击孔，还嵌有通话用的铁管。关东军在此驻守之时，想让里面的人开门，必须先从铁管向内喊话，对上暗号，守军才会把门打开，可见当年关东军的防御体系是多么严密。

年复一年的风吹雨淋，地堡的铁门上锈迹斑斑，覆满了青苔和蜘蛛网，大多已然无法开启，也有相当一部分毁于战火，只能在外边看看，根本钻不进去。以前各处地堡后方还有半地下的兵舍，每一座地堡配备十个房间作为兵舍，可以容纳几十到上百名士兵。各个地堡中装备各种大口径火炮，构成强大的火力进攻和防御体系，炮火的有效射程可以延伸到苏联境内。各阵地之间以堑壕相连，彼此之间架设有线电话，用以提供通讯保障，还设有穿山隧道，连接各个堡垒群，可以迅速输送物资及转运兵力。阵地前沿则是纵横交织的反坦克壕沟，以及地雷埋放带。后来在苏军飞机大炮的狂轰滥炸之下，关东军投入巨资、建造多年的要塞全部变成了废墟，由于这些年无人问津，又被枯枝败叶覆盖，各处长满了乱草，看上去一片狼藉。

赵工在摄影队主要负责翻译工作，对这方面的事情不太了解。新中国刚成立没几年，很多历史事件还没有对外披露，他也是第一次见到关东军要塞，不免十分震惊。不说苏联红军在攻占老爷岭猛虎山要塞时，付出了何等惨烈的代价，仅是建造规模如此巨大的堡垒群，就要从中国搜刮多少财富，付出多少劳工的血汗和生命？

大腮帮子见赵工和小陈看得发呆，告诉他们眼前这些根本不值一提，相传要塞深处还有更为庞大的秘密基地，其规模远远超过地面堡垒群，日本关东军真正的秘密都藏在地下基地。各类设施、物资、武器弹药、铁道、装甲运兵车等一应俱全，为了修建这样一个庞大完备的军事系统，不知掏空了多少座大山。关东军甚至在山里设置了机场跑道，飞机可以直接从山肚子里往外飞。老爷岭山上还有一座火力发电厂的废墟，想想当初那个年头，穷山沟里的大部分老百姓连蜡烛也舍不得点，关东军却在大山深处通上电了，小鼻子可真够下本儿的，来了就没想回去，在咱这儿过上日子了。

导演格罗莫夫也触景生情，当场感慨了一番，指点着水泥掩体上残留的弹孔，对其余几名成员说些冠冕堂皇的话：“在当时，一个堡垒群至少由日军一个步兵大队驻守，有一千多名士兵，配备轻机枪、重机枪、步兵炮。老爷岭猛虎山要塞守备队更是关东军中的精锐，其中包括独立机关枪大队、轻装甲车中队、战车联队、野战重炮兵旅团，以及野战高射炮队，甚至还有独立航空队、驮运师团和照空部队。大量集结的重兵，几乎布满了整个老爷岭，最多时竟达十万之众。这些日军依托坚固厚重的地下掩体殊死抵抗，伟大的战无不胜的苏联红军前仆后继，付出了巨大代价，终于攻占了猛虎山要塞。在那次战役中牺牲的苏军指战员，他们的功勋必将永垂不朽！”

格罗莫夫越说越起劲儿，一条胳膊在半空中用力挥舞，语速越来越快，几乎没有停顿。身旁的几个人就算语言不通的，也仿佛受到他形象的感染，竟然都有些激动，赵工甚至想到了苏联电影中塑造的那些英雄人物。不过此时天色渐暗，他见格罗莫夫滔滔不绝说个没完，担心延误了拍摄进度，就走过去问他，是不是趁天还没黑，尽快进行拍摄。格罗莫夫却不着急，他让赵工问问向导大腮帮子，有没有进入地下要塞的入口。

大腮帮子心里明白，导演格罗莫夫提出的要求，也就是他的任务，虽然他一肚子不满，但也只能尽力满足对方，用手势比了个方向，也不说话扭头就走，赵工立即示意众人跟上。大腮帮子带队穿过地堡之间的小路继续往前走，找到一处位于古树根脉下方的隐蔽通风口，由于洞口狭窄，又有植被覆盖，三五步之外完全看不出来，如果有人或野兽从附近经过，一不留神就会掉进去。众人一齐发出了惊叹的声音，大腮帮子停下了脚步，给大伙儿讲了个故事：因为这山上打过仗，炮弹炸毁了很多大树，所以朽木特别多，朽木别的用没有，却适合长蘑菇。1951 年前后，有个上山采蘑菇的村民走到这里，瞧见漫山遍野的蘑菇，当时看傻了眼，这辈子没见过这么多野蘑菇啊。不过蘑菇属于菌类，当天不采下来，太阳一落山就烂没了，他一个人不可能全背回去，就拣值钱的采吧。这片老林子中的野生蘑菇不下百种，像什么鸡油蘑、松树伞、草花脸、雷窝子、扫帚蘑、喇叭蘑、大腿蘑、猴头蘑，数也数不过来。不过最值钱的，还得说是珍稀的“毛尖蘑”，又叫“金子蘑”，带下山晒成干货，吃不完还可以换粮食。早年间大兴安岭地区的鄂伦春人常以此物进贡朝廷，这种蘑菇茎如鸡腿，顶如圆球，味道奇鲜，野山鸡炖毛尖蘑可是东北菜的极品。他看见哪儿有金子蘑，人就奔哪去儿，筐里的蘑菇越来越多，人也越走越远，忽然脚下一空，陷进了一个地洞。多亏这个人命大，洞口颇为狭窄，又背着装满蘑菇的大筐，因此卡在了洞口，才没直接掉下去摔死。他挣扎着爬出来，探脑袋往下一看，好家伙，漆黑一片深不见底，吓得两腿一哆嗦，好悬没甩裆尿了裤。定下神来再仔细一瞧，哪是什么地洞，分明是个方口竖井，扔块石头下去半天听不见声响，不知通往什么去处。那人总算幸运，捡了一条命，还发了笔小财。后来这件事就传开了，都说竖井下面有宝贝，也有的说里面住着妖怪，总之越传越邪乎。先后有几个猎人下去过，他们发现竖井是一个通风口，底部直通关东军要塞，不过从没有人敢往深处走。格罗莫夫听了赵工的翻译，立时来了精神头儿，命令众人放下长绳，一个接一个下去。大胆帮子对赵工说这可不行，要塞里的情况不明，钻下去怕有闪失。赵工还没来得及翻译，娜佳和契卡已经听从格罗莫夫的指挥，放了长绳下去。赵工他们的任务就是协助对方拍摄，保护他们的安全，看眼下这情形，想拦住他们是不可能了，又不可能置之不理，只得硬着头皮跟了下去。六个人顺着绳子下到要塞里面，隐蔽的通风口非常狭窄，底部却是一条不见尽头的隧洞，潮湿寒冷、阴风刺骨，使人毛发森竖。导演格罗莫夫抑制不住内心的兴奋，接连不断地发出惊叹，打开手电筒照亮，全然不顾空气中刺鼻的霉味，加快脚步往洞道深处走。娜佳和契卡紧随其后，三个中方人员全被甩在了后面。

赵工见格罗莫夫等人在隧洞中越走越深，心中隐隐觉得不妥。关东军要塞深处山腹，里边一切不明，在没有地图的情况下乱走，很容易迷路，万一遇到危险怎么办？他赶紧叫上警卫员小陈和走在后面的大腮帮子，三步并作两步追了上去。一行人离开通风口，在隧洞中摸索前行。赵工在手电筒的光亮下沿途查看，发现关东军要塞的结构比蜘蛛网还复杂，且在战争中损毁严重，一部分通道已被炸塌，潮湿的洞壁多处开裂，长出奇形怪状的蘑菇，有的地方还发生了塌方，到处是积水和碎石，众人穿行其中，身上湿漉漉的全是稀泥。赵工心想：这关东军地下要塞中漆黑一片，如同一座阴森恐怖的巨大坟墓，仅凭几支手电筒的光亮，拍得了什么纪录片？他和向导大腮帮子交换了一下意见。大腮帮子在深山老林中常来常往，虽说没从这竖井口进过关东军地下要塞，但也知道里面地形复杂，担心走迷了路发生意外，他对赵工说："在山里我还能找得着路，钻进这曲里拐弯、黑咕隆咚的地洞子，我可不敢保证安全，况且七拐八拐，走迷了路怎么办？你快劝他们回地上去！"赵工点点头，指了指格罗莫夫，示意大腮帮子和他一块儿上去劝。大腮帮子说："我不稀得跟他们说话，你一人儿去就得了。"随即他点上喇叭筒，蹲在地上抽了起来。

赵工走上前去，正想劝格罗莫夫原路返回，但见格罗莫夫和助理娜佳以及大个子契卡，挤在一处拐角低声商量了几句。契卡从背包中掏出一张地图，打上手电筒在地图中比比画画，格罗莫夫不住地点头。

赵工看到眼前的情形，当时就是一愣，他感到难以置信，怎么会有地图？下意识地凑上去看，发现地图已经破旧泛黄，上面标注的竟是日文。

契卡见赵工凑过来看，不耐烦地推了他一把，嘴里哩哩噜噜地呵斥着。赵工后退了几步，险些跌倒，但心中已然明了，他手里拿的正是要塞地图。

格罗莫夫似乎也觉得契卡出手太重不太合适，安慰赵工道："这是我们国家的机密，你们不能看。"

赵工一头雾水，口中"嗯"了一声并未搭腔，又举目望向娜佳。

娜佳看了一眼赵工，立即把头低了下来，好像有意回避赵工的目光。

这时候大腮帮子走过来，低声问赵工："他们窝在犄角旮旯整啥呢？"

赵工在大腮帮子耳边说："关东军要塞地图！"

大腮帮子闻听此言，既震惊又疑惑，两只细长的眼都瞪圆了。

他看了看赵工，赵工也看了看他，两个人面面相觑，心中全是疑问，可谁也没有答案。

第二章　天坑地洞

1

赵工自己给自己吃宽心丸，当年苏联红军出兵东北，歼灭了几十万关东军，缴获一张要塞地图不足为奇。不过他也看出来了，格罗莫夫等人来到老爷岭关东军地下要塞，绝不仅仅是为了拍摄什么纪录片，说不定是另有目的。他有心将这个念头告知大腮帮子和小陈，可一看这俩人脸上的表情，就知道啥也不用说了，都想一块儿去了！

格罗莫夫根本没把赵工他们几个放在眼里，他和契卡对照地图辨认方位，带队走进了一条岔道。

赵工虽有一肚子话想问，却也明白对方会以“机密”为由推托，问了也是白问，拦又拦不住，还不如跟去看看他们葫芦里卖的什么药，于是紧紧跟在后头。

老实巴交的小陈虽然吃惊，却也不敢多问，没有他说话的份儿，只得背着冲锋枪跟队伍往前走。

大腮帮子一边走一边叨咕：“老爷岭要塞荒废多年，有啥可保密的？他们向来损人利己，跟咱们横扒拉竖挡的，损王八犊子指定没憋好屁，指不定要找什么东西……”

赵工忙正色道：“别乱说，现在可不是以前的沙皇俄国，小心别人回去告你一状。”

大腮帮子“嘁”了一声，说道：“一个样儿，该缺德冒烟还是冒烟，吊死鬼抹胭脂粉——死不要脸的东西。”

1954 年的中苏关系仍十分紧密，新中国的发展需要苏联老大哥的支持，当时的普通中国人对苏联有一份由衷的尊重，知识分子更是对俄国辉煌的文学成就推崇备至，赵工苦口婆心地对大腮帮子说：“话不能这么讲，看待问题要客观，不能戴着有色眼镜，即使是在沙皇统治下的俄国，一样诞生过列夫·托尔斯泰这样的世界级大师，还有伟大的导师列宁同志……”他嘴上虽是这么说，心下也不免对格罗莫夫的行为有点反感。大腮帮子见他说到一半就不说了，就知道他心里也有情绪，考虑到应该以大局为重，说多了也没意义，便不再与他争执。在黑暗中闷头走了一阵子，一行人进入了一处山腹中的军事设施，这里竟是别有洞天，规模大得惊人。这里被分成很多间屋子，屋门油漆脱落，大敞四开，有的门斜着倒下来，门口挂着木头牌子，用汉字写着指挥室、参谋室、情报室等。其中，还有一间通讯室，里面设置了十多台一百个插孔的交换机，连接插孔的电线七拧八叉粘满了尘土，地上散落着几具枯骨，四肢扭曲，从尚未腐烂的军装和头发上可以看出其中还有几个女兵。大腮帮子凑在赵工耳边告诉他：“我以前就听说过，想当年关东军中，有少量负责通讯的女话务员，军衔很低，工作内容却属于机密，几乎可以断定，这里就是位于山腹之中的指挥部，是关东军要塞的心脏。他们把咱们带到这里，到底憋的什么坏？”赵工一脸的茫然，根本无法回答他的问题。

格罗莫夫等人各持手电筒，逐个房间搜寻，出于安全起见，赵工、大腮帮子和小陈一直跟在他们身后。房间里面没剩下什么像样的东西，无非是破桌椅、破柜子，文件夹、笔筒、墨水瓶、眼镜等物胡乱丢在地上，几个人找了半天，在一个布满灰尘的角落中发现了几只上了锁的木箱。大个子契卡迫不及待地窜过去，从背包里掏出一把螺丝刀撬开箱子查看，发现里面除了军靴、棉衣等军备物资，还存有几大瓶日本蒸馏酒。契卡见了酒，好比孙猴子进了蟠桃园，别的全不顾了，抄起其中一瓶，拧开瓶盖仰脖就喝。格罗莫夫火了，横眉立目严厉制止。契卡这才把喝掉一多半的烈酒放下，但仍不甘心，又捡起几瓶塞进背包。大腮帮子平时也喜欢整两口，但不像契卡这样嗜酒如命。契卡喝酒从来不分时候，走一路喝一路，从没见他喝过水，按东北话讲这叫“酒懵子”，见了酒比见了他爹还亲，喝多了就东倒西歪不能自控。导演格罗莫夫怕契卡喝酒误事，进山以来多次骂过他，却根本控制不住。

赵工眼看格罗莫夫等人到处乱翻，搞得地下室中播土扬尘，愣在原地不知所措。大腮帮子用胳膊肘一撞他，他才回过神来，想过去质问格罗莫夫究竟要找什么。大腮帮子却让他别费口舌了：“事到如今还用问吗？他们摆明了不是来拍纪录片的！”赵工茫然不解道：“不拍纪录片？那是来干什么的？”大腮帮子话里有话：“来者不善，善者不来！”赵工相信大腮帮子的判断，格莫洛夫等人的举动反常，摆明了是在找东西，阻止他们势必引起冲突，任由他们捅了娄子也是麻烦，这该如何是好？

俩人说话这会儿，格罗莫夫又打开了指挥设施尽头的一道铁门，铁门后面钢筋水泥混着坍塌下来的泥土，已将门口通道塞得严严实实，风都透不过去。赵工以为格罗莫夫会就此作罢，因为凭他们六个人，无论如何也挖不开乱石。原以为他们会知难而退，怎知格罗莫夫向契卡使了个眼色，契卡猛灌了几口日本蒸馏酒，把酒瓶随手一扔，捋胳膊挽袖子打开背包，居然掏出几捆军用炸药。赵工惊出一身冷汗，他们不是来拍纪录片的吗，背包中怎么全是炸药？

眼瞅要出大事，大腮帮子和小陈不干了，俩人互相交换了一下眼神，立即上前阻拦契卡，一边一个抓住契卡的胳膊。关东军地下要塞年久失修，各处情况错综复杂，支撑连接处一环扣一环，一个爆炸点就可能引起多处连续塌方！到时候有一个是一个，全得活埋在里头！

契卡从来没把大腮帮子和寡言少语的小陈放在眼里，使劲儿拧了拧膀子，居然没挣开，不免暗中加力，三个人就较上劲儿了。赵工担心引起冲突，急忙将这两个人扯了回来，顶着一脑门子汗，用俄语叽里呱啦地跟格罗莫夫解释，强烈反对在通道中使用炸药。格罗莫夫则笑嘻嘻地告诉他，没事儿，就是把前面的通道炸开，大家都能过去，还省事。赵工心知再说下去也是对牛弹琴，只好招呼二人先把契卡拽走。

没想到话还没说完，契卡那边已经点上了导火索，滋滋冒着火星子。大腮帮子见势不好，拽上赵工和小陈就往远处跑，赵工猛地一想还有娜佳，下意识地用俄语大喊“娜佳快跑”。紧要关头，没人装傻充愣，格罗莫夫他们也跑了出来。此时只听“轰隆”一声巨响，地面晃动了好几下，通道中硝烟弥漫，猛烈的冲击波震得众人耳膜一鼓，全身气血翻涌。咔哧咔嚓的断裂声随之而来，如同潮水般反复回荡，传出去很远，头顶上的水泥碎块哗啦哗啦往下砸。不知道是契卡刚喝得颠三倒四多放了把炸药，还是炸的位置不对，不仅没炸开通道，反而造成了连续塌方，前进和后退的路一瞬间都被堵死，将这六个人困在了要塞深处。

关东军要塞深处老爷岭山腹，接连不断的大范围塌方，致使钢筋混凝土的洞壁多处开裂，整个地洞都在摇晃，撕扯开的裂缝越来越大。众人大惊失色，手足无措。大腮帮子拿手电筒照了一圈，瞧见身边的石壁上有一道大裂隙，便指着裂隙冲赵工大喊一声，其余几个人谁也来不及多想，各自抱着脑袋钻了进去，跑在头一个的正是刚才安置炸药的契卡。虽说跑得比谁都快，可是他的酒劲儿还没过去，脚底下不听使唤，一头撞在凸起的岩壁上，撞得满脸是血，头上的鸭舌帽也撞掉了，双手捂着脑袋趴在地上挣扎不起，转眼就被不住落下的泥土碎石埋住了大半个身子。

导演格罗莫夫如同没看见契卡，扯着娜佳从他身上跨了过去。格罗莫夫的脚后跟踩在契卡的肩膀上，娜佳则被契卡的胳膊绊了个趔趄。娜佳回头想把契卡拉出来，却被格罗莫夫硬拽了回去。苏方人员可以不管不顾，但是赵工和大腮帮子、小陈三人却不能见死不救，因为他们有任务在身，必须保证摄影队的安全，要是少出去一个，那就是安全事故！他们仨连拉带拽，拖死狗一样将契卡硕大的身躯从碎石头下面拽了出来，拉着他拼命往山缝深处钻。这时候来路已被塌方碎石埋得严严实实，周围黑得伸手不见五指，除了在灰尘中乱晃的几道手电筒光束，眼前什么也看不见。一行人突然遭此巨变，皆是面如土色，跌跌撞撞逃入山裂深处，感觉两条腿都不是自己的了，只得互相搀扶着往前走。直到塌方的轰响渐渐平息，这才放缓了脚步。四下里除了他们几个人的脚步声和喘息声，再没任何响动。

大腮帮子首先打破了沉默：“该死的！你们是不是活腻了？说了不能放炮还可劲儿点！这可倒好，谁也别想出去了，你们自己害自己，可别拉上我们当垫背的！”他转头看了赵工一眼，“这帮人真不是东西！”赵工可以感觉到，大腮帮子格外反感他们，并不仅仅因为格罗莫夫等人的自以为是，这种憎恶似乎由来已久，可又没听说大腮帮子跟他们打过交道，究竟出于什么原因呢？他当时惊魂未定，这个念头在脑中闪过去，就没再多想。他当然也不能把大腮帮子骂人的话，翻译给格罗莫夫和娜佳听。实际上根本不用翻译，格罗莫夫听口气也听得出大腮帮子在骂人，脸上多多少少流露出一抹愧疚，一时不敢接口，就当听不懂了。气氛再度凝重起来，过了一阵子，赵工听到格莫洛夫对娜佳低声耳语了几句，娜佳战战兢兢地开口问赵工：“咱们接……接下来该怎么办？有没有路可以出去？”说话这时候，格罗莫夫故意将手电筒的光打上去，让赵工可以看到娜佳楚楚可怜的脸。

赵工怒火填膺，气愤于格罗莫夫的举动，不过他的任务就是保护摄影队的安全，暗中咬了咬牙，转头去跟大腮帮子商议。大腮帮子对赵工说：“山裂子中很危险，不能在此停留，必须继续往前走。”赵工转译给格罗莫夫三人，自己心中却也忐忑，还出得去吗？出不去岂不要葬身于此？他实在不愿意多想，想太多真就走不动了。其余的人也各怀心事，就连总是喋喋不休的格罗莫夫也闭上嘴了。

山裂倾斜向下，地势忽宽忽窄。众人摸黑走了半天，行至一处多条岩裂相交的地方，大腮帮子让众人停下来歇一下。一来辨别一下方向，二来众人被刚刚发生的塌方吓坏了，又走了那么多路，人困马乏，需要休整。娜佳给契卡进行了简单的包扎，导演格罗莫夫缓过劲儿来，又开始在一旁抱怨契卡是个酒鬼，成事不足败事有余，嘴里嘀哩嘟噜地说个不停。大腮帮子对赵工说：“他们咋又叨叨上了？”赵工摇了摇头，表示没什么实际内容，但他想起在关东军要塞中，似乎听格罗莫夫和契卡说了句什么秘密仓库，便问大腮帮子那是什么？大腮帮子听见这四个字恍然大悟，调门一下子高了好几度：“是关东军的‘秘仓’！”赵工和小陈不解其意，什么“秘仓”？大腮帮子告诉二人，当年他在抗联的时候听说过，关东军掠来的金条和财宝，全藏进了一个“秘密仓库”，那个仓库只进不出，里头全是值钱的东西，关东军原想把金条财宝运回本土，无奈战况不利，就转移到了地下要塞，藏匿点极为隐蔽，至今没人知道埋在什么地方。

赵工一想这就说得通了，难不成导演格罗莫夫想利用拍纪录片的机会，找到关东军秘密仓库中的金条？或者说，拍纪录片本身就是个幌子，找到“秘仓”才是他们此行真正的目的！那要是真找到了，格罗莫夫会做什么？赵工不敢乱想，但是心里头明白，这件事很严重，他和大腮帮子做不了主，得等回去之后请示上级，前提是将这三个人活着带出去。

大腮帮子眉头紧皱道：“早跟你俩说过，他们没一个好东西，你就不信我的话，你也不想想，他们这是没找到关东军秘仓，如果找到了秘仓，他们会怎么对付咱们？还能让咱仨活着吗？”说着话，他下意识地摸了摸腰里那把柯尔特手枪，正在一旁整理背包的小陈也停下了动作，向他投来后怕的目光。

赵工虽然心里吃惊，但他处理问题毕竟比较谨慎：“没有真凭实据，不能轻易下结论，况且不把他们带出去，我们也交代不了。”

大腮帮子点头同意道：“你说得没错，要是我们出去了他们没出去，咱仨可就说不清楚了，所以还是先逃出去要紧。”他让赵工招呼格罗莫夫等人准备出发，并指示小陈殿后，让他多长点心眼儿，注意观察那三个人的动向，发现异常立刻汇报，以防这几个人又整出什么幺蛾子来。

一行人稍作整顿，便出发寻找出口，大腮帮子打上手电筒在前头探路，寻了一条有风的山裂子钻了进去。山裂子两侧是上百米高的岩壁，直上直下，摸上去冰凉粗糙，当中仅容得下一人通过。六个人排成一队，大腮帮子打头，格罗莫夫和娜佳紧随其后，后面是赵工搀扶着被砸得头晕脑胀的契卡，小陈殿后，在黑暗中摸索而行。也不知道走了多久，竟然穿过山壁，进入了一处天坑。

2

亿万年的水流冲刷切割形成了漏斗形状，所以在山腹中出现了一个倒喇叭形的大洞穴，上窄下阔。穿过厚达十几公里的山壁岩层，就能抵达这个大洞穴。洞穴里并不是一片漆黑，离地面两百多米的高处，有个通到外面的山口，抬头往上看，像是悬着个浑圆的天窗，可以看到阴霾的云层中雷电闪动，雨水不断从上落下，原来外面的暴雨一直没停。既然与外界相连，就说明有足够的空气，不至于憋死在地底。摄影队六个人穿过山壁岩层，见到眼前的地貌，均倒抽了一口凉气。之前在岩壁间穿行，所有人都盼望走出去就是老爷岭大森林，谁知却走进了眼前这个洞穴，这可是天然的陷坑，周围陡峭光滑的岩壁全是倒斜面，连一根杂草也找不到，再大的本事都出不去，来路也已被塌方砸下来的乱石埋得密不透风。众人心中刚刚聚起的一点希望已完全破灭，继而陷入了绝望的黑暗深渊。

天坑属于“岩溶漏斗地貌”，民间称之为“龙缸”“石围”，形成的原因各不相同。几个人低头张望，见天坑最底部，在正对洞口的位置堆出了一座山丘型小岛，大概是亿万年间，泥土和种子从高处源源不断掉落于天坑地洞中逐渐累积而成。小岛上面生长着很多见都没见过的茂密植物，四周是深不可测的地下水，坑壁上面有几处悬泉飞流直下，再往远处洞壁边缘就太黑看不清楚了。

赵工等人从岩层裂缝中走过来，往下看小岛觉得眼晕，实在太高了，掉下去别想活命，往上看距离洞口倒不远，可就差这么一段距离，他们也飞不过去。格罗莫夫想出个主意，把每个人的皮带都连起来，应该可以抛出洞口，只要逃出去一个人，剩下的也就有救了，若不冒死尝试，全得活活困死在这个天坑地洞里。众人都同意格罗莫夫的主意，大腮帮子也没有别的招儿了，这件事还得他先来，头一个准备解皮带。几个人刚要采取行动，赵工忽然听到身后传来一阵怪响，似有似无的，听上去非常古怪，他不敢大意，问身边的小陈："你听到什么没有？"

小陈还是个新兵蛋子，经历了这一连串突如其来的变故，人已经吓懵了，摇头表示什么也没听到，然后说："老爷岭天坑与世隔绝，除了咱们遇险被困的这几个人，不可能还有别的人了，哪里会有什么响声，是不是听错了？或者是不是有水从洞口落下来发出的声音？"赵工摇摇头，伸手指了指身后，刚走过来的岩层裂隙中确实有声响。娜佳似乎也听到了，她睁大了双眼，转过头去想看清声音的来源，可洞壁死角处黑乎乎的什么也看不到，好像有东西，又好像什么也没有。

大腮帮子打过猎当过兵，为人很是机警，他听赵工和娜佳这么一说，示意其余几人先不要出声，支起耳朵仔细一听，果然洞壁上有"咯咯……咯咯……"的细微声响，而且离他们所在的位置越来越近。

格罗莫夫什么也没听到，他看到洞口，以为有了求生的机会，又恢复了他的暴脾气，只顾催促众人赶快行动。大腮帮子想起手里还拿着手电筒，举起来往后边照了一照，猛然看见手电筒光束尽头，有个白乎乎似人非人的东西，脊背朝下，倒悬在岩壁上疾速爬行。

大腮帮子骇然失色，惊呼道：“飞猴！”他知道深山老林里有种穴居飞猴，身形犹如山猿，可以在暗中见物，嗅觉和听觉也很发达，两肋长有肉翼，能在山洞里借助气流翱翔。这东西残忍迅捷，以蝙蝠或蛇鼠之类地下生物为食，几十年前还有老猎人亲眼见过，也有传说是种山鬼，受日月精华、集天地之灵修炼成精，只是这些年再没人看到，以为早就绝迹了，不想在老爷岭天坑的洞穴中居然还有。大腮帮子话一出口，众人同时看清了飞猴的样貌，这东西的个头儿比猴子略小，双眼猩红、黑面獠牙、口中滴落涎液，瞧上去跟要吃人似的。众人都觉得脚底下一股凉气直蹿后脑瓜子，连自称参加过卫国战争、天不怕地不怕的导演也吓坏了，握着手中的双管猎枪愣在原地，连举枪的动作都忘了。

说时迟，那时快，飞猴倒攀着岩壁快速爬来，喉咙中咯咯作响。大腮帮子和小陈的枪还没来得及举起来，那只飞猴就到了格罗莫夫面前。格罗莫夫的手电筒照向飞猴的脸，光束离得近了，使这狰狞的面孔看起来更加恐怖，吓得格罗莫夫背上猎枪转身就跑，亏他那么大的肚子，跑得如同离弦之箭。不过飞猴可比他快多了，一眨眼的工夫，格罗莫夫便发觉那怪物的爪子触到了自己的后背，惊慌失措之际忘了前边那几个人，他光顾着往前边逃，站在岩层的裂口处一撞一推，那几个人站立不住，也来不及避开，一个个如同下了锅的饺子，噼里啪啦翻着跟头从半空中掉了下去。

老爷岭天坑地洞的走势呈倒喇叭形，上窄下阔，洞底存在持续上升的气流，有明显的“烟囱效应”，跌下洞壁的众人如同被龙卷风裹住，身不由己地在半空中打转。而栖息在天坑中的飞猴并非一只而是一群，平时它们用利爪勾住岩缝，悬挂在天坑内壁上，此刻发觉有人从高空坠落，便有几只飞猴迫不及待地扑下来掠食。不知是该着格罗莫夫倒霉，还是他身上有什么特殊的味道吸引了飞猴，其中一只扑到他身上，不顾下坠之势，张开满是利齿獠牙的大嘴就咬，立时从他肩头撕下一大块皮肉。格罗莫夫怪叫一声，鲜血顺着伤口喷涌而出。赵工在旁边看得触目惊心，奈何人在半空中身不由己，而且手无寸铁，泥菩萨过河自身难保，干着急使不上劲儿。格罗莫夫曾也是个亡命之徒，这点皮肉伤对他来说也没什么，身临险境豁出命去，显露出了其悍勇的一面，旋即奋力拧身，甩开了在他身后撕咬的那只飞猴。而那飞猴灵活异常，刚刚一击命中，自是不肯放弃，在半空展开两翅，一个回旋又扑了下来。

大腮帮子见盘旋在空中的飞猴又扑到了格罗莫夫背上，不敢再耽搁，拔出腰里的柯尔特手枪，啪啪啪连开三枪。飞猴被子弹击中，在空中发出一声刺耳的惨叫，翻滚着栽向地洞深处。格罗莫夫缓过一口气，没想到伤口中流出的鲜血引来了更多飞猴。此时又窜出另一只体形更大的飞猴，迎面扑向格罗莫夫。这一次大腮帮子想开枪却不敢打了，因为在持续下坠的过程中，他们几个人的位置，随着洞内气流的强弱以及各自体重的不同，不断发生着变化，大腮帮子和格罗莫夫的距离正在逐渐拉远，同时另外几个人的身体也在半空中旋转换位，开枪很有可能误伤同伴。

那只飞猴一瞬间就扑到了格罗莫夫面前。格罗莫夫情急之下甩掉背包，又摘下背后的猎枪，对准扑到面前的飞猴扣动扳机，只听“砰”的一声枪响，天旋地转一片混乱之际，无法确定有没有击中目标，他却忽略了自己身在半空，猎枪强劲的后坐力，将他身体向外撞开，肥胖的身躯如同断线的风筝，飞速坠落下去，很快消失在黑暗的洞穴深处，不知落到了什么地方。

浮在半空中打转的赵工看见格罗莫夫落向洞穴边缘，意识到只有洞口正下方存在涡旋气流，越往下气流越弱，掉下去有可能摔得粉身碎骨，他手中的手电筒已然不知去向，只好在黑暗中拼命招呼大腮帮子等人摘掉背包，以便减轻自重，但耳畔风声呼呼作响，即使是自己的叫喊声也听不到，急得他连打手势。

时间一秒一秒地过去，转眼之间他们距离洞底的土丘已不过十几米，洞穴底部气流薄弱，下坠之势瞬间加快，扑通、扑通几声，几个人接二连三地跌落在地。幸好土丘上的植被巨叶宽厚，千百年来生长得层叠茂密，众人掉在上面，好像落在了厚垫子上，紧接着跌跌撞撞滚落在地，尽管摔得全身疼痛，还好没人受重伤。洞顶的那些飞猴或许是好长时间没有吃到活物了，见到这样一顿大餐就在眼前，岂可轻易放过？虽说被导演格罗莫夫和大腮帮子的枪声吓惊，但是看着几个欢蹦乱跳的大活人，如同见到了美味佳肴，还是忍不住成群结队扑了下来，准备群起而攻之。大腮帮子见形势危急，来不及起身，甩手又是几枪，柯尔特手枪的射击声在天坑中反复回荡，划破了万古沉寂的洞穴。大腮帮子确实枪法如神，一只冲在最前面的飞猴，被大腮帮子接连击中两枪，翻了个跟头落在水中而死，其余的飞猴被枪声所惊，当即一哄而散，在此起彼伏的咯咯怪叫声中，落于岩壁之上以极快的速度向上攀爬。

赵工趁着大腮帮子将飞猴暂时击退，扶起跌落在地的小陈和娜佳，跌跌撞撞地退到茂密的植被中潜伏起来，以防那些怪物再次接近伤人。大腮帮子一手拿着电筒，一手握着手枪从后面大踏步跟上来。四个人从高处掉落洞底，几乎是转瞬间发生的事，惊魂难定之余，赵工突然想起一件事——格罗莫夫和契卡不见了！娜佳显然也发现了这个情况，她的两个同伴下落不明、生死未卜，不由得悲痛欲绝，而在其余三个异国人中，也只有赵工能和她交流，于是把脸埋在赵工怀中哭个不停。这突如其来的投怀送抱，让赵工愣在原地有点不知所措，非常僵硬地抬起手臂，想把娜佳拥在怀里安慰，却停在半空迟迟落不下去。

大胆帮子向来看不惯那帮人，女的也不例外，嘴里嘟囔着“没羞没臊”，扔下赵工和娜佳留在原地，自己带上小陈到附近去捡背包，顺带寻找格罗莫夫和契卡。

洞穴里并非完全漆黑，有些许光亮从头顶的洞口投下，侥幸活下来的小组成员只找到一个背包，其余的全在下坠过程中遗失了。大胆帮子站在小岛的边缘向水边看了几眼，希望能找到其他的背包，可水面上除了漂浮着的枯枝烂叶，并没有别的物体。正想放弃搜寻，却不想小陈眼尖，捡到了格罗莫夫的双管猎枪，枪带上还挂着五发子弹。大胆帮子拿上双管猎枪，告诉小陈说，他担心那些飞猴只是暂时退却，过不多时还会再次下来伤人，只留下赵工和娜佳两个人不太安全。他俩顾不上再找背包，匆匆回去与赵工会合。

四个人再次集中到一处，在岛上找了个相对隐蔽的地方，大胆帮子从身上摸出土烟，点上火闷头吸了几口，借此稳了稳神。他让小陈带上冲锋枪，注意四周的动静负责警戒，千万当心飞猴的袭击，自己跟赵工、娜佳一起商量下一步该怎么办。娜佳惊魂难定，哪里还想得出什么主意，赵工也没什么具体的办法，只是说绝不能坐以待毙，得想办法从老爷岭天坑里逃出去。

大胆帮子觉得采取行动当然是宜早不宜迟，否则指不定还会有什么意外状况。他清点了一下装备，除了小陈的冲锋枪和他们刚刚在岛上捡到格罗莫夫的双管猎枪，他怀里还有一把匕首，刚才捡到的背包中有些干粮和罐头。大胆帮子挎上格罗莫夫的双管猎枪，将他自己的贴身柯尔特手枪检查了一下，在弹匣中装满子弹，伸手交给赵工。赵工脸一红，尴尬地摇了摇头，表示不会用枪。大胆帮子也怕赵工开枪伤到自己人，就没再勉强，他将手枪别回腰里，又换了把匕首递给赵工，“这玩意儿总会使吧？”赵工默默地接过匕首，才发现手心中都是冷汗。

娜佳停止哭泣，尽量让自己平静下来，她恳求赵工等人尽快搜寻导演格罗莫夫和摄影师契卡。娜佳对赵工说，只要没见到两个人的尸体，就说明还有活着的希望，掉到洞穴边缘未必会死。

大腮帮子和小陈也觉得不能置之不理，活要见人死要见尸。赵工环顾四周，用手拍了拍脑门子，仔细辨认后抬手指着一个方向，告诉大腮帮子，根据下坠时他所看到的情形，胖老头格罗莫夫应该掉在那边了，洞穴边缘是个地下湖，水面宽阔深邃，如果落在水里，或许还能留住性命。至于摄影师契卡，大腮帮子和小陈始终没在岛上发现他，掉下来之后下落不明，估摸着和导演格罗莫夫一样，也是凶多吉少！

几个人正在想如何去找格罗莫夫他们，在一旁负责警戒的小陈似乎发现了什么，紧张兮兮地双手握着冲锋枪，低声招呼道："你们快来瞧瞧，这个大家伙是什么东西？"

三个人吃了一惊，以为岛上还有什么怪物。大腮帮子急忙把双管猎枪举了起来，往小陈手指的方向看过去，植物阔叶和厚实的绿苔下，确实有个黑乎乎的巨大轮廓。他让其余的人站着别动，自己小心翼翼地接近，用猎枪的枪管往前一戳，发出"当"的一声脆响，还带着回声，他也觉得纳闷儿，什么东西这是？天坑地洞中怎么有个大铁疙瘩？等到拨去覆盖在上边的泥土和植物之后，才看出这个庞然大物竟是一辆坦克！

赵工听大腮帮子说是坦克，走上前仔细看了看，确是一辆苏联 T-34 型主战坦克的残骸。眼前这辆坦克被植物遮蔽，周身饱受雨水和潮湿环境的侵蚀，铁壳上已生满了锈迹。众人深感骇异，赵工更觉古怪，苏联 T-34 坦克怎么会出现在地底深坑之中？估摸着是苏军进攻关东军防线时，这辆 T-34 坦克从上方经过，意外坠入了坑洞，屈指数来已经快十年了，坦克中的驾驶员是否活了下来？他们有没有从老爷岭天坑里逃出去？

四个人抬头往上看了看，天空高不可及，雨水还在从高处的洞口不断飘落，落到坑底的时候已化作一片雨雾，群鸟般的飞猴在半空翱翔，站在洞底仰望，只能看到一些若隐若现的白点，听不到它们的叫声。众人不约而同地冒出一个念头：这个天坑的洞口到底在什么地方？还有希望出去吗？

3

大腮帮子近两年常在这一带打猎，老爷岭的大山几乎被他走遍了，他对周围的地形十分熟悉，可从不知道山上有这么大的天坑洞口。按照常理来说，重型坦克不可能开进大山。如此看来，老爷岭天坑的洞口很可能位于荒原深处，而不是在林海覆盖的崇山峻岭。他在脑子里捋了捋思路，他们几个人从山上的竖井下到要塞，在要塞中穿过漫长的山裂子进入天坑壁洞，随即跌入坑底，这个天坑的正上方——苏军坦克驶过的荒原到底是什么地方？想来想去大腮帮子也没想透，心里头拔凉拔凉的。洞口面积不小，但这些年都没人来过，周围长满了杂草，洞口应该并不明显，从很近的地方经过也看不到，连他都不知道的地方，怎么可能有人找到这里？即使有人经过，又怎么想得到他们被困在地底？等待救援的希望，到如今彻底落空了。

众人见这辆重型坦克炮筒扭曲，履带脱落，摔得都变形了。估计坦克自重太大，坠落过程中没有受到气流影响，这和跌进深谷没什么两样，如果是意外掉落，里面的乘员来不及逃生，必定凶多吉少。可赵工还是忍不住爬到顶部，用力揭开盖子往里面看了看，果然有三具坦克兵的骨骸。天坑底部温度恒定，湿度却极大，他一揭开盖子，就被坦克中腐烂的臭味呛得连连作呕，五脏六腑一齐翻腾。赵工从坦克上跳下来，想到死在坦克中的苏军驾驶员，不由得一声叹息，无论是死在要塞中的关东军，还是死在坦克里的苏联士兵，对一场战争来说，他们的生命微不足道，可是对于士兵的家庭而言，他们的生命意味着一切。

赵工叫上大腮帮子和小陈，三个人忍着恶臭，一起把坦克兵的骨骸从驾驶舱里抬出来，说这是为了世界反法西斯战争的胜利而献出生命的士兵，按中国人的习惯，该让他们"入土为安"。大腮帮子先取下能代表他们身份的物品交给娜佳，随后从坦克上找出工兵镐，他和小陈就地挖开枯枝烂叶，将三具尸骨掩埋到一处。大腮帮子自言自语道："开坦克的还有个埋骨之处，却不知谁来给咱们挖坑填坟？"他只是随口说说，小陈却听得脸如死灰，眼泪差点儿没掉下来。大腮帮子看穿了小陈的心思，就对他说："别想那么多了，咱走一步是一步，总不能坐以待毙，说不定很快就找到出路了。"

几个人打定主意，用T-34重型坦克的燃油做了几个火把，接下来会去洞穴边缘搜寻苏方的两名失踪人员并寻找出路，手电筒的亮度远远不够，必须有火把照明。刚才大腮帮子在一名苏联坦克手的身上，找到一支还没生锈的手枪和一个军用罗盘，他检查了一下，手枪弹匣中有子弹，扳机依旧灵活，罗盘也完好如初，仍然可以使用。他把罗盘装进背包，将手枪交给娜佳防身，以免有什么突发状况来不及保护她。娜佳果断地接过手枪，插在自己的腰带上。她的这个举动让赵工略显尴尬，低头埋怨自己连个女人也不如。老爷岭天坑地洞里凶险难料，这样一来四个人都有武器了。他们以坦克为掩护就地休息，胡乱吃了些东西充饥。娜佳食不下咽，坐在一旁心事重重。赵工也不知道怎么劝她才好，在这种情况下，每个人的压力都很大，唯有火把的光亮，可以使人稍稍安定。

众人稍事休整，起身前往洞穴边缘，寻找下落不明的队友。深陷于天坑古洞中的小岛四面环水，大腮帮子用罗盘辨别方位，根据赵工下坠时看到的情况，胖老头格罗莫夫落向了洞穴边缘的东侧。几个人找准方向走到水边，大腮帮子举起一块大石头用力投到水中，传来一声闷响，听声音才发现地下湖水深难涉。四个人里只有赵工和娜佳会游泳，水性也只是普普通通，大腮帮子和小陈两个完全是旱鸭子，下了水就沉底。即便是会水的人，也不敢贸然下到如此漆黑阴冷的水中，俗话说“山高了有灵，水深了有怪”，鬼知道地下湖里有什么东西。

束手无策之际，赵工想出一个法子，那辆重型坦克落在洞底，砸倒了一株粗大的矮树，断下来的树干尚未彻底腐朽，或许可以浮在水面上。他们又回到坦克旁边，合力拖来树干，把它推到水中，试了一下能够浮水，完全可以当作木筏，渡过宽阔的水面。几个人跨在树干上，小陈脸色煞白，双手紧紧抱住树干，几乎是趴在上头。大腮帮子让他留意高处的飞猴，他却紧张兮兮地盯住水面，眼都不敢眨上一下，因为他不会水，比起飞猴这种看得见的袭击，更怕从水里钻出个什么不可预知的东西。

除了说话的声音在洞里回荡，地下湖一片死寂，偶尔有细小鱼类从近处经过，嗖的一下搅动宁静的水面，也能把人吓出一身冷汗。娜佳点着火把照明，其余三人用枪托和手脚划水，所有人都把心提到了嗓子眼，好在有惊无险，木筏终于接近了洞穴边缘，这里是整个洞穴最为漆黑阴暗的区域，死亡般的沉寂中，充满了未知的凶险。一行人有火把和猎枪防身，洞顶成群结队的飞猴畏惧火光，不敢过分接近，但仍不死心，躲在远处伺机而动。直到木筏抵达洞穴边缘踏上岩层，并没有遇上意外，几个人的胆子也大了一些，将断木从水中拖到岩层上备用，举起火把在附近仔细搜寻。

持续搜索了一阵子，并没有任何进展。赵工突然想起进山途中，曾听大腮帮子讲过挑灶沟地名的由来，那一屯子百姓的悲惨命运，仍像乌云般笼罩在他心头，久久难以平复，扰得他心烦意乱，就问大腮帮子“老爷岭”的地名有没有什么讲头？

大腮帮子说：“老爷岭是这一片大山的统称，老爷的意思是指这山太大了，而且年代久远，凡人不可冒犯，也是对山神爷的尊称。当地有一段顺口溜，‘老爷岭，老爷岭，三千八百顶，小顶无人到，大顶没鸟鸣’，说的就是这段山岭人烟稀少、延绵不绝，倒并没听说还有什么别的讲头。我说眼下都什么时候了，你怎么还有闲心问这个？”

赵工说：“没什么，我想起来了就问一句，咱们死也得知道自己死在什么地方不是？”

小陈听赵工如此一说，更加觉得沮丧，“赵干事……你那么高的学问……也觉得我们活不成了吗？”说完他用手抹了抹眼角，彻底没话了。

大腮帮子扭头看着小陈和赵工，脸色坚毅地说：“老赵，你好歹也是个老爷们儿，在这节骨眼儿上，别说那些丧气话，老爷们儿不怕死，也不能轻易死，你俩记住了，不到最后时刻，决不轻言牺牲！”

赵工听大腮帮子这么说，使劲儿点了点头，心想多亏了有大腮帮子这个久经沙场的老兵在身边，否则困在凶险无比的天坑地洞中，他这个纸上谈兵的知识分子，再加上新兵蛋子小陈和需要别人保护的娜佳，真就是死路一条了。

说话这会儿，四个人已经摸到了前边的洞壁，岩层上长满了湿滑的苍苔，地面有一片一片的夜明砂，也就是蝙蝠的粪便。大腮帮子找了半天也没看见半个人影，问赵工是不是看错了，那些人是掉在这附近了吗？赵工说方位应该没错，只不过导演格罗莫夫掉到洞底，很有可能是落在水里了，如果他会水的话，或许可以活下来。

大腮帮子说：“谁知道他会不会水，兴许早在地下湖里喂鱼了……”

娜佳跟小陈走在前头，她听不懂赵工和大腮帮子嘀咕些什么，就转过身来问赵工在说什么。

赵工赶紧用俄语说：“如果格罗莫夫和契卡两位同志还活着，他们应该可以看到火把的光亮，并会设法与咱们取得联系。但洞穴里这么久都没动静，只怕已经遇到不测了，你要有心理准备，万一……”娜佳闻言沉默不语，心里可能也凉了半截，却仍不愿放弃，睁大了双眼，继续在周围寻找。

几个人一边说话一边搜寻，赵工想安慰娜佳几句，却始终不知道如何开口。绕着洞壁边缘走出一段距离，发现前边岩层断落，无法再往前走了，只好回去拖了圆木，浮在水面上继续向前探路。洞穴边缘有大量蝙蝠，被火把惊得四散逃窜，高处的飞猴纷纷下来掠食，一旦抓住蝙蝠，就在半空中撕成两半吃掉。天坑中的惨叫声响不绝于耳，小陈一边划水，一边死死盯着眼前这纷乱恐怖的情形，两个肩膀不停颤抖。好在娜佳一直举着火把，飞猴不敢靠近水面。

赵工仰头望向高处，发现飞猴虽然身子轻捷，又长着一对肉翅，却没有任何一只能从洞口飞出去，可见这个洞穴是绝境，进得来出不去。不知多少年前那些古老的动物掉入这个大洞穴，就被困在此地繁衍生息，但也躲过了灭绝的厄运，别说他们这四个人不是飞猴，纵然肋生双翅也无法接近那个洞口，看来只能在周围找路了，不过天坑地洞与世隔绝，哪里有出去的路？

第三章　白色果实

1

纪录片摄影队陷入天坑绝境，四周是深不见底的积水和石壁，唯一的出口在头顶上遥不可及，在下边往上看如同坐井观天。石壁上的飞猴虎视眈眈，火把一旦灭掉，它们就会立即扑下来吃人。赵工心生不祥之感，落到这等地步，不得不做最坏的打算了，但是一看到娜佳担忧的神色，在忽明忽暗的火把光亮下显得格外楚楚可怜，觉得自己不能显出胆怯的样子，正要说些鼓气的话，还没等他张嘴，忽听前面的大胆帮子低声叫道："有人！"

赵工听到大胆帮子说有人，就以为是找到了格罗莫夫那个胖老头或者是摄影师契卡。毕竟在他看来，这亿万年中，前后只有两批掉进老爷岭天坑的，头一批是一辆苏军的重型坦克，驾驶舱里的三名乘员当场摔死了，第二批就是拍摄纪录片的这支摄影队，六个人从高处掉入洞穴，摄影师契卡下落不明，导演格罗莫夫则在坠落之时，被猎枪后坐力撞到了洞穴边缘。大腮帮子既然说有人，那一定是发现了他们，也不知是死是活？

小陈握紧冲锋枪，瞪大了眼睛往前看，却哪有半个人影。他胆小迷信，以为大腮帮子看见鬼了，吓得两腿发抖，不自觉地往后出溜，多亏让赵工拽住，他才没掉进水里。赵工问大腮帮子："哪有人，你看花眼了？"大腮帮子示意娜佳将火把往前探，贴近洞壁说："真有人，你们仔细看……"

赵工和娜佳两人揉了揉眼，但见接近水面的洞壁遍布绿苔，上面有许多古老的人形岩画，画中人形一个个姿态僵硬呆板，而且没有面目，脸上都是一片空白。在漆黑阴森的洞穴中看来，显得格外诡异。赵工觉得后脖子一阵阵发凉，心窝子突突突狂跳，他压制住内心的恐惧与不安，凭借火把的光亮定睛观瞧。洞壁上的岩画年代久远，说明很久以前就有人进过老爷岭天坑了。再往前看，岩画不仅描绘着这个与世隔绝的大洞穴，同时也有深山森林里狩猎的情形。奇怪的是洞外那些人形，脸上有鼻子有眼，虽然构图简陋，但十分传神，可以看出喜怒哀乐，然而画中洞内的人却无一例外没有面目，不像是受地下水侵蚀被刮去了，而是根本就没有画。

赵工疑惑地说："这是什么意思？为什么洞里的人都没有脸，洞外的人有脸？"

小陈完全没领会赵工的担忧，他激动地说："赵干事，既然古代人能进来，这老爷岭天坑一定有出口，咱们能逃出去了！"

赵工却皱着眉头，喃喃自语："古代岩画大多记载了当时发生过的重大事件，这其中一定有什么特殊含义，画上的人皆无面目，莫非是进入这个洞穴的人……”

大胆帮子打断了赵工的话：“老赵，你别瞎琢磨了，没什么可怕的，这样的古代岩画，在山里头可有老鼻子了，无非是些神头鬼脸的东西，我以前打猎的时候也见过，跟这里的差不多，就是岩画而已。”

赵工将这些话给娜佳说了一遍。娜佳若有所思地说：“也许古代人觉得这个大洞穴里住着神，所以与山洞外的人不一样。”赵工心想：“如果是神的图腾，那倒可以理解，留下岩画的古人，认为老爷岭天坑是神灵居住的地方，可神怎么会是没有脸的无面人？更重要的是，天坑中的岩画究竟是什么人所画，那些人是否走出了天坑？”正在胡乱猜测的时候，小陈突然叫道：“人……有人……有人！”

经过刚才的一场虚惊，赵工以为小陈的意思是说前边还有岩画。他让娜佳举着火把照过去，却看见洞穴边缘又有一块高出水面的岩盘，格罗莫夫满身是水，背后倚着洞壁，双目紧闭，耷拉着脑袋一动不动，看不出是死是活。

四个人急忙划水接近岩盘，娜佳第一个跳上去察看格罗莫夫的状况。其余三个人也围拢上前，大胆帮子推了几下格罗莫夫的大胖身子，不见有什么反应，伸手一试，呼吸心跳都没了，再看格罗莫夫脸色铁青，身体冷冰冰的，就对赵工等人摇了摇头，示意格罗莫夫已经死了。

众人合计了一下，他们不可能带上一具死尸逃出老爷岭天坑，此处也不具备火化的条件，总不能直接把格罗莫夫的尸体点火烧了，只能像岛上那几位坦克手一样就地安葬，先挖个坑掩埋起来，否则暴露在洞穴里，必遭飞猴啃咬，最后连个囫囵尸首也落不下。可是洞穴边缘全是岩层，苔藓生得手掌般厚，有工具也挖不动。大胆帮子提议找一处岩裂，先把尸体放在里面，再用石块遮住。赵工把这个意思告诉娜佳，娜佳也无法可想，只得点头应允。四个人在附近找到一处大小合适的岩裂，赵工招呼小陈转过身来搬尸体，见格罗莫夫仍在原地没动，就伸出双手想把尸体拽过来，可是不知什么时候，导演格罗莫夫的两只眼睛却睁开了！

小陈吓得跌坐在地，大气也不敢喘上一口。赵工也吓得够呛，周围仍旧死一样沉寂，突然睁开眼的死尸，让四个活人皆有不寒而栗之感。谁不知道人死不能复生，格罗莫夫分明已经气绝身亡，刚才看他的时候还闭着眼，怎么忽然睁开了，难道他还没死透？

赵工心中骇异，他问大腮帮子："你确定这个人真死了？"

大腮帮子也觉得奇怪，打了那么多年的仗，多少次从死人堆儿里爬进爬出，活人和死人还分不清楚吗？

娜佳心存侥幸，以为格罗莫夫还活着，忙将火把递给赵工，走上前想看个究竟。怎知格罗莫夫突然坐了起来，身子直挺挺的，双目空洞无神，脸上的表情诡异僵硬，伸手一把抓住了娜佳的肩头，嘴里露出白森森的牙，凑向娜佳白皙的脖子。娜佳吓得一声惊呼，手枪掉在了地上，急忙挣脱开格罗莫夫的手往后退。

赵工等人见状无不心惊，全被这突如其来的情况吓呆了，同时发觉格罗莫夫张开的嘴里有股子刺鼻的尸臭味，比腐鱼更胜百倍。这个人刚死不久，又是在阴冷的洞穴之中，按道理来说，绝不可能这么快腐烂。先前他们还觉得奇怪，为什么过了这么半天飞猴不下来吃掉格罗莫夫，此时闻到这股子怪味，才明白是怎么回事，看来飞猴并不食腐，不知出于什么原因，格罗莫夫掉进老爷岭天坑这个大洞穴中，死后立即变身成了一个"活死人"。赵工心里突然冒出一个奇怪的念头：也许岩画上没有脸的人并不是神，而是徘徊在地底的僵尸，可是已经死掉的格罗莫夫究竟是如何“活”过来的？

娜佳身后是洞穴石壁，两三步之内便无路可退，更无处躲避，眼看格罗莫夫就要扑到她身上了。大腮帮子和小陈都不敢开枪，因为距离实在太近，一旦开枪射击，娜佳也会被击中。大腮帮子见这行尸走肉浑浑噩噩直不愣登，双臂双腿不能打弯儿，他灵机一动，立即大呼一声：“趴下！”娜佳心领神会，忙抱头趴在地上，让僵尸扑了个空。

生死关头，小陈也顾不得害怕了，趁机端起冲锋枪，红着眼一口气给了格罗莫夫半梭子子弹。格罗莫夫从肚子到胸膛几乎被打成筛子了，然而死尸并没有倒下，却伸手往前一拨，一下就把小陈打飞了，小陈后背直接撞到岩壁上，发出一声闷响，摔在地上动弹不得。

大腮帮子不愧是为军之人，他可不信这个邪，扣下手中双管猎枪的扳机，“砰”的一下正中格罗莫夫的肚子。这种猎枪近距离的杀伤力极强，击退熊罴虎豹也不在话下，这一枪把格罗莫夫的肚子打出了一个大窟窿。尽管如此，格罗莫夫也只是被猎枪击倒在地上，却似不死之身，停顿了几秒钟，紧接着又晃晃悠悠地站了起来，转而扑向大腮帮子。大腮帮子用的双管猎枪原本属于格罗莫夫，枪膛中一共两发子弹，遭到飞猴袭击之时，格罗莫夫开过一枪，刚才又放了一枪，此时已是空膛，再次装弹也来不及了。大腮帮子只得向后躲避，却发觉脚下一空，这才想起身后是地下湖，无奈为时已晚，扑通一下掉到了水中。他又是个旱鸭子，落在水中使不上劲儿，越着急越在水里打转，四肢拼了命地扑腾，咕咚咕咚喝了好几口脏水，鼻子呛得直发酸。

格罗莫夫已然全身是血，跟个血葫芦似的，却仍可行动，揪住了刚刚挣扎起来的娜佳，张开大嘴就咬。赵工原本趴在一旁吓呆了，但是到了紧要关头，竟也生出一股子血勇之气，举起手中火把往格罗莫夫身上一阵乱捅乱戳，格罗莫夫稍稍停顿了一下，又张开嘴咬向娜佳。在这千钧一发之际，赵工拔出匕首冲上前去。他从没摸过刀枪，不知匕首应该倒握，就拿这个当攮子，眼见格罗莫夫腹部、胸部多次中弹，可都没被击倒，他脑中闪过一个念头"人无头不走，鸟无头不飞"，索性闭上眼把心一横，一刀刺入了格罗莫夫后脑，直没至柄。格罗莫夫的尸身晃了两晃扑倒在地，两手兀自抓挠岩石，发出嘎吱嘎吱的刺耳声响，过了半天才死透，慢慢跌倒在地。

与此同时，小陈已经从地上爬了起来，他撞在岩壁上伤得不重，伸出枪托，把在水中挣扎的大腮帮子拽了上来。大腮帮子抹了一把脸上的水，走上前去低头看了看格罗莫夫的死尸，又见赵工坐在地上，两只手不住颤抖，忍不住哈哈大笑："老赵，没想到你青子使得挺利索，瞅这架势以前可没少插人！"赵工还没从惊吓中缓过神来，此时被大腮帮子这么一问，也不知该如何回答，过了几秒，他才哆哆嗦嗦地答道："插……插人？我只削过……削过……土豆……"大腮帮子扭头看了一眼格罗莫夫血肉模糊的尸首，挠头道："你插的这个人……是人吗？"

娜佳死里逃生，惊魂未定，她紧紧握住赵工的手，眼中含泪，用俄语感激地说："谢谢你救了我！"赵工的脸涨得通红，其实刚才那一瞬间，他有一股子冲动，觉得替娜佳死了也没什么，嘴上却连忙表示不值一提，使劲儿握了握娜佳的手。

大腮帮子看了娜佳一眼，又看了看赵工，却没多说什么。他走过去拍拍小陈的肩膀，然后捡起掉落在地的手枪，检查了一下没有损坏，随即还给了娜佳，又把自己手中的猎枪顶上子弹。

赵工仍觉得后怕，想不通死人为什么突然转活了，把他弄成这样，回去怎么向上级交代？大腮帮子却凑上来说："你这么一整，我心里可敞亮多了！”经历了刚刚的那一幕，没人敢再去碰格罗莫夫的尸首，只能把他丢弃在原地。小陈忧心忡忡地问赵工：“老爷岭天坑是处绝地，除了高处的洞口，四周无路可走，咱们在这洞穴里时间久了，会不会……会不会也变成……这……这样？”说到此处，小陈一双眼睛瞪得溜圆，伸手捂住自己的嘴巴，不敢再往下说了。赵工心中的恐惧并不亚于小陈，但是在娜佳面前却不想让自己显得胆怯，沉吟道：“我也说不准，不过老爷岭天坑地洞中一定有古人留下的通道，咱们再往前找找看吧。”

大腮帮子在周围转了一圈，见死尸身旁的岩层是一处斜坡，似乎是条通道。众人决定过去一探究竟，却不敢掉以轻心，将枪支弹药上膛，赵工手举火把照亮，一步一步往前摸索，越往前走，洞壁上的岩画越多，不过画中的内容并没有太大变化。

四个人心里存了同样一个念头：既然天坑中有古人留下的痕迹，那就一定会有出口。他们在天坑洞穴边缘的岩裂中走了百余米，发现前方似有光亮，再走近些，众人皆是目瞪口呆，可以隐约看出一片屋舍的轮廓，俨然是个灯火通明的村子，莫非与世隔绝的天坑地洞中还有人居住不成？

2

小陈使劲儿揉了揉眼，确定没有看错，兴奋地叫道：“前边是个村子，咱们有救了！”

赵工和大腮帮子面面相觑，这里还是在地下，怎么会有灯火通明的村子，何况那光亮阴森诡异，显得不太寻常，绝不是灯烛的光亮，而且这岩洞里无法耕种狩猎，人类总不能在长年不见天日的情况下，与凶残的飞猴为伍，吃蝙蝠老鼠为生。要真是那样的话，那还是人吗？

小陈求生心切，早已乱了分寸，远远望见有个村子，心里只想着有村子必定有人，那些人应该有办法出去。他急匆匆加快脚步，想跑过去找老乡求援。

大腮帮子觉得不对劲儿，伸手将小陈拽住："先等等，瞧清楚了再过去，深山洞穴之中怎么可能有人，你再仔细看看，村子里的光亮根本不像灯火，你们听我的命令统一行动，谁也别乱跑！"

赵工是个博览群书的知识分子，读过不少古书，猛然想起在清代笔记中看过山中幻象的记载，有流放到边荒苦寒之地的人，于途中遥望云气变幻，如楼台宫阙之象，稍近之，则郁郁葱葱，又如烟并庐舍，万家屯聚，再走近看，这一切都化为乌有了。据说那是看见了上千年前渤海国的鬼城。

深山古洞中的这个村子规模也不小，至少有几百户人家，从远处望去，整个村子笼罩着一层微弱惨白的荧光，也不知是从哪来的光亮，仔细一看，村里进进出出有人走动。

大腮帮子比较谨慎，看了看身后没见飞猴跟上来，示意娜佳熄灭火把。几个人躲在远处观望，越看越觉得古怪，别看有村民来回走动，却全是一声不吭，步履迟缓，村子里没有任何动静，鸡鸣犬吠之声更是一概没有。

娜佳胆子挺大，对赵工说："天坑中只有这条路可以走，要不要过去看一下？"

赵工犹豫不决，低声告诉娜佳："岩画中那些没有脸的死人，可能正是这个村子里的村民！"

娜佳很是吃惊，"你是说老爷岭天坑地洞之中，有个死人居住的村子？”

没等赵工开口，大腮帮子忽然一拍脑门子说：“老赵，我知道这个村子是什么地方了！其实刚才就该跟你们说，可我从没把这个深山老林中的离奇传说当真……”他说老爷岭这片大山，向来人迹罕至。直到近些年，才开始有人到这一带打猎，那些老猎人经常在山里看到岩画，少说也是几百年前留下的，说明老爷岭在古时候是有人烟的，总在这大山里打猎的人们，看惯了岩画，逐渐也明白了其中的内容，偶尔会把岩画里描绘的情形讲给别人听，说了都没人信，只当是唠嗑儿。那是说好多年以前，大山里头有个村子，那些村民原本靠狩猎为生，后来吃过一棵大树上结出的果实，从此不老不死，也不用吃喝，什么也不用干，就在那儿住着当神仙。

娜佳听赵工翻译了大腮帮子的话，居然也可以理解，认为他所言非虚，因为在古本《旧约》中也有类似的传说。相传有两棵大树，分别结出“智慧果实”和“生命果实”，人类的祖先偷吃过“智慧果实”，却没找到“生命果实”，所以人类只拥有智慧，生命却有限度，终究难逃一死，相传“生命果实”隐藏在一座大山里，由手持喷火转轮剑的大天使把守。这与大腮帮子提到的事，有很大程度的相似之处，世上是否真有这个长生不死的村子？

赵工暗暗咋舌，世上从无长生不死之人，活了八百岁的彭祖也只是传说，看先前格罗莫夫的样子，或许就是因为吃了村子附近的东西，结果变成了活死人，倘若果真如此，这个村子里的村民就不是活人。但老爷岭天坑里的洞穴不见天日，那树上结的果实又是什么东西，能把人变成行尸走肉？

三个人正说到胆寒之处，突然发现身边少了个人。原来小陈被困在天坑绝境中，接二连三地遇到危险，早成了惊弓之鸟，心理防线近乎崩溃，只想赶紧离开此地，竟趁赵工等人不备，没打招呼就偷着跑向村子求救。

大腮帮子骂道："这个崽子真是活腻歪了，偏要跑去找死，你俩在这等着，我去把他揪回来。"

赵工担心大腮帮子单枪匹马有个闪失，忙说："咱们不能分散，一起去救人！"

三个人怕惊动村里的人暴露目标，不敢大声叫喊，只能快步赶上去闷头猛追，直到距离村子还有十几米的地方才追上了小陈。大腮帮子薅住小陈的脖领子，抬手一个耳刮子扇过去，拽上他就往后退。

这时候赵工往村子里看了一眼，因为距离很近，看得格外清楚，只见那些村民一个个面无表情，空洞的双眼，苍白的皮肤，僵硬的四肢，与之前死掉的格罗莫夫一模一样，行尸走肉一般在村中徘徊。村子正中长出一株奇怪的巨大植物，金黄色的树干，形似参天古树，树冠上面开满了异样的血色花朵，结出无数白花花的条状果实，沉甸甸地垂下来，离得这么远都能嗅到一股浓烈的香甜，味道十分诱人。有几个村民正在抓起果实，慢慢塞入嘴中，树上的果实似乎取之不尽，整个村子里到处落满了白色果实，散发出阴冷奇异的荧光，正是这些白色果实照亮了村舍。

再定睛一看，哪里是什么发出荧光的白色果实，分明是这株古怪植物上长出的虫子，吊挂在半空中，下端用力向上卷起，然后慢慢舒展伸直，又再次卷起，不住重复这个动作，有一些虫子掉落在地上，还在缓缓蠕动。赵工突然意识到，这可能是一种寄生虫，当初来到这里的村民们以为吃了这个东西就能不老不死，实际上吃了这种虫，就会被它寄生在体内，从而丧失心智，变成不分善恶只记得饥饿的活死人，时时刻刻都想以这种香甜诱人的虫子充饥。赵工看得触目惊心，一时呆住了。娜佳上去扯住他的胳膊，急道："还不快跑！"

那些徘徊在死亡中的村民听到响动，立即发觉有外人接近，这些活死人便不再去吃大树上长出的白虫，转身扑向这四个幸存者。大腮帮子一边跑一边往后开枪，但村中的活死人太多，打倒一两个根本没有用，其余的仍张着饥饿的大嘴，前仆后继蜂拥而来。

大腮帮子光顾着开枪打退这些村民，却没空继续拉住小陈。警卫员小陈吓破了胆，两条腿不住颤抖，脚下一软瘫倒在地，想再爬起来，腿脚怎么也不听使唤，被追上来的活死人扳住肩膀，围住了一通乱啃，撕心裂肺的惨叫之声不绝于耳。赵工等人目睹小陈惨死，也变成了人不人鬼不鬼的“活死人”，却没有回天之术，再回去救人也来不及了，只得拼了命地向前狂奔，连滚带爬跑到水边，飞身登上圆木奋力划水。好在村中的活死人追到水边都停住了，可能由于无法下水，他们竟没再追下来。三个人拼命划，惊慌失措地退回之前的孤岛，暂时脱离了危险。

此时外边已是黑夜，头顶洞口的光亮消失不见，老爷岭天坑古洞又陷入了万古不灭的沉寂，小陈死前的惨叫声，却仍在三人耳边回响。大腮帮子蹲在地上想点根烟卷，却因落水潮湿，再加上手有点儿哆嗦，半天也没点着，眼睛望着远处，口中喃喃自语：“爷们儿，你救过我一回，我没能救下你，我对不住你。你也算是执行任务死在战场上了，当兵的不就得死在战场上吗？”赵工两手捂着脑袋，不愿再去多想，心里却十分清楚，前途已是绝路，即使行尸不能下水，高处还有那么多的飞猴等着下来吃人，困在洞口下方的孤岛上，迟早也是一死。

3

经过这一番折腾，大腮帮子的猎枪已经用尽了弹药，留在身边也是多余，便顺手扔在了一旁，他和娜佳还各有一支手枪，不过子弹也不多了，不到紧要关头，绝不能轻易使用。三个人整顿了心情，决定先撤到 T-34 坦克附近，利用剩余的燃油尽可能多做一些火把，借此抵挡飞猴的袭击，万一火把挡不住了，还可以退到 T-34 坦克的铁壳子中躲一躲。这辆锈迹斑驳的苏军 T-34 坦克，如今成了他们唯一的容身之处。

掉入天坑至今，过了还不到半天，一行六个人已经少了三个，活下来的三个人不敢想太多，能够找到出口固然最好，当务之急还是得先保命，什么也不如活下去要紧。大腮帮子在坦克残骸旁拢起一堆火，一边烤着身上的湿衣服，一边捆绑火把，等到这口气缓过来，他让赵工和娜佳二人，将周围用不上的残枝末叶全都捡回来聚拢在一起，摞起半人多高，底部倒入燃油，再泼些水将柴堆表面打湿，又沿着干柴堆边缘挖了一圈防火沟。

赵工想起挑灶沟露营时，自己曾捡回来一堆湿柴，费了半天力气也没点着。他不解地问大腮帮子，为什么要把枯枝烂叶打湿？这么做不仅很难点燃，还会产生呛人的浓烟。大腮帮子说："你们这些读过书的人就是太迂腐，此一时彼一时，想活命全得指望这股浓烟了，不过现在还不是时候，等到天亮之后，咱整出一个大烟柱来，如果老天爷开眼，烟柱兴许能够穿过天坑洞口，方圆百十里的人都能看到，就会以为林子里失火了赶过来，即便行不通，浓烟也可以吓得飞猴不敢接近。"

赵工知道天坑洞穴中气流强劲，烟柱未必能够穿过气流，但是此时身处绝境，哪怕仅有一线生机，也不该放弃努力，成功与否总要尝试一下。为了让浓烟持续的时间更久，他和娜佳继续在苏军 T-34 坦克附近搜集枯枝，天坑中的孤岛上植物茂密，不知积攒了几千几百年的枯枝烂叶层层叠叠，厚的地方甚至超过一米，走上去一步一陷。两人专挑粗大的枝干往回抱，转到 T-34 坦克另一侧时，娜佳被什么东西绊了一下，险些摔倒在地。赵工忙把她扶住，低下头来一看，发现树丛后露出两只大脚，脚心朝上，一只脚上有鞋，另一只成了白骨，惨不忍睹。从鞋子上可以辨认出，这个人就是契卡。原来契卡跌落的时候距离众人并不远，只是此人身材高大，背包也因为装了许多酒而变得过于沉重，大头朝下扎入树丛中。由于火把的光亮有限，又被枯枝烂叶遮挡，所以之前没找到他。刚才他们四个人离开小岛搜寻队友的时候，又有飞猴下来啃光了契卡的半条腿。娜佳见契卡落得如此下场，绝望地跌坐在地，脸色惨白如纸，面对接二连三的死亡，她连哭的力气也没有了。

赵工让娜佳留在原地别动，他叫来大腮帮子，准备将牛高马大的契卡抬出来，与那几个苏联坦克兵埋在一处。大腮帮子本不想管这些，因为头顶的飞猴蠢蠢欲动随时会下来，可又拗不过赵工，不情不愿地过来帮忙。正要搬动尸体，却见植物丛中有岩石凸立，上边血迹斑斑。原来契卡坠落时头部正巧撞在岩石上边，这才当场毙命。大腮帮子用手一摸，发觉那块岩石十分齐整，如同一块石碑，四周的枯枝败叶也没那么厚，似乎在若干年前被人挖开过。他心知其中有异，掩埋了契卡的尸首之后，让赵工打上火把照亮，上前挖开埋住石碑的落叶，这才看明白是一道半掩的石门，门上刻有古老神秘的图案，底部仍埋在泥土中，不过挖开的豁口，已足够人钻进去，里边黑洞洞的深不见底。

三个人无不骇异，他们如何想得到，老爷岭天坑地洞中竟然藏有一间古代石室，由于年代久远，被从高处落下的泥土覆盖住了，上边又长了很多植物，枯木落叶层层堆叠，若不是契卡一头撞死在这里，几乎不可能有人发觉。当年的苏军 T-34 坦克坠入洞底，也没能砸穿石室顶部，使人误以为是座孤岛。大腮帮子十分肯定地对赵工说："在苏军坦克坠入天坑之后，这里还有人来过！"赵工不解其意，问他为什么这么说，大腮帮子一拍大腿，“你想啊，那么重的坦克掉下来都没能砸到石板，可见有另外的人进来挖开了石门，否则契卡也不至于掉下来一头撞死。”

这个发现也让赵工兴奋起来，三人决定进石室一探究竟，天无绝人之路，说不定会有什么发现。当下打开契卡的行军背包，找出有用的东西带上，里边不仅有面包、罐头、咸肉、烈酒、烟草、火柴、炸药，还有手电筒和电池。大腮帮子从契卡背包上摘下一个灌满了烈酒的行军水壶，拧开盖子喝了几口，又递给赵工，让他也来两口暖和暖和，还可以壮壮胆。赵工酒量一般，平日里几乎滴酒不沾，但是一想到前途未卜，很有可能葬身此地，心里头觉得挺悲壮，接过水壶猛地喝了一大口，烈酒的烧灼感从喉咙直穿胸膛，呛得他连声咳嗽，眼泪直流。大腮帮子在他肩头上重重一拍，“老赵，今后我拿你当过命的朋友！”赵工用袖口擦了一下眼角说：“咱们一同经历了这么多，肯定是生死之交！”大腮帮子收拾齐整，一手拎着枪，一手打亮手电筒，爬入挖开的门洞，娜佳和赵工紧紧跟在他身后。三个人穿过门洞进了石室，举起手电筒和火把四处打量，石室面积不小，长宽皆在二十步以上，里头灰网遍布，潮湿阴冷，由于几条植物粗大的根脉扎入了石壁，置身其中并不如何憋闷，当中仅有一块大石碑。大腮帮子认不了多少字，也就比部队扫盲班水平高点。赵工虽然没有大腮帮子的胆识，古今中外的书可没少读，以为石碑上会有碑文，怎知抹去石碑上的积灰，发现也是些古老神秘的图案，和之前见到的岩画如出一辙，看不出什么端倪。

三个人均已疲惫不堪，看到石室中并无通道，心里头多多少少有些失望，就用背包挡住入口，防止飞猴钻进来，坐下来吃了点东西，准备轮流休息一会儿，等天亮之后再设法脱困。石室坚固无比，又只有一个出口，易守难攻，能够以逸待劳，先喘口气再说，总比缩在 T-34 狭窄的驾驶舱中舒服。

娜佳在短短十几个小时内经历了从惊恐到绝望的心路历程，虽然眼下尚且属于幸存者之一，但前无坦途，后无退路，恐怕难有机会逃出生天，心下无比绝望，抱膝坐在角落中一言不发。

赵工坐在娜佳旁边，有心劝慰娜佳两句，又不知从何说起，他自己也是思潮起伏，原以为会在石室中找到些什么，结果又是一场空。随着希望一次次破灭，赵工不得不面对现实了，他心里很清楚，他们三个人几乎不可能生还，必须做最坏的打算了。就在他胡思乱想之际，发觉屁股底下有个什么东西硌得慌，随手一摸，摸到一个软塌塌的物件，黑灯瞎火看不见是什么，捡在手中用手电筒一照，竟是只破旧不堪的胶底鞋，黑如胶漆，周围镶了一匝金边，近似于蝎子尾钩，看来之前的猜测没错，这里果真有人来过，居然还留下了一只鞋。

大腮帮子一愣，两眼盯着赵工手上的鞋直勾勾地出神，足足有十秒钟一动不动，也不知脑子里在想什么。

赵工从未见过大腮帮子这样，心里也是一沉，此人身经百战，在枪林弹雨中出生入死，自从上山以来始终临危不乱，无论发生多大变故都能镇定自若，怎么见了这只鞋子突然间就变得像丢了魂一般？他忍不住问大腮帮子：“你认得这只鞋？”

大腮帮子将鞋子接在手中翻看了很久，脸上的表情依然让人琢磨不透，他告诉赵工这可不是鞋，这是“山袜子”。

赵工觉得很奇怪，苏军 T-34 坦克坠入天坑，里面的几个坦克兵当场摔死了，不可能进入石室，苏军也不穿这样的鞋，所以曾经挖开石门的一定另有其人，胶底鞋可能是那些人留下的，这只鞋子有什么问题吗？而且分明是只胶底鞋，为什么大腮帮子管它叫“山袜子”？

大腮帮子说之前东北的土匪，就说这是“山袜子”，这也是出于忌讳，以前任何一个行当都有忌讳，比如跑船的最忌讳“翻”这个字，吃鱼只吃一面，如果真要翻过来吃背面，就要说划过来，因为船在水中一旦翻了个儿，船上的人就没命了。这么说未必可保平安，但人在船上天天说“翻”可也不是什么吉祥话，怎么着也得图个趋吉避凶。再比如说上山落草当土匪的，这些人整天把脑袋别在裤腰带上，过着朝不保夕的日子，忌讳的字眼就更多了，最忌讳的当属一个“死”字，一旦手底下的兄弟折了，只能说成“睡”了，对于这个“鞋”字也是百般忌讳，东北的深山老林，很多地方可能几百年也不见一个人，土匪常年钻山入林，净往没人的地方跑，什么邪乎事都可能遇上，忌讳的就是这个“邪”字。正因如此，关外的土匪之间有个不成文的规矩，不管这个东西叫鞋，而是叫它“山袜子”。这绝对是好东西，天寒地冻的时候，土匪穿皮靴、马靴、毡靴，塞上乌拉草御寒，三伏天骑马攀墙、上树钻洞、赶山蹚河，就得穿上这胶底的“山袜子”。

赵工听完大腮帮子一番话，心中若有所悟：“你的意思是说——打开石门的人……是土匪？”

大腮帮子没说是也没说不是，“老赵，别人都说我当过土匪，你不是也想知道究竟吗？反正一时半会儿咱也出不去，就听我给你念叨念叨……”他之前落入地下湖，身上的烟叶烟纸全受了潮，一边说话一边掏出契卡背包中的烟草，卷了一支喇叭筒，划根火柴点上，狠狠吸了一口，说出了一段从没对任何人提及的往事……

第四章 大腮帮子打虎

1

大腮帮子一口地道的东北话，实际上并不是土生土长的东北人，他老家在关内胶东，底下还有几个弟弟妹妹，祖辈是二仙观当住庙的持宝道士。道教门派不同，清规戒律、修行方式也各不相同。大腮帮子的祖上一直是住庙不出家，可以娶妻生子延续香火，画符念咒、开坛作法、求神问卦、解魇破阵，只要给够了香火钱，什么法事都可以做。一家老小过的日子不敢说有多富裕，至少有口饱饭吃。传到大腮帮子他爹这一代，正赶上天下大乱、土匪蜂起、民不聊生，再加上闹饥荒，一年接一年不是涝就是旱，庄稼地里颗粒无收，草根树皮都让人啃光了，老百姓易子相食，苦不堪言。人们倒是想烧香许愿，请神佛保佑，怎奈心有余而力不逮，命都快保不住了，哪儿来的钱往庙里送？二仙观早就断了香火，凭着居士们之前供奉的一点粮食，持宝道人一家还能勉强糊口。直到把存粮吃完了，灾情仍在持续，这一家子就活不下去了，一连饿死了几个儿女，还剩下两个闺女一个儿子，也都饿得脱了相，眼看着身子骨一天不如一天。当爹的和当娘的一商量，凑在一块儿全得饿死，不如让当娘的带两个闺女在老家要饭，当爹的带儿子去关东闯条活路。听说东北人烟稀少土地肥沃，有很多山东老乡去闯关东，到了关外都混得不错，只要肯出膀子力气，咬紧牙关苦上几年，定能吃喝不愁，要什么有什么，如若爷儿俩闯出条活路，到时候托人捎个口信，再把娘儿仨接过去。夫妻二人主意已定，第二天一大早，大腮帮子他爹把家里能带走的东西打了个包袱背在身上，大腮帮子他娘领着两个女儿，挥泪把这爷儿俩送出二仙观走上大路。大腮帮子满脸是泪，跪在路上磕了九个响头，然后一步一回头越走越远，直到庙门口的娘和妹妹变成三个小黑点儿再也看不见了，一大家子人从此被迫离散，各奔各的活路。

以往那个年头，闯关东的人不在少数。山海关一道城门隔开关外关内，自打当年吴三桂引清军进入山海关，大清朝取代了大明朝，紧接着皇上下了一道禁令，严禁汉人踏入关外龙兴之地，以至于百十年下来，关东人口骤减。到清朝同治年间，黄河下游连年饥荒，非旱即涝，山东、河北、山西等中原之地的穷苦百姓为求生存，不惜背井离乡突破重重险阻闯入东北。中国人常说“故土难离”，在家千日好，出门万事难，谁不明白这个道理？老百姓固守一亩三分地，哪个不愿意过老婆孩子热炕头的小日子？“闯关东”三个字说来简单，一穷二白的老百姓想在人生地不熟的关外立住脚，真可以说是难上加难。大腮帮子父子俩跟着逃难的人群一路跋山涉水、钻林过涧、躲野兽、避土匪、忍饥受冻，跌跌撞撞走了一个多月，来到关外已然是衣衫褴褛、狼狈不堪。此时又犯了难——两眼一抹黑，不知道能干什么。关外虽有大片肥沃的黑土，但是气候寒冷，人烟稀少，这爷儿俩又不是庄稼把式，不会开荒种地。大腮帮子他爹万不得已想出一个主意，带儿子落脚在长白山下一处人烟稠密的市镇，找个简陋破败的大车店住下，穿上道袍扮成师徒，重操旧业走街串巷摇铃卖卦，想以此糊口，先立住脚跟，解了燃眉之急再找别的出路。可是事与愿违，爷儿俩在镇子上转悠了半个来月，早出晚归，哪里人多往哪儿去，居然一档子买卖也没做成，除了遇上一两个信道的老乡施舍了几个大子儿，再也无人问津，把父子俩逼入了绝境。

这日黄昏时分，父子俩挨了一天冻，忍了一天饿，刚从街上回到大车店，刚进大门就让店主强行拦住了，“我说，您二位在咱这小店也住了不少日子了，押在柜上的钱都花完了，您看是不是再交点儿店钱？”大腮帮子他爹已然穷途末路，往兜里一摸，的确还剩下几个大子儿，可是今天交了店钱，明天就得饿肚子喝西北风，便向店主央求，能不能多宽限几日，店钱先欠着，等赚了钱立马结清。店主倒是没逼他，说这背井离乡闯关东没有一个容易的，宽限几日就宽限几日，只是你们爷儿俩天天起早贪黑，也不是偷懒儿耍滑的人，看穿着打扮是位道长，到底做的是什么生意哪路买卖，怎么这么多天也没挣来钱？大腮帮子他爹如实相告，听得店主直嘬牙花子，“我说这位道长，您这样可不行，关东山不比中原，这嘎人大多信奉搬杆子顶仙的，游食僧道一概不认，你这一套吃不开啊！”大腮帮子他爹犯了愁，长叹一声道：“老板，您说的这个事儿，这几天我也看出来了，在关外摇铃卖卦，想挣口饭吃太难了，可是我实在没有别的能耐，要不然您老哥帮帮忙，给我们爷儿俩指一条活路？”店主说道：“一般这闯关东的，要么就是开荒种地，要么就是上长白山当猎户、挖棒槌，没能耐的可干不了。不过也有两桩苦营生，一是去老金沟淘金；二是进木帮，干水场子的活儿，说白了就是在江上放木排。”大腮帮子他爹眼前一亮，问道：“那倒是好啊，我这正当壮年，好歹有膀子力气！我也会水，要不您给费费心，帮我找个放木排的活儿？”店主面带犹豫，说放木排倒是不难，却是要命的活儿，说九死一生也不为过。大腮帮子他爹一跺脚，“九死一生，那不是还有一生吗？要是再挣不着钱，我们爷儿俩可只有死路一条了，我死了不打紧，说什么也得把小的保住啊！”店主听他说得决绝，只得应承下来。

鸭绿江、浑江流域群山叠嶂、林海莽莽，那个年头交通不便，从深山老林砍伐下来的原木要想出山，只有水运这一条路。放木排得先伐木，到冬季江水结冰不便运输，木帮的工人可不能闲着，趁这个间歇期，正好进深山老林砍树伐木，一干就是一冬。关外的寒冬冷得出奇，而且格外漫长，很多人身子单薄，扛不住冻饿交加，就这样冻死累死在了山林里。从山上砍下来的大树得先抬到江边，用藤条、铁链等索具结结实实扎成木排，尾部装一支木棹，以便掌握航向。木排扎完了放到“排窝子”里，待到春暖开了江，冰层融化，江水上涨，再将木排放入江中。领头的喊一声“开排了”，众人各自立于木排之上，撑杆顺流而下，原木可就浩浩荡荡出了山，等于是连货带船全齐了。河道宽窄深浅不同，木排或大或小，在江上漂起来排成长列，看不到头尾，蔚为壮观。干这一行的俗称“江驴子”，全是吃不上饭卖苦大力的，但凡有条活路，绝不会干这个，又苦又累自不必说，还极其危险、生死无常，稍有闪失命就没了！放这一趟木排，至少经过几十道鬼门关，其中以“崽子哭、门坎哨、大裤裆、棒子垅”最为险恶，光看名字就知道这些地方礁石险滩遍布，“崽子哭”这地方，上游浑浊的水流铺天盖地冲下来，水势湍急呜呜直响，小孩儿听了一准吓得哇哇大哭；“门坎哨”像一道门坎，木排行至此间，如若不慎扎进江底陷入泥沙，人可别想活着出来；那“大裤裆”中间矗立着一块巨石，两边两股激流奔涌，木排行至此处，稍有迟疑就会狠狠撞在巨石上，落个粉身碎骨；“棒子垅”更险，江面看上去平缓通畅，可是江底暗礁丛生，像是排满了一根根棒子，木排经过此地免不了一通猛颠，此时放排人必须死死掌住舵，哪怕颠出肠子也不能撒手。一旦碰上雨季江水暴涨，木排很容易被湍急的水流掀翻，原木像柴火棒子似的漂得满江都是，人落在水中如同掉进了木碾子，岂能得活？一趟下来仿佛经历九九八十一难，不知有多少江驴子祭了大江。可有道是，“富贵险中求”，“有钱能使鬼推磨”，木帮永远不缺放排的江驴子。

一条木排上有两三个人，纵览全局的老大称为“大卯子”，全是经验丰富的“老木把”，在大风大浪里闯荡多年，其余的“雏把”负责蹬竿子、划桨。大腮帮子跟他爹同在一条木排上干活儿，算一个半人头儿。老时年间，靠捕鱼为生的老百姓有个规矩，叫“父子不同船”，正是因为水上有风波之险，得给家里留下一脉香火，江驴子放排比在水上行船更为凶险，若不是逼不得已，绝没有狠心的爹带着家中独子吃这碗饭。爷儿俩以此为生，勉强有口饭吃，每次漂在江心让浪头拍得心惊肉跳，心里都赌咒发誓，这次如果能够活着回去，说什么也不干这个营生了。别的江驴子攒下几个钱，可以盖起两间土坯房、置办点儿家伙什开荒种地，他们爷儿俩却没那份手艺，等把放排挣的钱吃干喝净了，还得再次上山砍木头，下江放木排，为了挣口饭吃，再苦再累也得挺着。大腮帮子知道他爹不容易，卖命挣的几个钱勉勉强强刚够吃饭，想把家里人接来关外难于登天，恨自己只算半个人头，因此卖十二分力气干活，无非想让大卯子高看一眼，好让父子二人多挣点钱。怎知天有不测风云，人有旦夕祸福，当爹的没死在江里，却死在了劫木排的江匪手中。关东的江匪，少则三五人，多则二三十人，各持刀枪棍棒、鸟铳火器，忽聚忽散，出没无常，杀人不眨眼，看见什么抢什么。几名江匪冲上木排，其中一人手起一刀，捅在大腮帮子他爹的肚子上，他爹身子一软捂着肚子瘫坐在木排上，那江匪又奔大腮帮子而来，举刀就扎，本已倒下的大腮帮子他爹不知从哪儿来的力气，猛然间扑到江匪身上，替大腮帮子挡了一刀，随即死死抱着江匪一同滚入江心，鲜血一瞬时染红了江面。另一名江匪上来飞起一脚，把惊呆了的大腮帮子踢下木排，这孩子侥幸抱住一根散落的原木，顺流而下漂流到了岸边，等于捡了条命。可怜大腮帮子他爹，闯关东没多久就死于非命，扔下大腮帮子一个人孤苦伶仃，彻底没饭吃了。

大腮帮子有心返回胶东老家，奈何路途遥远，不知道能不能走得回去，就算走回去恐怕也得饿死。他还只是个十来岁的半大小子，遭此惨祸，不能再在木排上干活了，可也得想个法子活命。之前当江驴子的时候，他常听人说关东山是块宝地，清军入关以来，就将此山视为龙兴之地，封禁长达两百余年，更使这原始森林成为天然宝库，正所谓“游鱼在水、奇宝在林、珍禽在天、异兽在山”，“鳇鱼鲑鱼、三花五罗、貂皮麝鼠、人参棒槌”应有尽有。大腮帮子心想，老天爷饿不死瞎家雀，不信关东这么一大片地方没我一口饭吃。说也凑巧，他在路边捡到一个废了的兽夹子。大腮帮子以前在老家道观里用过这玩意儿，拿过来修了修，仍挺灵便，干脆就拿这兽夹子上山“放对儿”。“放对儿”是方言土语，指在山上设夹子，专套黄鼠狼、林貂、狐狸之类的皮兽，剥下皮筒子换钱。大腮帮子又照猫画虎做了几个兽夹，他却不懂寻找兽迹，顶多逮几只山鸡、野兔，忍饥挨饿是家常便饭。有时一连几天肚里没食儿，饿得天旋地转站也站不稳，两个眼珠子发绿，瞅谁都是俩脑袋。有时候赶上运气好，在山里遇上一两个心善的猎户，见这孩子可怜巴巴，给他块干粮充饥，大腮帮子千恩万谢，跟着猎人走一程，问问人家打猎的经验，学点儿本事。不到三个月的光景，他已然饿得眼窝凹陷，骨瘦如柴，好在此时天气尚暖，不至于冻死在这深山老林。

转眼入了冬，大雪一封山，就该逮皮兽了。大腮帮子心下合计，他这般下夹子设套，连自己的肚子也填不饱，非得逮一两只值钱的皮兽，下山换了钱，才能熬过严冬。来到关外多时，从猎人口中得知，有一种雪貂叫“草上霜”，又称为“千金白”，十分罕见。貂皮以白为尊，手感轻盈柔软，象征荣华富贵，“千金白”一根杂毛都没有，可遇而不可求。首先来说，雪貂狡猾多变，只有夜间才出来觅食，很不容易让人逮到，即使侥幸逮到一只，也备不住有杂毛。总而言之，这东西相当珍贵，据说在前朝，皇上冬天揣手的“暖笼”，就是这种皮子。那时候的老百姓抓到白貂也不敢自己用，敢跟皇上用一样的东西，乃是欺君罔上的大罪，就算不诛灭九族，也得落个砍头问斩。大腮帮子人小胆大，不知天高地厚，赤手空拳就想进山碰碰运气，走入了深山密林之中。他形单影只，一没有猎叉，二没有鸟铳，半路上不免有些担心，怕万一遇上虎豹招架不住，只得捡了根破木头棍子握在手中壮胆，漫无目的乱走了半天。进山前几天，山里刚刚下过一场鹅毛大雪，深山老林里滴水成冰，往地上吐口唾沫都能摔成八瓣。大腮帮子身上衣服单薄，冻得手脚麻木，耸肩缩脖，上下两排牙咔咔咔不断打战，满口牙都快震碎了，双腿如同灌了铅，走起路来一步比一步沉重。刚从一棵古松下走过，树杈子上突然蹿下一个野物，不偏不倚正落在他背上。

大腮帮子眼角余光一扫，瞥见两只毛茸茸、灰不溜秋的爪子搭在自己肩头，登时大吃一惊，以为遇上了狼搭肩，奇怪的是并不重，他也不敢回头，万一是狼，扭头一看就得被狼咬住脖子，他这条小命儿可就交代了。虽说大腮帮子还是个孩子，但这一年多来跟着父亲闯关东，又到江上放木排，经历了许多磨难，也长了不少见识，遇事可以沉得住气，当时也是急中生智，慌忙往前一滚，将那野物甩在身后。等他起身再看，但见那东西毛茸茸的，仅有二尺来长，浑身灰白斑纹，如同白桦树皮一般，牙尖嘴利，两个眼珠子忽黄忽绿，精光四射，正冲着他龇牙咧嘴，蓄势待发。大腮帮子听山里的猎人说过这个东西，在关外叫“山狸子”，心中不禁一颤，别看这玩意儿个头儿不大，却十分凶恶。山里人常说“一猪、二熊、三老虎”，深山老林里的野猪重逾千斤，什么都不怕，关东山的密林中松树多，野猪喜欢往松树上蹭，满身松脂结为一层铠甲，猎人手中的鸟铳打不透这层甲，熊罴虎豹见了野猪也得绕着走。有道是“云怕风，风怕墙，墙怕老鼠，老鼠怕猫”，野猪这么厉害，却怕山狸子。因为山狸子刁钻古怪、凶残灵动，极难对付，仗着个头小，身子灵活，可以围着野猪转，把野猪绕得晕头转向，或者蹦在野猪背上，四只爪子牢牢抓住野猪的脊背，如同粘上了一般，任由野猪在林子里横冲直撞，怎么也甩不脱，直到野猪精疲力竭，再也跑不动了，趴在地上哼哼气喘，山狸子就趁机绕到野猪肚子底下，一口咬掉肚脐。野猪身上挂的甲虽厚，肚脐上却没有甲，被咬后野猪一阵巨痛，发疯似的绕树狂奔，肠子就绕到树上了，越抻越长，绕上十几二十圈，再大的野猪也撑不住，一头栽倒在地上。山狸子不紧不慢地溜达过去，脑袋钻入还没死透的野猪肚子，掏出血淋淋的心肝来吃。野猪眼巴巴看着自己的五脏六腑被山狸子掏出来，还在自己眼前炫耀，却一点办法也没有，躺在地上四脚乱蹬，连气带痛，淌下几滴眼泪，不甘而亡。

进深山老林套皮子、挖棒槌的人遇上山狸子一样凶多吉少，大腮帮子听猎人说起过，山狸子吃人先掏眼珠子。可是卤水点豆腐，一物降一物，打猎的却不怕山狸子，有了鸟铳弓箭，对付山狸子非常容易。大腮帮子无暇多想，赶忙打起精神，背靠古松稳住阵脚，手持木棍与山狸子对峙，不错眼珠地盯着这只小兽，怎知山狸子快得出奇，也是看准了大腮帮子手中没有火器，一纵身蹿到了树上，又居高临下往他头上扑来。大腮帮子来不及再举木棍抵挡，霎时间万念俱灰，把两只眼一闭，以为自己这条命就扔在深山老林中了。正当千钧一发之际，但听啪的一声枪响，划破了长空。山狸子中枪落地，鲜血染红了皑皑白雪，身上冒出缕缕青烟。

2

大腮帮子惊魂未定，吓出一身白毛冷汗，睁眼看时，发现山狸子已经死在了面前，暗自庆幸保住了性命。他长舒一口气，扭头循声望去，只见一个手持鸟铳的老猎人大踏步而来。此人身材高大，脸上的皱纹沟沟壑壑，道道历尽沧桑，颌下黑黢黢的连面胡子，手臂上青筋外凸，形似林中古藤，身穿一件熊皮坎肩，腰挎三尺开山刀，威风凛凛。老猎人走过来，也不理会大腮帮子，抽出开山刀将山狸子下身割开，挤出尿脬里的尿装进一个随身的水袋子，又把水袋子揣入怀中。大腮帮子当时并不知道，山狸子的皮不值钱，肉也又骚又臭，给狗都不吃，只有尿是好东西，卖给放山的老客，钻山入林之时在身上洒几滴，豺狼虎豹不敢近前。猎人收了水袋子，转过头问衣衫褴褛的大腮帮子：“你个要饭的小崽子，是打关内来的吧？上这深山老林中干啥来了？不是遇上我，你可就让山狸子掏了！”大腮帮子不敢隐瞒，说自己一个人进山打猎，想打下猎物换口饭吃，换件棉袄穿，没承想撞上山狸子，险些丢了小命儿，又跪在地上拜谢救命之恩。那个老猎人听了哈哈大笑，声若洪钟：“就你这埋汰样儿，个头没有枪杆子高，赤手空拳的还想打猎？照我看你连只大眼贼也打不着，一只山狸子就险些要了你的小命，咋没家大人跟着呢？”大腮帮子被老猎人这么一问，触动了心怀，眼圈就红了，跟老猎人如实说了自己的身世。老猎人见大腮帮子挺实诚，敢一个人进山套皮子，胆子也不小，想到自己膝下无子，看别人外出打猎师徒父子结伴而行，不由得在心中动了一个念头，就伸手把大腮帮子扶起来，说道：“我瞅你这孩子怪可怜的，又是孤身一人，要不这么着吧，你就先跟着我打猎，给我当个小徒弟，有啥吃啥饿不死你，等过几年壮实了能自个儿谋生了，再回去找你娘咋样？”大腮帮子自打他爹遇难以来，一个人无依无靠四处漂泊，吃不饱穿不暖，说不尽有多少苦楚，此时听老猎人这么一说，但觉心头一热，眼窝子里的泪水再也止不住了，双膝跪地给老猎人磕了三个响头，“师父在上，受徒弟一拜，您是我重生的父母，再造的爹娘，从今往后我一定鞍前马后、一心一意地伺候您老人家，好好跟您学本事！”老猎人见这孩子能说会道，心里又添了三分喜欢，扶起大腮帮子，牵了他的手便往山下走。

老猎人把大腮帮子带回山下的屯子，当天晚上，师娘整了俩硬菜，狍子肉炒干豆角、野鸡炖榛蘑，满满一盆棒子面儿贴饼子、一大锅棒子面儿粥端上炕桌。师父、师娘老两口膝下仅有一女，姑娘小名叫霓什哈，和大腮帮子岁数差不多，四口人围着桌子坐在土炕上，老猎人喝着烧刀子。大腮帮子可是有几年没吃上一顿正经饭了，但是他懂事儿，心思重，不下筷子夹肉，就在那啃饼子。师娘瞧出来大腮帮子是真饿，却还懂礼，心中暗暗怜悯，就拨了满满一碗肉放在他面前，大腮帮子吃着饭，不禁想起远在胶东老家的娘和两个妹妹，以及惨死在江匪刀下的爹。曾几何时，他们一家人也是这般和和美美。想到伤心处，眼泪儿吧嗒吧嗒往碗里掉。老猎人见状，知道这个孩子心里苦，叹了口气没再说话。师娘菩萨心肠，可怜大腮帮子孤苦，陪在一旁直抹眼泪。吃过了饭，老猎人腾出一间柴房让大腮帮子容身，总算是有个窝了。当天夜里给大腮帮子乐得睡不着觉，在柴房里直翻跟斗，跟他爹闯关东以来，心里头一次这么暖和。

打从这一天起，大腮帮子就跟在老猎人身边，当个斟茶点烟的小徒弟。原来这一带叫“黑瞎子沟”，屯子里住的全是猎户，收留大腮帮子的猎户可不简单，人称“铁腿索爷”，是黑瞎子沟围帮的把头，脚力出众，钻山入林奔走如飞，曾一脚踢死过一头豹子，因此得了“铁腿”的绰号。山里人靠山吃山，大多以渔猎为生。以往到了打围的时节，各个屯子的猎户组成“围帮”，凭着人多势众，三面围堵一方设伏，围猎深山中的大兽。围帮打猎时规矩很多，猎人各司其职，带头的猎户称为“把头”，如同带兵打仗的统帅掌控全局，排兵布阵不能出分毫差错，把头一向由经验丰富、枪法超群的老猎人担当，铁腿索爷就是围帮的把头，此外的还有码溜子的、赶杖子的、端锅的，等等。码溜子的又分跟踪与贴踪，跟踪的发现了猎物，叫贴踪的去给把头送信；赶杖子的放狗将野兽赶出密林；射猎野兽之时，把头先开第一枪；端锅的一般不出围，只在屯子里做饭看家。

黑瞎子沟一带熊多，当地的猎户最擅长猎熊，用猎户的行话说叫“打黑毛”。通常只在冬天打熊，因为此时皮毛最厚，而且熊瞎子猫冬的时候，反应比较迟钝。初秋过后，大雪封山之前，熊瞎子开始肥吃胀喝，看中一块苞米地，冲进去就嘁哩喀嚓一通连吃带掰；瞅见养蜂人的蜂箱，扑上去一屁股坐地上，两只前掌扒开蜂箱，拎出蜂窝板，伸出舌头狂舔，任凭蜜蜂怎么蜇它也不在乎，顷刻间就把一箱蜂蜜吃个精光。个把月下来，熊瞎子养得膘肥体壮，钻进树窟窿猫冬，不吃也不喝，饿了就舔舔前掌，那是它全身上下聚集精华的地方，要不怎么说熊掌好吃呢。一直要等到次年天气变暖，熊瞎子才再次爬出洞来觅食。不过熊瞎子猫冬并不全是钻树窟窿蹲仓，有一种是“坐殿”的，找个背风的山坡往那一坐，任凭大雪覆盖在身上，跟个雪菩萨似的一动不动。打这种熊瞎子用不着枪，打不好反而打惊了，有经验的猎人会拿一根长杆，前头削尖了，悄悄摸到近前，对准熊瞎子胸前那撮白毛上方，猛地一杆子捅进气管，让血水流进气管，把熊瞎子活活憋死。打蹲仓的熊瞎子则不同，一般来说先把树洞口封死，然后悄悄在树洞上方挖两个窟窿，再敲打树干使熊瞎子受惊，正在蹲仓的熊瞎子必定狂怒不止，从窟窿里伸出两个爪子一通乱抓，就被埋伏在旁的猎人手起刀落斩下了熊掌，那个熊瞎子也就丢了半条命。当地围帮打熊的方式称为“窨熊”，这个习俗保持了上千年——三九腊月打大围，几个屯子的猎户兵合一处，在把头的带领下，放鹰纵犬，将蹲仓、坐殿的熊瞎子惊动出来，一股脑儿撵入提前挖好的陷坑，再以挠钩搭上来，通过这样的方式活取熊胆。

伏天的野兽皮毛不厚，也没什么肉，屯子里就得歇猎。其余的时节打小围，三五个老猎人一伙，拎个棒子就可以去打海狍子。关外形容“多”，习惯说成“海了”，山里的狍子极多，因此也叫海狍子。要么带上弓箭、鸟铳，进老林子射猎，由于鸟铳打不了多远，全凭放狗撵山，一群猎狗中有一只头狗，嗅觉灵敏，力大而勇猛。头狗发现野兽时便大声吠叫，称之为“开咺”，一众猎狗跟随头狗追赶野兽，形成合围之势，等猎人赶上来再射箭放铳。因此打围的猎人对猎狗极为看重，有些光棍甚至和自己的猎狗睡一个炕头，打到猎物割下肉来也得先给狗吃。

大腮帮子从此入了围帮，一开始老把头不让他摸枪，别的猎人打中野物，他跑去捡回来，先把翻山越岭的脚力练出来。山里吃喝不愁，山鸡、野兔、鹌鹑、禾花雀，再加上榛蘑、山木耳、冬笋，想吃多少有多少。他正是长身子的岁数，整天吃饱喝足了，就翻山上树闪转腾挪，身子越长越结实。一来二去，铁腿索爷也瞧出大腮帮子是吃这碗饭的料，这孩子为人耿直仗义、心地仁善、知恩图报，便将一身本领悉心传授，教他射箭放铳，追踪兽迹。大腮帮子跟着索爷练就了一手好枪法，追踪兽迹比放枪更难，有经验的猎人能通过兽踪判断出是什么野兽，通过鹿踪能判断出母鹿有没有胎。有些野兽在逃跑之时极为狡猾，走着走着忽又绕回原路，还有的野兽为了掩盖踪迹，故意下河蹚水，追踪兽迹的猎人会根据不同状况，选择不同的追踪方法。大腮帮子没给索爷丢脸，花了心思，下了功夫，能耐一天比一天大，很快就在围帮站住了脚，围帮的猎户都说索爷收了个好徒弟。

有话则长，无话则短，只说这一天，索爷上山打到不少野物，回家整了几个菜，坐在炕头上自斟自饮。本来挺高兴，喝着喝着心头事起，又开始唉声叹气。大腮帮子在屯子里住了一年多，知道师父的心思。他师父家里是老两口加一姑娘，姑娘岁数与大腮帮子相仿。听闻师娘以前还生过三个儿子，可是不知为何相继夭折，没一个养得住，虽说如今有大腮帮子与索爷情同父子，师父师娘都喜爱有加，可总归不是亲生的，不能为老把头传宗接代。就在最近，师娘又怀上一个。师父心里头高兴，人这一辈子匆匆忙忙几十年，谁不想有个儿子继承香火？可又担心这个孩子跟前几个一样也保不住，正是为此烦闷。

是福不是祸，是祸躲不过，一晃到了师娘临盆的日子，屯子里的女人早早帮忙请来接生的稳婆。可是师娘躺在炕上来来回回折腾，怎么也生不下来，稳婆束手无策，提前准备的物件儿一样也没派上用场。铁腿索爷干着急没咒念，恨不能上房揭瓦，没办法，只好派大腮帮子赶紧去请“搬杆子的”来给瞧瞧。什么是搬杆子的呢？这一行在民间又叫“顶香火头的”，其实就是跳大神的。搬杆子的住处不远，也在这个屯子，平时什么也不干，全凭装神弄鬼混饭吃，听说索爷有急事找他，倒是一刻也没耽误，穿得花里胡哨，匆匆忙忙来到索爷家中，在院子中间摆一个供桌，桌上放上香炉，中间插三炷香，让索爷摆上酒肉、布匹，望空叨叨了一通，又是往外喷水，又是往天上扔纸钱，房前屋后折腾了半天，这才告诉老把头说：“我已经让胡黄两家各派一路报马前去查明了此事，只因你这辈子杀生太多，注定一门无后，而今这个孩子犯了断桥关，只怕生不下来！”

索爷一听这话害怕了，“打猎的杀生也无非是为了一家老小有口饭吃，你也知道围帮打猎最讲规矩，咱可没干过一件坏规矩的事啊！求您无论如何给想个办法，留下我老索家这一脉香火。”

搬杆子的早就料到索爷会这么说，嘴上没说行也没说不行，转身进屋转了几圈，在几处阴暗的角落稍作停留，嘴里头嘀嘀咕咕，好像在跟什么看不见的东西说话，折腾了一圈，又坐在炕上盘腿闭目一番掐算，屋里的人全都屏住呼吸，大气儿不敢出上一口。搬杆子的突然睁开双眼，对一直跟在旁边的索爷说了一句：“快去准备钱吧！”

铁腿索爷不敢怠慢，翻箱倒柜把这些年攒下的几张熊皮全翻出来，再加上封在坛子中的鹿胎，这可都是他压箱底儿的好东西，一股脑儿全当成供奉交给了搬杆子的。

搬杆子的看在眼里乐在心里，若无其事地点了点头，出来再次布置香案，把索爷给的东西一件一件码放在香案上，自己披挂上一身花花绿绿的宽袍，头戴绣满了日月星辰的五彩法帽，一手持法鼓，一手持五色令旗，又在屋里一通连蹦带跳，如同在调遣千军万马，口中念诵法咒：“头顶八方琉璃瓦，脚踏四海紫金砖；左手拿着文王鼓，声声如雷响震天；右手握着武王旗，合在一处引魂幡！金香炉、银香烟，撇了海碗升香烟；青头鬼、鬼头兵，胡黄常蟒带鬼王；三道狼牙三道关，打鼓烧香请神仙！”

大腮帮子在一旁看得懵腾转向，他爹就是持宝道士，请神驱鬼、贴符招魂的勾当没少干，纵然跟搬杆子的不是一个路数，可总是殊途同归，这么折腾当真管用吗？师娘待他如同亲生儿子一般，眼下看见师娘遭罪，大腮帮子心里头无比难受。

这场法事一直做到天黑，子时一过，搬杆子的用柳木、符纸扎了个人形替身，又以朱砂在纸人背后写了一长串符咒。紧接着打开大门，在屋里走阴阳步，拿出七根香摆出“七马破关阵”，冲门外的夜空奉请“北斗星君”。接下来拿出一只没有花色的素碗，倒入半碗清水，盖上红布，交给索爷说已得仙药，让他先给老婆灌下去，才能继续施法。索爷恭恭敬敬双手接过素碗，偷偷掀开红布，低头一看哪有什么药？分明还是先前的半碗清水，只不过碗底多了一张黄纸叠的小元宝，将信将疑却不敢多问。索爷进里屋灌完了“仙药”，搬杆子的又让大腮帮子打来一盆清水，拿红纸折成一艘纸船放入盆中，再将扎好的小纸人放在船上，口诵秘咒，伸出剑指着纸人连戳几下，如同凭空画符，随即眯起双眼，哼哼唧唧半说半唱：“有个小孩往前走，一条大河把他拦，孩童正要把桥上，桥塌坠地过河难，要问这是为何事？犯了阴阳断桥关，我把鲁班请下山，斧头锯子带得全，锛子锛来刨子圆，上面拴着八根弦，四根朝北安天下，四根朝南定江山。砍的砍、安的安，不用几时桥修完，从此不犯这道关！”

念完了这几句口诀，搬杆子的突然双目圆睁，大喝一声："来吧，上路！"再看浮在水盆中的纸人纸船，竟然哗的一下着起火来，眨眼烧成了灰烬。索爷在旁边看了半天看不出门道，以为搬杆子的真有神通，越发信服。大腮帮子倒是明白这些个江湖伎俩，纸船早就抹上了磷粉，稍加摩挲，过不了多久就能起火。再看搬杆子的把半盆水泼到门外，转身对一旁的索爷说道："你瞅着吧，差不多了。"

左等右等，足足过了半个时辰，大腮帮子的师娘还是生不下来，躺在炕头大汗淋漓、要死要活，急得铁腿索爷直在屋外转圈。大腮帮子心急如焚，却也是干着急，又帮不上别的忙，站也不是坐也不是，就在门口来回溜达，霓什哈也不知所措地跟着他转。当时乌云密布、遮天闭月，屋门口黑灯瞎火什么也看不见，后半夜起了风，乌云被风吹开一道口子，大腮帮子无意当中一回头，见一抹月光照在两扇木门上，门上一左一右贴了两位神将的画像，两员神将生得豹头环眼、满面虬须、双眉朝天，披挂五彩胄甲，手持桃木剑，左边的是神荼，威武庄严，右边的叫郁垒，从容淡定，俗称"门神老爷"。关内的住家，不论富户巨室，还是寻常百姓，为了消灾免祸、驱鬼辟邪，过年的时候大多要贴门神，这个风俗由来已久。黑瞎子沟的风俗不同于关内，以前没有贴门神的，后来闯关东的人多了，才将这个习俗带到关外。铁腿索爷也是赶集的时候，捎了两张门神的年画，并不知道画中神将是谁，只是觉得门口有这两张彩画，瞅上去挺威风，很多年不曾换过，虽然纸张早已泛黄褪色，但是图案仍然清晰可见。

大腮帮子祖辈全是住庙的持宝道士，他也是庙里生庙里长，虽然未得传授，听的见的却也不少，平日里出来进去没太留意，此时在月光下看到两个门神，忽然冒出一个念头，相传神荼和郁垒是一对兄弟，最擅长捉鬼，常立于度朔山上的桃树下审视百鬼，找出祸害百姓的恶鬼就逮来喂虎，因此备受世人敬仰，不过有两员神将守在门口，投胎的如何能够进来？他心念一动，一声不响地走进屋里，拿了搬杆子的朱砂笔，回到门口，在门神的脸上连画几笔，遮住了神荼、郁垒的双目。不知是搬杆子的神通了得，还是大腮帮子这个法子有用，反正过了不大一会儿，里屋就传出了孩子落地的啼哭之声，围帮把头铁腿索爷得了个儿子，更对搬杆子的称谢不已，因为是最小的孩子，按当地的习惯叫老疙瘩，取了个小名“塔什哈”。

3

大腮帮子从十来岁就跟在铁腿索爷身边上山打猎，光阴似箭、斗转星移，一晃过了十来年。人争一口气，佛争一炷香，大腮帮子凭着为人稳重仁厚，枪杆子直溜，也就是枪法准，一来二去在围帮中站住了脚。当地猎户提起大腮帮子，没有不挑大拇指的，都知道他擅长追踪兽迹，会学野鸡飞龙的鸣叫，还会拿桦木皮做成号角呦呦吹动、声如鹿鸣，以此引来密林深处的麋鹿，猎取鹿茸。这些年大腮帮子从不提起老家旧事，他立定了心思，为了报答师恩，一定等到塔什哈长大成人，自己才回关内寻亲，每当夜深无眠之时，想起以前的事情，真恍如隔世一般，爹娘姊妹，竟似前世的亲缘。老把头年事已高，头发胡子都白了，早有封枪之意，无奈一帮兄弟等着吃饭，至今脱不了身。不是老把头有私心，除了大腮帮子，屯子中的确找不出另一个可以挑大梁的猎户了，有心让大腮帮子当把头，又怕他这个外来的难以服众，就想把闺女霓什哈许给他，招他上门入赘。在旧社会来说，这叫“倒插门儿”，除非穷得活不下去，而且无家可归，否则没人愿意入赘。因为倒插门儿叫人瞧不起，有了孩子要跟人家的姓，给祖宗丢脸。大腮帮子可不这么想，一来为了报老把头的再造之恩，当牛做马也不在乎，二来这个妹妹待自己也不生分，赶上这么乱的世道，有个家可比什么都强。霓什哈这个姑娘整天和大腮帮子在一张桌上吃饭，一口水缸里喝水，低头不见抬头见，姑娘早就隐隐约约有这么个想法，如今爹娘做主，对自己来说也是个再好不过的归宿。于是选良辰择吉日，一对年轻人欢欢喜喜成了亲，全屯子的猎户都来喝喜酒，自是免不了一番热闹。借着酒宴，索爷将把头的位子传给了大腮帮子，众猎户没一个不服的，人人举杯相贺。一个姑爷半个儿，两家人成了一家人，打从这儿起，大腮帮子算是享福了，霓什哈贤良淑德，真是万里挑一的好姑娘，老话儿说“在家由父，出嫁从夫”，每次外出打猎回来，媳妇儿已经把热乎乎的饭菜做好了，再没让他穿过带窟窿眼儿的衣服。大腮帮子也知道疼媳妇儿，打到上等皮货换了钱，不是给媳妇儿扯块布料做衣服，就是买些媳妇儿爱吃的点心，手头宽裕了再买点胭脂水粉，给媳妇儿打扮打扮，两口子过得恩恩爱爱，更是将老丈杆子当成亲爹来孝敬。从师父变老丈人，索爷老两口看着他们的日子过得如意，也是乐在心头，常常感叹：“托山神爷的福，自打捡了这孩子回来，日子越过越顺，不仅生下了传宗接代的儿子，女儿也有了归宿。”日月如梭，这几年大腮帮子的小日子过得有滋有味，塔什哈也已经长成了大小伙子。都说“龙生龙，凤生凤，老鼠的儿子会打洞”，这话可一点都不假，塔什哈出生在这样的猎户人家，光是看也看会了，打围、套猎都是一把好手，颇有老把头当年的风采，整天跟在大腮帮子屁股后头寸步不离。大腮帮子深知塔什哈是媳妇儿一家人的心尖子，所以对塔什哈格外关照，有什么好吃好喝的全紧着塔什哈。他自己挺知足，没想过大富大贵，凭本事当上了围帮的把头，在黑瞎子沟打猎为生，有口饱饭吃，将来再生个一儿半女，这日子就说得过去了，此时才和媳妇合计去关内寻母一事，然而时局动荡，想要平安度日，却又谈何容易？

在当时来说，东三省已沦陷于日军铁蹄之下，日本关东军为了消灭抗联游击队，在黑瞎子沟设立了森林警察所，常年驻扎伪满军警，不仅时常对猎户敲诈盘剥，更不再允许猎户成群结队进山打围，说是以防有人给抗联送粮，猎户们只能单独偷偷摸摸上山打猎，日子过得一天不如一天。有一次赶上荒年，大山里的獐狍野鹿近乎绝迹，打猎的都快吃不上饭了。实际上是因为森林警察队为了不让猎户围猎，把屯子里的猎狗全杀了。猎人对猎狗的感情最深，猎狗被杀如同家里死了一口子。这一次警察队不仅杀了狗，还要扒狗皮、炖狗肉，恨得黑瞎子沟的猎人们牙根儿痒痒，但是没法子，打猎的也都是老百姓，这些个伪满军警，甚至比山里的豺狼虎豹还要凶狠残忍，瞅谁不顺眼，转手就扔大牢里关上十天半个月，等从里面出来，不死也得扒层皮。赶上这个年头，只能任人宰割，敢怒不敢言，谁也不想铤而走险。由于没了猎狗，山上的鼠兔成灾，啃光了山草，獐狍野鹿找不着吃的，被迫跑去了别的山头，这些吃草的野物一走，以它们为食的豺狼虎豹也不免跟着走，黑瞎子沟一带几乎成了荒山野岭。可按迷信的说法，这是山神爷有过失，惹恼了上天。黑瞎子沟的猎户们请神问卜，大伙儿凑了不少东西，又请来那个搬杆子的，由着他的性子一通折腾，得出这么一个结果：必须打一只“头排虎”祭天！

一众猎户面面相觑，要知道头排虎非同小可，轻易没人敢打，过去有句话叫“一山难容二虎”，讲的就是头排虎，其实一座山上不见得仅有一只老虎，但是头排虎只能有一只，体壮凶猛，绝非一般的猛虎可比。

虎乃兽中之王，头排虎相当于虎中之王，是山神爷的化身。传说清太祖努尔哈赤年轻时与七八个兄弟一起进长白山挖“棒槌”，一连半个多月没挖到好人参，没承想却撞上了一只斑斓猛虎，四爪着地有三尺多高，一丈多长，前额上三条黑色横纹，当中一道竖纹，脑门上活脱脱写着一个“王”字，一对铜铃般的大眼，盯得众人毛骨悚然。按山里人的规矩，遇上这等情形，一众人等就得把帽子扔给老虎，老虎叼走谁的帽子，谁就跟老虎走，是死是活，听天由命。几个人陆续扔出帽子，老虎叼起努尔哈赤的帽子转身就走。努尔哈赤无奈，就跟在老虎身后翻山越岭，走走停停，到了一处悬崖边，但见遍地绿草红花，那只老虎纵身跃过山涧化作一道白光消失不见，努尔哈赤这才明白，原来老虎是给自己带路来了，那红花绿草之下正是上等的老山参。他转头回去找来众家兄弟，一起回到悬崖边上，挖出了八八六十四棵老山参。自此之后，山里人都称头排虎为山神爷。按照自古传下来的规矩，黑瞎子沟的猎户们三五十年不见得打一次头排虎，打虎之前必须铺坛告天，在屯子中搭一座法台，摆上香案，备好素食、水果、香烛、纸马等相应的供品，还要请搬杆子的开坛作法。搬杆子的赤足披发，饮下熊血酒，登上法台敲打法鼓，口中高一声来，低一声去，含糊不清地又念又唱：“苍天只要头排虎，我等苦命无出路；为让子孙得活命，兵戎相见实无奈……”以此表明，上山打虎实属无奈，求山神爷别怪罪。围帮的把头率领一众猎户下跪，求搬杆子的神官请金花教主上身，叩问上山猎虎是凶是吉，老虎大致在什么方位，东西南北该往哪儿走。老话讲“请神容易送神难”，问完凶吉，还要唱诵一大段“送神词”：鸟归林、虎投山，神仙要走我不拦；腾云驾雾驭清风，来去只用两道烟；铺坛打坐把道练，只因仙家道行全；大事了、小事完，一把撒开马嚼环；外挑马道五尺五，里挑马道三尺三；

送了一山又一岭，送了一河又一湾……搬杆子的装模作样，做出诸般怪异的举止，手舞足蹈四肢乱甩，拧眉瞪眼龇牙咧嘴，以此显示神灵难送，趁机多捞犒赏，非得等一众猎户往供桌上摆够了钱，“大仙”才会离去。做完这些个祭祀仪式，得到了神灵的指点，猎户们就可以进山打虎了。

可是眼下不让打围，只出去一两个猎户，如何打得了头排虎？大腮帮子和众猎户凑在一处议论了大半天也没个主张，便去找铁腿索爷拿主意。整个屯子只有老把头铁腿索爷一个人打过头排虎，而今上了年岁力不从心，不可能再上山打虎了，只能让大腮帮子替自己走这一趟。不过索爷深知此事非同小可，打头排虎是何等阵仗，这岂是一人可为？换个旁人又没这份本领，不是大腮帮子去，还能让谁去呢？不打也不行，眼看着就吃不上饭了。老头子忧心忡忡，一个人闷在屋里抽烟袋。塔什哈自告奋勇要跟大腮帮子同去，多个人多个照应。师娘听塔什哈这么一说，当时就手脚发软，险些就瘫在地上。大腮帮子也不可能让塔什哈以身犯险，拦下他说：“我上山打虎，你就是家里的顶梁柱，有你在家我心里头才踏实。”其实大腮帮子在山里打了这么多年猎，虽从没见过头排虎，耳朵里却没少听，心里知道没有比头排虎更难打的猎物了，而今单枪匹马上山打虎，定是凶多吉少，可他向来胆大包天，又自持力勇，为了一家老小以及围帮的弟兄们能吃上饭，他是“明知山有虎，偏向虎山行”！

出发的前一天，大腮帮子按猎户们的规矩拜过山神，满饮三碗烈酒，喝完把碗摔了个粉碎，用袖子一抹嘴，接过老丈杆子递过来的“三眼鸟铳”。什么是“三眼鸟铳”呢？平常的鸟铳装一次火药和铁砂子，只能打一响，这杆鸟铳有三个枪管，能够连打三响，三四十步之内，如果打在鸟雀身上，中弹的鸟雀几乎灰飞烟灭，其威力之强可见一斑。老虎皮糙肉厚，一般的鸟铳弓箭不仅打不死，反而容易把虎打惊了。牛马惊了也拦不住，何况是山中猛虎？那必定是要伤人性命。打野猪打豹子可以多带狗，但是打虎没用，因为猎狗一听到虎啸，就会吓得抖成一团，屎尿直流，何况屯子里的猎狗早让伪满军警杀光吃光了，所以这一次上山打虎，非得有这杆三眼鸟铳不可。全屯的猎户都来壮行，虽说都挑大拇指赞大腮帮子老能耐了，其实心底里人人都犯嘀咕，担心大腮帮子有去无回，众人挂着笑脸道别，气氛却阴郁异常，大腮帮子不是蠢人，不难察觉众人心思，可是转念一想，明日进山打虎，正是为了围帮的老老少少，自己一个外来户，既然得到大伙的信任，关键时刻就该为大伙出力，忽然又记起当年遇上江匪他爹舍命替他挡了一刀的情形，如果他有今日的本领，怎会让父亲死于江匪刀下？念及此处，顿觉心头一热，不禁仰天长啸，唱起了江驴子放排的号子。

转天趁师父师娘还没起，大腮帮子赶在天亮之前翻身下炕，抖擞精神，头上戴着貉子皮的帽子，身上穿着翻毛皮袄，脚底下蹬上骆驼毛的毡靴，靴筒里插着攮子，板带刹腰，挂上开山刀，肩头背着干粮袋子、水囊，装满火药铁砂子的皮兜子也带上，斜挎三眼鸟铳，日升月落交替，微微星斗挂于天幕，他怕妻子担心，出了门不敢回头，大踏步往山上走。而他身怀六甲的媳妇儿一宿没睡，也担心他此行凶险，又怕触了霉头，一个多余的字也不敢说，冒着寒风站在家门口，目送他上了山。

据老把头所言，头排虎只待在高山密林之间、绝壁险崖之上，从不下山觅食，由其余的老虎为它打食上供，真如同山神爷一般，哪有那么容易见到？大腮帮子渴了喝口山泉水，饿了啃几口干粮，累了就找个避风的地方靠上一会儿，翻山越岭追踪兽迹，一连在山里转了十几天也没见到老虎的踪迹，甚至连一个傻狍子都没看见。他寻思再找几天，仍无所获就得下山从长计议了。这一日大腮帮子正在林子里转悠，忽见前面有条溪流，便走过去给水囊灌水，没等他直起腰，就觉察不远处的响动不对。有道是“龙归半天雨，虎啸一岩风”，猛虎出山必有劲风相随，大腮帮子只觉得四周风声骤起，他定睛一看，两三百步开外有一头猛虎，只见此虎“周身锦绣难描绘，伸出钢爪杀人刀”，正趴在同一道山溪边饮水。其实这阵风并不大，然而猛虎出山，飞禽走兽呼啦啦逃了一个空，林中树木枝丫乱颤，带起阵阵松涛。

大腮帮子正心灰意冷、进退两难之际，居然让他撞上猛虎，心中又是兴奋又是紧张，手中虽有三眼鸟铳，可是相距太远，射程够不上，他不敢轻举妄动，立即矮下身形，高抬脚、轻落足，隐在松林中悄悄接近。怎知那猛虎岂是寻常的野兽，从风中嗅到有人，扭过头来一声长啸惊天动地，震荡了山林，周围松枝纷纷掉落，随即一纵一跃，眨眼之间距离大腮帮子只有五六十步了，继而腰身一弓，身子突然长了二尺，两只前爪在地上一按，猛然跃起，带着一阵腥风，张开血盆大口直扑大腮帮子。大腮帮子心中一惊，脑门子上直冒冷汗，老虎的两排利齿就在眼前，连忙举起三眼鸟铳搂了一响，但听“砰”的一声，这一枪可真准，打得老虎满头满脸的铁砂子，有的还打进了嘴里。猛虎一扑不中，反而吃了一嘴铁砂子，不过此虎凶悍异常，遭此一击，恼怒异常，长啸声中拧身又是一扑。大腮帮子深得铁腿索爷真传，这十多年来终日在林中打猎，身手之矫捷，绝非寻常猎人可比，见那猛虎再次扑来，他一闪身退到猛虎左侧。猛虎二扑不中，足有三尺长的虎尾高高竖起，浑身上下的毛都炸了，刚把头掉转过来，只听“砰”的一声，猛虎的脑袋又挨了一鸟铳。这只猛虎一连挨了两枪，可能真让鸟铳惊着了，似也识得火器的厉害，心说这玩意儿怎么专跟我的脑袋来劲儿？它不再与大腮帮子纠缠，掉转虎躯，蹿山跃涧而去。

大腮帮子在山里转悠了十来天，好容易见到老虎，岂肯轻易放过？他自持脚力过人，即便追不上老虎也不至于跟丢，当下拎上三眼鸟铳，低头追踪地上的血迹和脚印，不知不觉钻进了一片遮天蔽日的老林子，进来之后转了半天也转不出去，瞧哪儿都一样。周围全是苍松，抬头仰望树上枝杈，层层叠叠密不透风，阳光几乎透不进来，没有走兽穿梭，也没有飞禽鸣叫，仅有脚踩落叶的响动。大腮帮子暗觉古怪，他是个打猎的，常年钻山入林，怎么会走迷了路？况且有经验的猎人即使初入一山，也能根据山形地貌寻出几条路来，这一次的情形，可着实古怪！

在关外，迷路又叫走麻答山了，大腮帮子在老林子中绕来转去，说什么也走不出去。记得听人说过，有时候在山里走麻答了，总在一个地方转圈，那是让死在深山老林中的孤魂野鬼拽住了。常言道“深山古洞出妖邪”，大腮帮子常年在山里打猎，对此早已见怪不怪，心中并不慌乱，稳稳当当站住了脚，掏出烟袋锅子点上，按照以往的经验，小鬼怕亮火，纵然被“脏东西”迷住了，抽几口烟就能出去。他一边抽烟一边往前走，辨树识路，依光认位，可是走了半天也没用，又拔出猎刀划破手指，挤出几滴鲜血抹在眼皮上，紧闭双眼待了片刻，这也是猎户之中传下的方法，但他再睁开眼，仍是看不出什么，却觉得身上越来越冷，半边脸开始发麻，抬胳膊费劲儿，胸口烦闷，大口喘着粗气，仍觉得难受，似乎让个东西压住了，如有千钧之重，两条腿越来越沉。

大腮帮子以往进山打猎，可没遇上过这么邪的事情，眼瞅天色将晚，太阳已经落了山，阵阵山风吹过，他也沉不住气了，这要是再出不去，到了夜里可就更难了。猎户进深山有个规矩，白天进白天出，夜里进夜里出，一不走单，二不走深。一是人多，同进同出，相互有个照应；二是深山有灵，待久了指不定会冒犯什么东西。思来想去，并非是撞上了孤魂野鬼，而是让人用道法困住了？大腮帮子家中祖辈全是持宝道人，他虽然未得真传，洞悉个中窍门的可也不少，此时身处险境，记起一个绝招，只是这个法子凶险无比，几乎没人敢用，不过与其困死在密林之中，倒不如来个痛快的，或许可以置之死地而后生。大腮帮子一咬牙，是死是活就是它了！想罢多时，他倚古松而坐，倒转了鸟铳，刚刚给了老虎两铳，三眼鸟铳还可以再打一响。他脱掉一只毡靴，扒下袜子，又将冰凉的枪管对准嘴巴，用大拇脚趾勾着扳机，闭上眼心一横，给自己来了一枪！

4

“砰”的一声枪响过后，身前硝烟弥漫，大腮帮子仍稳稳当当倚松而坐，摸了摸自己的脑袋还在，压在肩头的东西没了，身子轻松了不少，也辨出了方位，回想刚才的情形，说不怕那是假的，心脏蹦到嗓子眼儿，背上冷汗直流。他无心多想，穿起鞋袜，在鸟铳的三个铳管内填满火药和铁砂子，使劲儿杵实了，抖去身上的尘土，继续寻着兽迹追踪。那头猛虎受伤逃走，滴滴点点撒下一路血迹，寻至一个山洞前，又见血迹一直延伸到洞中。大腮帮子定睛观望，洞口石门半开，两旁杂草滋长，洞中黑乎乎的好像挺深。他稳了稳心神，正犹豫要不要往里走，就从山洞中走出一个身形矮小、年逾古稀的老太太，脸上皱纹堆垒，手拄一根金色拐杖，身穿神袍，缝满了金线，头顶鹿皮帽，一只老虎服服帖帖地跟在她后头，看打扮是个神官。老太太一脸怒容，手中金杖在地上乱戳乱敲，咬牙切齿地点指大腮帮子厉声喝道：“你本事不小，让我吃了一肚子铁砂子，还敢找上门来！”说完一张嘴，噼里啪啦吐出十几粒铁砂子。

大腮帮子暗暗吃惊，连忙收起三眼鸟铳躬身下拜赔礼，“我并非莽撞之人，怎奈走麻答了转不出去，心中惊恐，才出此下策。”老太太鼻孔中“哼”了一声，“瞧你这身打扮，分明是山中猎户，怎会懂得道术？还不从实招来！”大腮帮子也不隐瞒，把自己在老家胶东二仙观长大一事，一五一十跟那个老太太说了一遍。老太太点点头，倒也不再纠缠，一指身后的老虎，说道：“你倒也是个坦诚之人，那我就跟你说吧，这是我的重子重孙，并不曾惹上你，也没跟你豁命，今天挨了你两枪，能不能给它留条活路？”大腮帮子说：“老人家有所不知，我也不想打虎，只因如今山中獐狍野鹿绝迹，打猎的活不下去了，找来搬杆子的问卜，得知是山神爷犯了天条，须打一只头排虎祭天，猎户方有活路，我也是逼不得已，屯子里的围帮全指着我了。”

老太太拧起两道眉毛，森然道：“此乃人祸，岂关天道？獐狍野鹿离山，并非老虎为难它们，而是山中已然寸草不生，它们留在山上就得活活饿死。不如这样，你放过这头虎，我救你三次，三命换一命，你总不至于吃亏。”大腮帮子不明白老太太这话什么意思，但也知道她绝非等闲之辈，不敢造次，连忙跪在地上，恳求老太太指点。老太太说：“我看你印堂发黑，双目无神，近日当有杀身之祸，我告诉你一句话——不见红灯别开枪。将来你还有一道坎儿，再记住我一句话——打树别打熊。倘若这两次都让你躲过去了，可将石门上的护法金刚牢记于心，日后自见分晓。”

大腮帮子听得一愣，举目望向石门，当真有一怒目金刚形象，神威凛凛、杀气腾腾，他一时不明其意，有心上前追问，只觉一团白光从眼前掠过，抬头再看时，但见山壁俨然，怪石与古树交错，哪还有什么洞口、石门，老太太和老虎已然不知去向。他不知遇上的是何方神圣，心中怅然若失，在山前再三拜了，这才拎上鸟铳往回走。天色渐晚，大腮帮子漫无目的地在山中乱走，但觉阴风阵阵，寒气逼人，一边走一边寻思，打不成头排虎，下了山如何跟大伙儿交代？难不成一屯子的人都要饿死？又想莫非那个老太太就是山神不成？我会遇上什么杀身之祸？最后那句话又是什么意思？他满脑子里胡思乱想，没留神脚底下，忽然一脚踏空，身子迅速下坠，耳边风声呼呼作响，转眼间掉进了一道深不见底的山涧。大腮帮子心说："这下完犊子了，肯定得摔成肉饼子！"紧接着眼前一黑，他就什么也不知道了。

昏昏沉沉地过了许久，大腮帮子才缓过神来，发觉自己四仰八叉躺在地上，但觉又冷又饿，身子散了架似的，感觉肩酸腰痛。此时已是深夜，周围一片死寂，看不见天，望不见地。大腮帮子挣扎起身，一看面前竟有一座阴森森的大宅子，背靠山壁、两扇大门上各画一只猛虎，一只头朝下、尾朝上；另一只头朝上、尾朝下。门口挂着两盏大红灯笼，被阴风吹得摇摇晃晃，里面的烛火跳跃不止，忽明忽暗，令人心神不安。大腮帮子暗觉古怪，这可是撞邪了，深山老林之中怎么有座大宅子？大户人家谁会在这儿住？他虽然心里疑惑不解，却没想太多，正愁没地方去，经过这一番折腾，腹中饥饿，口干舌燥，能在此讨口热饭、寻个宿也好，想到此处，他三步并作两步走上前去叩打门环，等了半天也没个回应。

大腮帮子又等了一会儿，抬手再去敲门，劲儿使大了点，两扇门错开了少许。没想到宅门虚掩，他稍一用力，竟然吱呀一声打开一道缝隙。大腮帮子见仍没有人出来，索性仗起胆子推门而入，里面也没有院落，进去就是间大屋，连着一左一右两间厢房，青石板铺地。室内灯火通明，却照不亮墙上的窗户。黑森森的四面墙，挨着墙根隔几步就有一个石头灯架，上摆海碗般大的紫铜灯盏，下设瓷瓶，绘有《美人图》，形态古朴，色彩幽青。屋子当中摆着一条乌金木雕神案，案头上并无供奉。大腮帮子出身穷苦，常年在山中打猎为生，没见过什么世面，更没见过什么值钱的东西，在他眼中看来，这屋子里的摆设简直不是人间之物。不过整座宅子鬼气森森，从里到外没有半个人影，别说是人了，连只耗子也没瞧见。

他觉得这座大宅子阴气很重，处处透出诡异，纵然一向胆大不信邪，置身此地也让他身上起了一层鸡皮疙瘩。大腮帮子小时候没少跟他爹去给住家看风水，听他爹说过“阳宅建一片，阴宅走条线”，这座大宅的布局又窄又长，如同一座大墓，岂是活人的住处？

念及此处，大腮帮子就想退出去，正走到门口的时候，突然听得身后传来一阵摇铃之声，响声清脆悦耳，使人忍不住想多听一会儿，他转头一看，只见一个黑脸大汉，穿着一身黑布裤褂，洗得干干净净，一尘不染，肩上扛着一条扁担，前后挑着两筐大梨，扁担上挂了一盏红灯笼，流光溢彩、耀眼夺目，煞是好看。大腮帮子以为是这家主人，又觉得这么冷的时候，此人穿得如此单薄，多半有些古怪，本想立即出去，却又犹豫了一下，觉得既然进来了，不便鲁莽，于是上前施礼，问道：“老兄，你在这儿住？”黑脸大汉放下挑筐，把扁担横在筐上，抄起搭在肩膀上的白毛巾擦了擦脸，擦完又把毛巾搭回肩头，口中答道：“我祖上乃前朝大将军，避世隐居于此，留下这么一座宅子，如今家里就我一个人了，只在山中卖梨为生。”

大腮帮子半信半疑，深山老林人迹罕至，有座大宅子就很奇怪，怎么又出来个卖梨的？他凑上去仔细一瞧，这两筐梨不一样，前一个筐里的梨个儿大、水头足，后一个筐里的梨灰了吧唧，又小又干瘪。大腮帮子看完了梨，又往门口退了两步，他心存戒备，没敢提借宿的事，想借机脱身，随口说道：“我途经贵处，走得口中干渴，进来想讨碗水喝。

敲门无人应，就自己进来了，不多叨扰，我这就走。”黑脸大汉说：“哎呀，来了就别急着走，我这儿也没水，要不你买个梨解解渴？”

大腮帮子确实又饥又渴，嗓子眼儿直冒烟，见了一筐酥梨之后更渴了，就问道：“你这梨怎么卖？”黑脸大汉说：“我这梨一头贵一头贱，贵的解渴不便宜，贱的便宜不解渴。”大腮帮子心想，这叫什么话？谁会买不解渴的梨子？他顺手从前一个筐里拿起一个个儿大、水头足的，还真是上等的酥梨，又大又水灵，指头稍稍用力，就能按瘪进去一块。他咽了咽口水，又把梨给放回了筐中，一来没钱买，二来看这黑脸大汉来路不明，也不敢吃他的梨。黑脸大汉奇道：“你怎么又放下了？”大腮帮子道：“不瞒老兄你说，你这筐梨是真好，我看着都眼馋，只不过我上山打猎，身边不曾带钱，又没有拿得出手的东西跟你换，这梨我还是不吃了，告辞告辞。”话一出口扭头就往外走，黑脸大汉身形奇快，不知怎么就挡在了门口，伸展双臂拦住大腮帮子，死说活劝非让他尝一个再走，都是山里人，给不给钱不要紧。大腮帮子猜不透黑脸大汉葫芦里卖的是什么药，推托道：“不行不行，你挑担卖梨也不容易，这是你的营生，我身上没钱，怎么能白吃你的梨？”说完，大腮帮子就往门外挤，黑脸大汉不由分说，拿起一个梨硬往大腮帮子手里塞。可是黑脸大汉越想让他吃，大腮帮子就越不敢吃了，卖梨的住这么大一座宅子，随便从屋里拿点儿什么出去，就够吃香喝辣，何苦以卖梨为生？再说这周围全是高山密林，你把梨卖给谁去？两个人你推我让争执不下，黑脸大汉见大腮帮子不识抬举，脸色突然一变，身上蹿出一道黑气。

大腮帮子倒吸了一口冷气，仗着腿快绕过黑脸大汉夺门而逃，跑出去没几步，发觉背后风声大作，同时嗅到一股子腥臭之气，只听身后的乱草沙沙作响，树木咔嚓咔嚓地往两边折倒，显然是有个大得惊人的东西追了上来。大胆帮子暗暗叫苦，脚底下却不敢停留，一边跑一边壮起胆子回头瞧，没看见黑脸大汉，更瞧不见那处大宅子，但见黑夜之中有两盏红灯，飘飘忽忽奔他飞来，眼看着就要撞到他身上了。大胆帮子看不清两盏红灯是什么东西，脑子中猛然记起方才老太太说的那句话——不见红灯不开枪，当时来不及多想，赶紧回头一枪，当场打灭了其中一盏。另一盏红灯稍稍一顿，旋即又扑了上来。大胆帮子一不做二不休，扣下扳机又是一枪，飞来的红灯应声而灭。他以为这下行了，站住脚步喘了口气，扭过头来一看可了不得了，黑暗中又升起一盏硕大的红灯，比前头两个加起来还大，火红耀眼，照亮了天际。

大胆帮子叫苦不迭，心说什么东西这是？怎么越打越大？多亏手上是一杆三眼鸟铳，之前又填满了火药和铁砂子，刚刚两枪打灭了两盏红灯，还可以再打一响。他趁着红灯没落下来，端起鸟铳又搂了一响。但听身后一声怪叫穿透夜空，枪响灯灭，他一惊而起，火光四散，眼前黑灯瞎火什么也看不见，忽觉双腿悬空，脚下踩不到地，身子底下颤颤巍巍没着没落。大胆帮子忙使劲儿晃了几下脑袋，这才想起之前掉入了山涧，原来万幸被枯藤挂住，悬在上边昏死过去，刚才的一切只是一场噩梦，再用手一摸身上背着的三眼鸟铳，枪管还是热的，心中更是疑惑不解。他满身伤痕，脸上、脖子上、手背上全是血道子，皮袄也刮破了，帽子早就不知道飞到哪儿去了。苦于四周看不到半点光亮，只得掏出怀中的火折子，眼前刷拉一亮，但见一只斑斓猛虎直扑下来，头大如斗、牙似刀锯、血口大张，正是一只头排猛虎，那真叫“头大耳小尾巴摇，斑斑点点织锦毛，额上王字当又正，谁人见了魂不飘”！

5

大腮帮子被枯藤缠住，身悬峭壁半空，上不连天、下不接地，根本无从躲闪，手中鸟铳早已打光火药，成了一根烧火棍子，暗道一声：“罢了，想不到我今日死在此地！”本想闭目待死，那只猛虎却迟迟没扑过来，他心知有异，将火折子伸过去定睛一看，见对面是两扇石门，门上画了两只猛虎，一只头朝下、尾朝上；另一只头朝上、尾朝下，居然跟梦中大宅的前门一样。石门嵌在崖壁上，若不是阴差阳错被枯藤挂住，自己绝不会来到此处。他看得出来，这分明是一座墓门，有二虎把门，可见墓主身份显赫，不是王侯也是将军，又想到之前梦中所见，实在不知什么是真什么是幻。大腮帮子心有余悸，急忙攀住藤萝往上爬，山涧中的枯藤年深岁久，他手脚并用往下这么一拉一拽，泥土碎石纷纷掉落砸到他头上身上，眼瞅枯藤就快断了。大腮帮子抬头望了望头顶的月光，想起家里身怀六甲的媳妇儿、上了岁数的老丈杆子、拿自己当亲生儿子一般看待的丈母娘、从小带到大的塔什哈，心说：“我死在这儿容易，往后我那一家老小如何过活？他本已筋疲力尽，可是这个念头一起，又凭空生出一股子力气，拼命往上一跃，双手乱抓，竟让他抓住了峭壁上的一株歪脖子树，随即传来断裂之声，藤萝裹着泥土掉进了深不见底的山涧子。

大腮帮子直冒冷汗，死里逃生爬上山涧，借着月色低头一看，全身上下又是血又是泥，尽管没有太重的伤，可也是伤痕累累，没有囫囵地方，如同一个狼狈不堪的叫花子，当时筋疲力尽，两条腿都软了，一屁股坐在地上，再也起不了身。打猎的这一行忌讳的地方不少，比如说见了野兽不能乱指乱说；两个猎人在山里遇上了就得一同打猎、平分猎物；见到荒坟古冢一向敬而远之，如果野兽钻入其中，只能就此作罢，说什么也不会再追了，因为故老相传，住在古墓中的大多是“仙家”，打了会遭报应，轻则鸡犬不宁，重则家破人亡。古墓中的陪葬虽厚，打猎的也不愿意去动：一则隔行如隔山，吃的不是这碗饭；二则不想沾上个“盗”字。

这么一番折腾，大腮帮子心神不宁，心气儿也没了，进山十几天没打到头排虎，还遇上这么多怪事，可见是老天爷不让他打虎，而且他右眼皮子一个劲儿地跳，过去的人迷信一句老话——左眼跳财右眼跳灾，怕不是好征兆，遂有下山之念，想先回屯子，跟老丈杆子说明上山打虎的经过，然后再从长计议。他踉踉跄跄一路从山上下来往屯子的方向走，刚走到半路，老远就见塔什哈慌里慌张地跑了过来。大腮帮子原以为家里人见他一去十来天不放心，让塔什哈来山里找他，又兴许是塔什哈自己逞能，上山来给他助阵。虽说那时候的塔什哈也十六七了，这个岁数的猎户，已可独当一面，但他是家中独子、宝贝疙瘩，有个闪失非同小可。正想开口询问，怎知塔什哈一见他就扑过来一把抱住号啕大哭。大腮帮子心里一紧，觉得大事不妙，忙问塔什哈到底出了什么事？这一问塔什哈哭得更惨了，断断续续说出几个字：“屯子里的人……全死了！”大腮帮子脑子里嗡了一声，如遭五雷轰顶，当场呆住了，半天回不过神来。

原来大腮帮子这一次上山打虎，一连出门几天不归，老把头深知打头排虎凶险万分，担心大腮帮子单枪匹马遇险，就背着老伴儿叫塔什哈去找别的猎户，带两三个伴当一同上山接应。可是打头排虎等于打山神爷，其余的猎户怕惹祸上身，再加上关东军下了封山令，禁止猎户进山打围，谁敢公开违抗？因此全找借口推托不去。塔什哈在屯子里转了一大圈，叔叔大爷的好话说尽，有的说家里有病人走不开；有的说自己病了，想去实在没力气；有的抹不开面子，答应收拾好家伙就去。可在山口等了半天，答应去的一个也没来，气得他浑身发抖，回到家中跟索爷抱怨："全在一个屯子里住，又在一个围帮吃饭，全跟着咱家上山打围糊口，如今我姐夫上山打头排虎也是为了大家伙儿，又没说让他们去打，只是上山寻人，这一个个的就全当了缩头王八，怎么都这么无情无义？"索爷心中也是十分不悦，嘴上却说："拉倒吧，现如今这年头儿，个人家里能有口饭吃，能保住活命，这就不容易，咱还能让别人咋样？"塔什哈毕竟年少气盛，心下愤愤不平，一气之下，决定独自上山，可是林深山险，又不知大腮帮子身在何处，往哪儿找去？他只能在附近的几个山头瞎转，天黑了就会回家，就这么转了三五天，一直没找到大腮帮子。

这一天日头快落山，塔什哈在林子里转悠了一天，正往家走，还没进屯子就听见爆豆般的枪声响成了一片，这可不是鸟铳的响动，再仔细看，黑瞎子沟方向火光冲天。他没敢直接进屯子，躲进树林深处，藏了一个多时辰，等到屯子的方向火势已弱，也听不见什么动静了，这才敢往回走。跑到屯子里一看，当时就傻了，整个屯子已经烧成了一片焦土，十几户人家全让关东军讨伐队杀光了。

大腮帮子不等塔什哈说完，已是浑身发抖、紧攥双拳、怒目圆睁，牙齿咬得咯嘣作响，一个字也说不出，心里翻江倒海一般，想起年少时随父闯关东历尽千辛万难，父亲不幸死于江匪手中，留在山东家里的老娘和两个妹妹也不知存亡，自己孤苦伶仃一个人，全凭老把头铁腿索爷收留才得以活命，这些年索爷待自己比亲生儿子还亲，又把自己招为了上门女婿，而今这一家子人惨遭横祸，连媳妇儿肚里的孩子也没了，想来想去，想去想来，忽觉喉咙中一阵咸腥，紧接着眼前发黑，身子往前就倒，好在被塔什哈一把扶住了。

大腮帮子吐了口血沫子，推开塔什哈，拎上三眼鸟铳就往屯子里跑，他是豁命去的，去了就没想活。塔什哈紧随其后，可是关东军讨伐队已经撤走了，二人只得强忍悲痛，找到老把头两口子和大腮帮子媳妇儿的尸首，又在残破烧焦的家中找了几床破被，裹上三人尸首，在家门口刨了个坑加以掩埋。由于屯子里死的人多，挖坑也挖不过来，两个人就把菜窖扒开，将其余能找到的尸首都抬下去，再从别处拉来泥土填埋，把屯子里的男女老少合葬在一处。可怜黑瞎子沟一屯子老少全死了，只留下他们两个活人。大腮帮子和塔什哈填完最后一把土，含泪跪到地上磕了几个头，各带一杆鸟铳，这就要去报仇。可是驻扎在东北的关东军加上垦荒团，总数不下一百多万，他俩杀得了几个？冤各有头、债各有主，随便整死俩小鼻子解不了恨，他俩总共两个脑袋，掉也得掉得够本。所以得打听明白，血洗黑瞎子沟的元凶究竟是谁。此外他们手上仅有鸟铳、弓箭，在山里打个獐狍野鹿还行，别说对付装备精良的关东军，就是对付森林警察队，那也无异于以卵击石，手上没有枪，想找小鼻子报仇简直比登天还难，问题是上哪儿整枪去？想来想去只有一个办法——上山找土匪借枪！

上山找土匪借枪是其一，打听关东军的消息也得找土匪。自古说官匪一家，即使小鼻子把东北占了，山上的土匪跟伪满军警也多有往来，互通有无，有什么风吹草动都能知道。赶上剿匪扫荡，就会通风报信，告知他们该跑的跑，该躲的躲。土匪们劫得财帛，当然也有这些狗腿子的一份。从清朝末年以来，关外土匪横行，遍地是胡子。盘踞在高山险崖之上的土匪武装称为“绺子”，匪首叫“大当家的”，也就是“吃横的”，手下称为“崽子”。绺子各有“字号”，讲究没有字号不发家，诸如什么草上飞、钻天鹞、活阎王、战东洋，等等。一伙绺子要想称霸一方，必须得有“四梁八柱”：“四梁”是通天梁、托天梁、转角梁、迎门梁，分别代表大当家的、二当家的、负责卜算吉凶的翻垛先生、枪杆子直溜的神炮手；“八柱”则是稽奇、挂线、懂局、传号、稽查、马号、账房、粮台，各司其职，各管一摊。绺子通常又分为“清”“浑”两路，耍清钱的绺子讲究替天行道、劫富济贫，哪些能抢，哪些不能抢都有规矩，即便是对那些为富不仁的大户，也不会轻易滥杀无辜，临走时还会留下一冬的口粮。对待坏了规矩的崽子，匪首自有一套残忍的惩治之法，否则也镇不住这帮人。耍浑钱的绺子不分良贱，逮谁抢谁，除了杀人还祸害女眷，最后一把火点了房子，毁尸灭迹赶尽杀绝。老百姓对这样的浑绺子深恶痛绝，恨不能食其肉、寝其皮。

土匪又分成几等，兵强马壮的绺子专抢地主大户，用土匪的黑话讲这叫“砸窑”，有些地主大户有钱有势，不会坐在家中干等着土匪来抢，往往筑起高墙大院，蓄养若干炮手，一旦有土匪上门，就拼个你死我活，甚至有在房顶上挂旗的，以此挑衅土匪，这样的窑被土匪称为“红窑”。绺子不仅砸窑，绑票勒索、私贩枪弹烟土的勾当也经常干。民间老百姓常说“一人一马一杆枪，好吃懒做入大帮”，觉得入伙当了土匪就是论秤分金，大块吃肉，大碗喝酒，其实并不尽然，尽管土匪啸聚山林、为害一方，实际上日子过得也挺惨，砸窑得来的钱财，均由大当家的统一掌管，等到年底各自下山“猫冬”的时候，再论功行赏“分红柜”，功劳多的多拿，出力少的少给。所以他们平时住得非常简陋，无非窝棚、马架子，当崽子的十天半个月不见得开一次荤。真正占山为王的大绺子凤毛麟角，整个东三省也找不出多少。

次一等的土匪没这么大势力，称不上绺子，七八个人凑在一处，专做拦路剪径的勾当，手上有两三条枪就不错了，其余的人有什么家伙抄什么家伙，没有刀枪的扛个锄头也不出奇。平时吃的住的还不如老百姓，身上仅有一件棉袄，天热的时候掏出棉絮当成单衣，天冷了再把棉花加上乌拉草塞进去，就这么对付一冬，挨饿受冻是家常便饭，逢年过节才吃得上肉，喝得上酒。这类土匪多为乌合之众，就是一帮吃不上饭，又不愿意种地、打猎的穷汉，凭着心黑手狠拦路打劫，没活儿干就待在家，白天为民，夜晚为匪，时聚时散，没有固定的匪窝：一是怕被别人掏窝；二是实在没有钱粮养窝，就这么东躲西藏，四处流窜。

还有一路独来独往的土匪，有厉害的骑洋马挎洋枪，来去如风，吃香喝辣，这路土匪大多艺高人胆大，凭着一身能耐杀人越货，打一枪换一个地方，行踪不定，神出鬼没；最损的是“棒子手”，这些人穷得就剩下一条破裤子，连件囫囵衣裳也没有，躲在路边蹲守，遇上落单的过往之人，他就在背后打闷棍，干这一行的又叫“砸孤丁”，有什么抢什么，抢得了就抢，抢不了就跑，跑不了就得让人打死。总的来说，并不是哪个土匪都有枪，大绺子也没有统一的打扮，分不清谁是谁的队伍，两股人马见了面得先报号，告诉对方自己的大当家的是谁，报号之后是朋友的就各走各的，是对头的就得分个你死我活。可甭管哪一路土匪，落在官府手上都得掉脑袋，所以说除非走投无路，否则谁也不想落草为寇。

大腮帮子和塔什哈上山找的土匪，就是个棒子手，匪号“山狗子”，大腮帮子刚被铁腿索爷带到黑瞎子沟落脚那一年，山狗子还是当地一个打猎的，这主儿穷得叮当响，打围一向不肯出力气，只躲在其余猎户身后捡现成的，还好吃懒做，耍钱、喝酒、抽大烟、逛窑子，欠下了一屁股两肋条的饥荒。人穷志短，马瘦毛长，这小子本来就不是省油的灯，日子实在过不下去就动了歪念头，一旦听说别的屯子有人挖了棒槌、淘了金子、套了黄皮子，他是能偷则偷，偷不来就躲到半路上“打闷棍”。

后来让人报了官，他在家待不住了，被迫上山当了土匪，可就他那㞞样，没人愿意跟他拉帮结伙，也不敢自己上山入伙，至今还是孤家寡人一个。大腮帮子和塔什哈寻思，山狗子好歹也是猎户出身，又在山上当了五六年土匪，怎么不得有个长枪短炮啥的？以前听屯子里的猎户说过，山狗子躲在一处山坳中，毕竟都在一个屯子住过，他倒不敢抢黑瞎子沟的猎户。大腮帮子擅长追踪兽迹，既然知道在哪一带，找个人可比找头排虎容易，带上塔什哈进了那处山坳，还真找着一个非常隐蔽的破窝棚，就是树枝搭的棚子，几块树皮钉在一起当门，来阵大风就能给吹走。哥俩儿推门进了窝棚，窝棚里面空空荡荡，只是在墙角胡乱堆了些干柴树杈，见那山狗子正缩在窝棚里搓烟叶儿，也不知多少天没吃上饭了，双眼凹陷，面黄肌瘦一脸的菜色，身上的破棉袄、破棉裤打满了五颜六色的补丁，头发脏得打了绺，年岁不过三十上下，却似一个尖嘴猴腮的干巴老头。

山狗子见有人进了窝棚，还以为是来抓他的，吓得从草垫子上一轱辘蹦下来，转身便逃，比耗子都快。他这窝棚后边有个窟窿，一爬就出去，当惯了土匪，到哪儿都得先想着出事了怎么溜。山狗子大半个身子都钻出了窟窿，大腮帮子手疾眼快，一把抓住他的脚腕子，把他拽了回来："山狗子你跑啥啊？瞅瞅我是谁！"山狗子认出来人是住一个屯子的猎户，这才稳住心神，站直了身子，按土匪的规矩仰着脖子双手抱拳，往左肩膀后边一甩，相当于打招呼了。旧时的土匪这么行礼，完全出于迷信忌讳。因为在土匪看来，双手抱拳作揖，形同手上戴枷，干他们这一行的最怕被官府拿住，所以抱拳拱手要往肩后甩。大腮帮子对山狗子说了一遍来龙去脉。山狗子那个瞎眼的老祖母还在屯子里，得知关东军讨伐队血洗黑瞎子沟，死了十几户人，也是大吃一惊。别瞧他这个熊样，还是个大孝子，平时自己要是多出一口吃的，就下山给老祖母送去。三个人抱头哭了一场，大腮帮子把自己的计划跟山狗子说了一遍，提出要找山狗子借枪。山狗子一脸的为难，嘬着牙花子，“哎呀，承蒙你俩看得起我，可是你们瞅瞅，我这一窝棚家当都在这了，土匪跟土匪不一样，咱比不了有枪有马的大绺子，我一个打闷棍的棒子手，顶多也就抢个窝头咸菜疙瘩，苞米面儿都吃不上，成天躲在山里挨饿受冻喝西北风，上哪儿整枪去啊？我手上要是有枪，早就跟小鼻子干仗去了，何至于这样？”

话说到这份上，大腮帮子灰心丧气，想不到山狗子当了这么多年土匪，到如今还是个打闷棍的，手里根本没枪，更没有一个半个过命的兄弟可以给他帮忙，混得也太砢碜了。不过话又说回来了，山狗子也不是不顶用，他发誓要和大腮帮子、塔什哈三人共报此仇，他让大腮帮子和塔什哈暂时在窝棚里栖身，自己一个人下山打听消息。长话短说，天黑之前，山狗子就回来了，还真把血洗黑瞎子沟的事情问了个八九不离十。原来关东军为了让抗联无处落脚，在山区实行“集团部落制度”，把零散分布在深山老林里的小屯子集中在一起，制造无人区，老百姓讲话这叫“归大屯”。东北纬度高，气温低，严冬漫长，一年有半年是冬天，野外没吃没穿，寒冷得实非常人所能想象。“归大屯”不仅使抗联失去了补给，最要命的是不能在林中点火取暖，因为方圆几百里没有人烟，深夜里的火光会立即引来讨伐队。再加上投敌的叛徒告密，秘营被一一破坏，等于将抗联逼上了绝路。黑瞎子沟是个猎屯，居者皆为猎户，只会打猎不会种地，一旦并入大屯，那就是死路一条。

黑瞎子沟的猎户，祖祖辈辈一直给朝廷打官围，同时也给皇上把守龙脉，屯子里保留着圣旨和黄马褂，由围帮的各代把头供在家中，因为有这么个挡箭牌，在小鼻子那边多多少少还管点儿用，这才没被归了大屯。驻扎在黑瞎子沟一带的森林警察中，有个军警头目，人称“曾豁牙”，是江北的土匪出身，出了名的骁勇善战，阴险毒辣，手持两把盒子炮左右开弓，枪法十分了得，可以单枪匹马独当一面，在绿林道上得了个匪号“照打一面”。此人贪心尤重，招安之后当上了走狗，成了黑瞎子沟森林警察所的所长，他以归大屯为借口，多次向围帮索贿，熊皮熊胆、鹿胎鹿茸、山珍野味，有什么要什么。身为围帮把头的大腮帮子和大家伙儿商量了好几次，为了让屯子里的猎户能够留在黑瞎子沟，只得任由曾豁牙勒索。前几日曾豁牙故伎重演，又带着手下来黑瞎子沟找大腮帮子，进了门没见到大腮帮子，便向老把头铁腿索爷索要财物。以往还好说，眼下赶上荒年，屯子里的猎户饭都吃不上，哪还有东西给他？老把头一辈子受人尊重，看着曾豁牙颐指气使不可一世的样子气不打一处来，心说“你不就是个被招了安的胡子吗，仗着小鼻子给你撑腰才敢骑在猎户脖子上拉屎”，言语之间便顶撞了曾豁牙几句，没给他好脸色看。曾豁牙是个气量狭窄的小人，对此怀恨在心，回去之后立即就向关东军告发——黑瞎子沟猎屯给抗联送粮，结果引来关东军讨伐队血洗黑瞎子沟，把这个屯子挑了灶。

大腮帮子听罢山狗子所言，恨得咬牙切齿，二话不说抄起鸟铳抬腿就往外走。山狗子赶紧绕到前头拦住他，问他这是要去哪儿？大腮帮子两眼冒火：“等我生吞活剥了曾豁牙，再找小鼻子算总账！”山狗子急道：“我的大把头，你拿什么对付曾豁牙？”大腮帮子说：“我整死一个是一个！”说着又往外冲，山狗子一把抱住大腮帮子说：“你让我说你啥好啊，你可看好了，就你、我、塔什哈这仨人，手上仅有两杆鸟铳一根烧火棍子，去了也是飞蛾扑火，不光整不死曾豁牙，还一准得让他给咱整死。”

大腮帮子不死心却也无奈，长叹一声一屁股坐在地上，待了半晌，他又问山狗子：“还有什么法子可以整几条枪？”山狗子说：“整枪这个事儿，说难其实也不难，枪有的是，就是得有钱，有钱可以买枪，驳壳、左轮、撸子、独头撅、老双响、七连子儿、八连子儿、长的短的、快的慢的、东洋造、德国造、捷克造、喷子瓢子，要啥有啥。”塔什哈说：“净扯这没用的，咱不是没钱吗，上哪儿整钱去？”山狗子挠了挠头，“钱还真不是大风刮来的，天上也从不掉票子，要么的……砸窑去？”塔什哈一听这倒是个法子，就劝大腮帮子：“别人可以砸窑抢钱，咱哥儿仨为什么不能干？俗话说得好‘人善被人欺，马善被人骑’，咱们要不是一直忍声吞气，任由曾豁牙欺凌，何至于落得如此下场？如今赶上这么乱的年头儿，只有当土匪才不会被人欺负，要干咱就得干个大的，将来大仇得报，咱哥儿们虎踞山林，凭着胆子大、枪杆子直溜，狼虫虎豹都得躲着咱们，还怕两条腿的人不成？到时候咱大仇得报，也吃香的喝辣的，论秤分金银！”大腮帮子连连摇头，“你也拉倒吧，咱就仨人，没等到跟前，就让护院的炮手给削趴下了！”

三个人在窝棚里商量来商量去，并无一策可行，话赶话说起了土匪来钱的几条道儿。想当土匪砸窑抢钱，最难的是一开始如何起局建绺，起局得有局底，也就是本钱，这和做买卖一样，本小利薄，本大利也大。要是像山狗子这样没有钱、没有枪，只身一人拿根破木头棒子，那就只能砸孤丁，抢来的也只能是窝头咸菜疙瘩，因为有钱的阔主儿不可能在深山老林中走动，更不敢落单，所以说砸孤丁的发不了横财。如若有钱就不一样，扯开大旗拉杆子，招拢几十个崽子，再买上两挺“碎嘴子”，也就是机关枪，那就可以去砸窑绑票发大财了。一个响窑砸下来，只要命还在，足能过上三五年富贵日子，要吃有吃，要喝有喝。真可谓“穷的穷死，富的富死”，连当土匪也是这样。至于作为局底的本钱，怎么来的都有，有些是家里本来就有钱，变卖家产建绺的；也有在老金沟淘到金子的，又躲过官兵和土匪的层层把守带出来，当成本钱起局的；更有胆大包天的铤而走险，抢夺落单军警的枪支；甚至有挖坟掘墓攒的局底。

大腮帮子听到“挖坟掘墓”四个字，茅塞顿开，当下把自己这些天如何上山打虎，如何迷路掉入山涧，又是如何见到古墓石门的情形，一五一十说给了山狗子。

山狗子一拍大腿，这可是天上掉馅饼了，古墓之中必定有陪葬的珍宝，盗出来换成枪炮烟土，何愁拉不起一支队伍！

第五章 大腮帮子报仇

1

大腮帮子和塔什哈没干过盗墓的勾当，甚至都没动过这个念头，他俩知道，干这个行当损阴德，折阳寿，八字不硬的人去扒坟掘墓，报应只在眼前，纵然受用了不义之财，也不免祸延子孙，谁不怕天理昭彰，报应不爽？打猎的靠山吃山不犯王法，盗墓吃臭则为阴阳两界所忌，明有王法，暗有鬼神，挖坟掘墓用死人的钱，还不得用命来抵偿？不过为了报一家老小的血海深仇，凑足这起局建绺的本钱，他俩也豁出去了，说白了，哪怕搭上两条命也在所不惜，哪还顾得上什么忌讳？苟活至今，就是为了找小鼻子拼命，早死晚死都一个样，铤而走险，或许能成。只是大腮帮子和塔什哈，外加个打闷棍的棒子手山狗子，从来没盗过墓，全是外行，蹲在八面漏风的窝棚里点上木柴取暖，裹紧皮袄合计了半宿，冻得直打哆嗦，仍是一筹莫展。正所谓“隔行如隔山”，不知道挖古墓要从何下手，更不知道得了赃物如何出手。如若没人肯收，换不来真金白银，再好的东西对他们仨来说也没用；再碰上使坏的，拿完货给点了炮，稀里糊涂扔了小命，更是得不偿失。最后还是山狗子想出了法子，俗话说，“没有金刚钻，不揽瓷器活”，那有了金刚钻不就行了？咱再找一个吃这碗饭的高人入伙，方保万无一失。

大腮帮子觉得山狗子言之有理，不由自主地点了点头。他自小从胶东来到关外，要说经过见过的事情那是不在少数，可毕竟这十几年的光景一直待在黑瞎子沟，山中人烟稀少，接触的人有限，让他进山打头排虎他不怵头，让他找人可实在为难，究竟该上哪儿找专吃这碗饭的人呢？山狗子到底干过几年砸孤丁的勾当，要说也是绿林丛中的人，颇认得几个牛鬼蛇神，只见他眼睛一亮，说道：“我还真认识这么一位！”大腮帮子和塔什哈忙问：“谁啊？”山狗子说的这人是个风水先生，名叫董阴阳，也是个半吊子二百五，整天装神弄鬼，半蒙半骗混口饭吃，倒不挑嘴，碰见有钱的能坑多少是多少，遇上真没钱的给半个窝头也愿意去，有什么要什么，糊弄一口是一口。董阴阳这个江湖骗子，主要是给人批阴阳宅，那就是捡好听的说，随便一处土山包，到他嘴里也能说成风水宝地，还信口雌黄说什么头枕山、脚踩河，前有照、后有靠，一铲子挖出五色土，不管先前是什么出身，只要埋在这里，准保着你们家享不尽荣华富贵，世世代代子孙满堂，鹏程万里，纵然出不了皇上，起码也得出几个掌朝的大臣、领兵打仗的大帅，真可以说是“高官得做，骏马得骑”。近些年关外来的人越来越多，大家伙明知不可信，但都盼着万一祖坟冒青烟，这辈子就不愁吃穿了，活人饿几顿不要紧，怎么着也要给死人找个说得过去的地方住，所以他才吃得上这碗饭。反正这关东大地上上下下南北东西，全是大清朝的龙兴之地，清太祖爱新觉罗·努尔哈赤在这儿土生土长，怎么吹怎么有理。实际上，董阴阳根本不是看风水相地的阴阳先生，就是个盗墓吃臭的老鬼，借看风水的幌子给财主家找坟穴，挣几个赏钱是虚的，等人家往坟里埋完了棺材，隔不了十天半个月，他再趁夜抠坟凿棺，掏陪葬的金银首饰、珠宝玉器换钱才是真，那真是缺德带冒烟儿了，但是若得此人相助，大事必成！

受穷等不到天亮的山狗子，第二天一大早就带着大腮帮子和塔什哈下山找人。董阴阳住得比较远，在县城边上的一座破庙里。说是破庙，比山狗子的窝棚也好不了多少。当初盖的时候，不过是三间干打垒的土坯房，如今已经塌了两间。三个人进到庙中一看，屋内积着厚厚的一层灰土，门窗松松垮垮，仿佛一碰就掉，顺着缝子呼呼往屋里灌风，庙堂中间供奉着一座泥胎塑像，也是破败不堪，油漆脱落，瞧不出究竟是哪位大仙还是什么佛祖。屋角多了一铺火炕，显得不伦不类。炕头坐定一人，四十岁上下，裹着件破袍子邋里邋遢，脸上脏兮兮，可能从来就没好好洗过脸，头发胡子都擀毡了，要多埋汰有多埋汰，别人不认识他，山狗子可认识，正是风水先生董阴阳。

发觉有人进了庙，董阴阳不慌不忙地抬了抬眼皮，问了句“找谁啊”，说话粘齿连牙、含糊不清。山狗子晃着肩膀在土炕前面溜达了两圈，突然一步蹿到董阴阳面前，冲着他的耳朵大声说道：“老董，是我山狗子，咋不认得了？”董阴阳认得棒子手山狗子，知道此人不是善类，彼此也没什么交情，在外面纵使走个对脸儿，谁也不会搭理谁，如今怎么跑自己家里来了？他看山狗子这一次带人找上门来，多半是“黄鼠狼给鸡拜年——没安好心”，可还得故作镇定，坐在炕头上身子一动不动，开口问道：“三位光临敝处，有失远迎啊，但不知有何贵干？”山狗子上前一步，抱拳拱手，开门见山直说了：“无事不登三宝殿，我们找到一座古墓，想让你入伙，一同抠宝发财……”还没等他把话说完，董阴阳就连连摆手，一口咬定自己只是个风水先生，明有王法，暗有鬼神，可不敢干这等损阴丧德、断子绝孙的勾当。山狗子不耐烦地说：“行了行了，别整这虚头巴脑的，咱俩还有啥可装的？这儿又没外人，谁还不知道谁啊？损阴德的事你还少干了？抽大烟逛窑子的钱都是从哪儿整来的？你都这把岁数了，连个媳妇儿也没娶上，这还不叫断子绝孙？难不成还指望窑姐儿给你下崽子？”董阴阳仰着脖子眨巴眨巴眼，“那么的……就挑明了说吧，挖坟掘墓的勾当可不好干，事成之后，能分给我多少？”山狗子说：“你尽管放心，咱把话说前头，事成之后指定一碗水端平了，咱四个人，一人一份，该分多少分多少，一个大子儿也少不了你的。”董阴阳又补了一句：“空口无凭，别以为我不知道你山狗子是什么玩意儿变的，我信得过你吗？你要是能说话算话，那太阳就能打西边出来了。”山狗子不屑地说：“你瞧你那个埋汰样儿，还真以为自己是火眼金睛呢？这么着吧，我给你发个毒誓，你看如何？”

董阴阳听到此处眼珠子一转，上上下下打量了几遍跟在山狗子身后的两个人，问明大腮帮子和塔什哈的来头，又听大腮帮子简单说了说古墓的方位，怎么寻见的，前后左右有什么特征，董阴阳听得啧啧称奇，心中不免长了草，这才捋着嘴边几根稀稀拉拉的胡须说：“这个这个……人不得横财不富，马不吃夜草不肥，这么大一片肥肉送到嘴边，岂有不吃之理？果真如此，走上一趟倒也无妨！”四个人商量定了，搓土为炉，插草为香，列成一排跪在那泥胎塑像前，也没问这到底是哪路神仙，指天指地为誓：“皇天在上后土在下，财神在前地主在后，我兄弟四人义结金兰，自今日起，有福同享、有难同当，忧必同忧、乐必同乐，不求同生、但求同死，如有二心，报应分明！”四人按长幼之序，拜了一盟兄弟，从今往后就是一根绳上的蚂蚱，一荣俱荣，一损俱损。董阴阳年长，被尊为老大，其次是老二山狗子，老三是大腮帮子，最小的老疙瘩还是塔什哈。当夜众人围坐在炕上唠嗑，董阴阳不含糊，把家中存的玉米面的窝头、高粱面的饼子拿出来招待几个兄弟，哥儿几个你一言我一语，边吃边合计盗墓发财的勾当。

等转过天来，众人在董阴阳的指点下，备齐了盗墓所用的家伙什，这些东西董阴阳的破庙里头都有现成的，再带上防身的鸟铳、猎叉、开山刀、匕首。由大腮帮子带路，四个人就进了山。要说对黑瞎子沟这一片深山老林的熟悉程度，如果大腮帮子认第二，那就没人能认第一，只要是走过的路，对他来说就是“哑巴吃饺子——心中有数”，几乎不用做什么标记，从哪个角度看哪一座山岭的轮廓，哪一棵参天大树树干上有什么特别之处，他看一眼就能了然于心。这一天走到日落西山，来到大腮帮子之前打虎误入的山涧，找到先前那棵救了他一命的歪脖子树，放了几条长绳下去。四个人攀着绳索爬下去，见到那座画有猛虎的大石门。两扇石门坚厚无比，大腮帮子等人没有炸药，纵然使出吃奶的劲头儿，刀劈斧砍凿上个十年二十年，也未必打得开。然而挖坟吃臭的土贼，总有法子进得去：要么绕开坚厚的石壁，挖条盗洞直插墓室；要么有秘药化石散，抹在石门上，等够十二个时辰，再抠石门如刨豆腐。所以山狗子才让董阴阳入伙，怎知下到深涧之中，点上火把一照，几个人全吃了一惊！

原来石门上方的山壁裂开一条大豁子，岩缝中蒿草丛生，不知裂开多少年了。大腮帮子之前掉下来，一则没有火把照明，二则惊慌失措，所以没走这个心思，没看到墓门顶部的大裂子，岂不是轻而易举就能钻入墓道？早知如此，还找董阴阳干什么？不过话又说回来，他们仨谁也没进过古墓，不知开棺抠宝如何下手，而且说不定里边还有墓门，倒是离不开这个吃臭的土贼，何况几个人已经拜了一盟兄弟，有福同享，有难同当，大腮帮子是个义气之人，说出去的话就是泼出去的水，一口唾沫一个坑，怎能言而无信，出尔反尔？想到这一层，他心下也就释然了。

世人往往如此——木匠看见木料，就琢磨打造成什么样的家具；厨子看见鸡鸭鱼肉，就会想怎样搭配才能烧出美味佳肴。董阴阳也不例外，见到古墓就在眼前，如同蚊虫见血、苍蝇集秽，两个眼珠子直冒光，手心里发痒，心头怦怦狂跳，不顾岩壁湿滑，拨开乱草头一个钻了进去，其余三人也一个接一个往里爬，穿过四五丈厚的岩壁，下至墓门后的甬道。大腮帮子置身甬道之中，想起之前遇到那个卖梨的黑脸大汉，仍是心有余悸，不知卖梨的是鬼是怪？心里这么一寻思，嘴上不知不觉就说了出来。进山之前他已经把上山打虎的经历给几个兄弟说过一遍，董阴阳听他又嘀咕此事，冷笑两声说："老三，干咱们这行的还怕这个？我跟你说，盗墓吃臭的有两怕，一怕塌窑，二怕没货，从没有怕鬼这么一说，说白了鬼不找咱，咱也得找鬼，撑死胆大的，饿死胆小的。咱不来则已，既然来了，你们哥儿仨就瞧我的吧，想发财跟我走！"说完提上一盏气死风灯，一马当先在前头开路。古墓甬道中黑暗潮湿，灯光仅照得到身前五六步，其余三个人不敢大意，打起一百二十分的精神，各持鸟铳、火把，小心翼翼跟在董阴阳身后。前行有一间狭长的墓室，左右各设一处耳室，满地泥浆，直没脚踝，一走一出溜，抬脚落足啪叽啪叽乱响。走着走着，大腮帮子觉得脚下蹚到一件东西，弯下腰一摸，抄着一个古瓶，拎起来拿袖口擦去泥浆，但见瓶身细腻柔和，上面绘的美人形容古朴，在火把光亮下泛出阴郁的暗青色，正如梦中所见，只是梦里的瓷瓶端端正正摆在石头灯架下边，此时却倒在了地上。再看两边耳室，也与梦中大宅的布局一致——隔几步远就有一个石头灯架，上摆海碗般大的紫铜灯盏，唯一不同之处是古墓中漆黑一片并无光亮，不由得心中一沉，简直不敢往深处想了。

董阴阳是贼不走空，走上前来一把抓过大腮帮子手中的古瓶，但觉轻重适手，好悬没把眼珠子看掉了，掏了半辈子老坟，何曾见过这等大货？再用手指一弹，泠然动听，当真是件宝物！他带上塔什哈和山狗子，将前墓室中值钱的陪葬品搜刮了一遍，得了七八件珍品，轻手轻脚塞进事先准备好的大皮兜子里。几个人举着火把继续朝前走，再经过一条墓道，尽头又有一道券顶石门。董阴阳取出鸭嘴铲插入石门，四个人一起用力撬动。沉闷的声响中，石门被撬开一条尺许宽的缝子，众人刚要举步，突然从中吹出一阵阴风，声如鬼哭，寒气森然。

山狗子和塔什哈都吓得跳了起来，大腮帮子虽然一向胆大，可也觉得毛骨悚然。再看董阴阳也不嘚瑟了，一样是面如土色，哆哆嗦嗦从怀中掏出辟邪的墨斗护在胸前，等了半晌不见有异，方才松了口气，提上灯再往前一照，这一看不打紧，吓得他一口气提不住，热乎乎的一泡尿全给了裤裆。

2

董阴阳用火把照过去，见墓门后一条黑蟒，伏在地上，头大如斗，粗同米缸，身上溜光水滑，透着一股阴森之气，让人不寒而栗。董阴阳口中惊呼一声“蟒仙”，当时就吓尿了，双膝一软跪倒在地。关东山人迹罕至，与尘世隔绝，一处山窝子可能千百年也无人打扰，最适合灵物修炼，其中又以“胡黄常蟒”四家为首，也就是狐狸、黄鼠狼子、长虫、蟒蛇，在关外信者极众，常以木板做成牌位，写上仙名，尊称为太爷、太奶，摆在家中供奉，也有专门供奉的堂口。但是打猎的靠山吃山，从来不信这一套，再加上大腮帮子是在二仙观出生长大的，对其中的门道比常人看得更透，当下伸手拨开挡在面前的董阴阳，端起鸟铳对准黑蟒就要搂动扳机，却见那条黑蟒伏在墓室中一动不动，片刻之后定睛再看，身下黑血凝固，已然死去多时。大腮帮子捡起董阴阳掉在地上的火把靠近黑蟒，前前后后照了一番，发现其双眼及头顶被鸟铳打得血肉模糊，但血水尚未完全凝干。他这才恍然大悟，在大宅中遇上的那个黑脸大汉，原来正是这条黑蟒。自己掉入山涧，元神出窍进了古墓，黑蟒诱他吃梨，皆因“梨”与“离”字同音，吃下这个梨，元神就让黑蟒吃了。他往外一跑就还魂入窍了，黑蟒紧追不舍，前两枪所打的红灯是黑蟒的双眼，第三枪多半打中了黑蟒的“内丹”，多亏三眼鸟铳里装满了火药，否则后果不堪设想。想到此处，大腮帮子越发疑惑，把手伸进蟒头上下一番摸索，触手之处，圆滑坚硬，竟给他抠出个鸡蛋大小的珠子，擦去血污也不见光泽。董阴阳在一旁看个满眼，立时直起身子，收敛起刚才的窘态，干咳了两声，低声对大腮帮子说：“白蟒丹定风、黑蟒丹解毒，这东西看似平常，却也难得一见，你先收好了，等咱出去再合计咋分。”说完提灯挤入墓门。大腮帮子被这董阴阳一打岔，也就不再去想黑蟒的事了，与塔什哈、山狗子跟在董阴阳身后进了墓室，借着火把光亮四下里一看，见整个墓室天圆地方，周围石壁上彩绘斑驳，似是星斗图案，当中摆放着一口大棺材，棺头朝东，棺尾向西，棺上积了厚厚一层灰尘。

董阴阳围着棺材转了几圈，伸手抹去棺材上的积灰，想找下手的地方，却见金光晃动，抹去灰尘之处在灯光火把下熠熠生辉。四个人瞪大了眼，以为是一口黄金棺材，那可要值老鼻子钱了！董阴阳手指摸在金棺上，抖得如同弹弦子，口中哈喇子淌下半尺多长，山狗子恨不得直接扑上去咬一块下来，大腮帮子和老疙瘩也看直了眼。四个人七手八脚将灰尘抹掉，原来并非金棺，而是一口大石棺，底部密凿树海，上覆金箔，浑然一体，金光灿然。石棺四周还各有一双神目，显得阴冷怪诞，棺盖上则是一幅红色血月的图案。

在大腮帮子、山狗子、塔什哈看来，纵然不是整个的金棺，上边这一层金箔也了不得，抠下来可以换不少钱，当成局底绰绰有余。只有董阴阳觉得蹊跷，吃扒坟盗墓这碗饭的，见过的棺材不计其数，虽然大多是穷人的三寸板薄皮匣子，达官显贵的棺材可也没少挖，上等棺椁皆有彩绘，无非就是祥鸟瑞兽、福字莲花，或为墓主生平事迹，可从没见过万木峥嵘的树海图案，上边还有一层金箔，这仅仅是为了摆阔？还是真有这么一片黄金树海？他挤着眉头，歪着个脑袋端详了半天，又绕棺材连转了好几圈，始终不得要领，想不出个所以然。大腮帮子他们仨，原本是山中猎户，都记起老辈儿人讲过，“深山中有个巨大无比的宝藏，无边无际的树海皆为黄金”，这个传说一代又一代传了不下千百年，不过没什么人信，就当个古经来听，因为没人见过，何况世上不可能有这么多黄金，森林更不会变成金子。古墓石棺上的图案，或许正是源于那个传说，可能墓主是个财迷，做梦去过那个宝藏，临死之前便让人把黄金树海刻在棺材上。董阴阳听大腮帮子等人这么一说，他也点了点头，看来没必要将此事当真，墓门上画了插翅的猛虎，古代称之为飞熊，又何曾存在于世？

四个人不再多想，各拔短刀，将石棺上的金箔逐一刮下，且不说棺中还有何等宝货，仅是金箔就不少了，足够买枪起局，当下正逢乱世，黄金可比什么都好使。石棺尚且如此阔绰，里头又会有多少珍宝？众人刮下来的金箔，连同在各处墓室找到的东西，全装入一个大皮兜子，交给塔什哈背上，又在董阴阳的号令下，合力移开棺盖，等到晦气散开，他们凑上前去，举火提灯一照，只见棺中古尸神袍装裹，缝满了金线，头顶鹿皮帽，脸上覆以金面，头枕寒玉，脚蹬皮靴，双手交叉，怀抱一个金杵，上嵌红珠，身旁环列珍宝，尽管隔了不知多少年月，在灯烛火把照耀之下仍是光彩夺目。

山狗子把着棺材边看得眼花缭乱，眼珠子都快掉进去了，刚伸手去拿，就被董阴阳一把薅了回来，说了句“你先别忙”。董阴阳让大腮帮子和山狗子举高了灯烛火把照亮，又小心翼翼将墨斗压在古尸上，这才入棺取宝，掏出来一件珍宝，就往塔什哈的皮兜子中放一件。仨人眼巴巴地盯着，一件也认不出，按董阴阳的话说，这全是宝货。直到董阴阳掰开古尸双手，捧起那个金杵，他们倒认得这玩意儿，近似于庙中神君的降魔杵，顶端的灵石色呈暗红，与棺盖上的血月图案一致。此杵也不甚大，长约十二指，可以单手握持，但是形状古怪。董阴阳说此乃“九股降魔金杵”，两端有多面金刚立相，怒目而视，样貌狰狞，是镇压妖魔的不二法器。

大腮帮子不知另外三个人怎么想，他脑子里却闪过一个念头：“这位墓主与打虎时遇上的神婆装束相似，可见也是个神官，死后带入棺中的红色灵石，兴许跟黄金宝藏有关……”这个念头一转即逝，当时并未多想，他盗墓取宝是为了买枪报仇打小鼻子，有了这么多陪葬的珍宝，拉起一支队伍绰绰有余，并不在意什么金山金树。

四个人搜金刮玉，抛开那些看不上眼的坛坛罐罐，只拣值钱又好携带的金玉之器拿，将大皮兜子装了个满满当当，董阴阳不舍得那个古瓶，把一些小件的玛瑙珠宝塞进瓶子，又装到大皮兜子里，最后才将古尸的黄金覆面摘下。大腮帮子见黄金覆面下仅是一具枯骨，想到墓主纵然生前显赫，富可敌国，死后也不过如此，到头来落个任人翻尸倒骨的下场，不由得叹了口气，心下怅然若失。

董阴阳掏空了石棺中的珍宝，从里边跳出来，招呼众人合拢棺盖，又叫塔什哈背上大皮兜子，一同退出墓道。不知不觉已折腾了一宿，再出来天都亮了。四个人高高兴兴往山外走，正要顺原路返回，突然被山狗子拦住，说天快亮了，万一山里遇上别的土匪，咱们人单势孤，弄不好不仅白忙活一场，宝货都被土匪抢走不说，小命也得扔了，他知道一条没人走的近路，既稳妥又可以省下不少时间。其余三人觉得他言之有理，就跟着山狗子钻了老林子。途中经过一个地窟窿，董阴阳素来以看风水谋生，瞅见什么出奇的山形地势，他定会上去查探一番，这次一夜之间得了这么多财宝，仿佛百爪挠心，躁得不行，更得借机显摆显摆自己的能耐，来到近处一看，原来这是个“金眼子”，也就是挖金人掏的矿洞，已经废弃多年了，黑咕隆咚，深不见底，下得去出不来。正要招呼众人当心，却见山狗子忽然转过身，冷不丁从怀中掏出一支手枪，没等其余三人明白过来，就“啪”地给了董阴阳一枪，正打在心窝子上，尸身落入了金眼子。可叹董阴阳精明一世，风里来浪里去的老江湖，结果在阴沟里翻了船，不明不白死在打闷棍的山狗子手上，连说句整话的机会也没有。

大腮帮子眼瞅着董阴阳惨死，一下就明白了，山狗子原本有枪，但是在山中为匪，枪是安身立命之本，怎肯借给别人？如今盗墓得了这么多珍宝，末了儿他想杀人灭口，独吞财物，出其不意打死了董阴阳，就是想让这俩人知道知道，枪是真的！过去只觉着这山狗子无非是好吃懒做、偷奸耍滑之辈，没承想当了几年砸孤丁的棒子手，半点良心也没有了，早想好了和这几个拜把子兄弟翻脸变卦，怪只怪自己眼拙，跟他在一起混了好几天，居然瞧不出这是个见利忘义的白眼儿狼！

眼前这变化太过突然，塔什哈在一旁也傻了眼。山狗子可没闲着，举枪逼塔什哈放下皮兜子。塔什哈双手护住皮兜子不肯撒手。山狗子急了，扫帚眉一立，三角眼一瞪，厉声喝道："老疙瘩，别不识抬举，你要是再不撒手，董阴阳就是你的下场！"塔什哈没了主意，转头望向大腮帮子。大腮帮子使了个眼色，示意他别硬来。塔什哈只好不情不愿把皮兜子扔在地上。山狗子又冲大腮帮子一扬下巴，"老三你也是，让我说你啥好，咋就看不出个眉眼高低呢？还不扔了你那根烧火棍子，非得让你二哥我费劲儿是不？"大腮帮子万般无奈，手一松把鸟铳扔在地上。

山狗子一晃手中的枪口，问大腮帮子和塔什哈："知道这是啥不？"那两人只用过鸟铳，知道这是手枪，可不认得是什么枪。山狗子说："我谅你俩也不知道，这叫张嘴蹬，老带劲儿了，想不到你二哥还有这么一手儿吧？"随即一脸狞笑地说："老三老四，人为财死，鸟为食亡，别怪你二哥因财失义，我也想给屯子里的三老四少报仇，可咱胳膊拧不过大腿啊，占了东三省的小鼻子海了去了，整死他一个俩的顶啥用，多活一天是一天吧，念在咱拜了把子，又在一个屯子住过，我就给你俩留个囫囵尸首，也给你二哥省两颗枪子儿，这年头啥都要钱，不得不省着过，一发子弹还能换十斤白面哪！"说罢冲黑洞洞的金眼子努了努嘴，让他俩跳下去。

大腮帮子还想和山狗子周旋："我说山狗子，你可想明白了，怎么说咱也是盟兄盟弟一场，董阴阳已经归西了，落下这么多宝物，咱仨下半辈子躺炕上也吃不完，何必赶尽杀绝？做人总得给自己留条后路，老话儿怎么说的来着？狗咬对头人，雷打三世冤，老天爷的眼可不瞎！”

山狗子扑哧一声笑了，可是冷森森的枪口仍然对着大腮帮子，“你可拉倒吧，你二哥我吃的就是伤天害理这碗饭，老天爷的眼要是不瞎，不早就收拾我了？我能一个人留着贼赃，凭啥跟你俩分？再者说了，咱仨也不是一路人，你俩想去跟小鼻子豁命，我山狗子可没活够！”

大腮帮子眉头紧皱，“这么着吧，你不就是要钱吗，这些东西我和塔什哈留一成，够我们哥俩儿买枪建绺子就行，其余的全给你！”

山狗子不为所动，“少来这套，今天有你没我，有我没你。”

塔什哈破口大骂山狗子背信弃义，并出言恫吓：“这辈子你整死我，下辈子就是我整死你！”

山狗子冷笑道：“老兄弟，咋还急眼了呢？别拿这话吓唬你二哥，谁见过下辈子的事？行了行了，别整这没用的了，麻溜儿地蹦下去，来年的今日，二哥我给你做周年，指定多给你烧点纸钱，亏待不了老兄弟你。”

大腮帮子见山狗子是个软硬不吃的隔路货，讲理讲不通，动手他有枪，只得说道：“山狗子，跟你拜把子算我瞎了眼，东西你带走，我这条命也给你，只求你放塔什哈一条活路，他还没娶过媳妇儿……”

山狗子不耐烦地一嘬牙花子，“哎呀妈，你俩咋这磨叽，不就啪叽摔那一下吗，那能咋地？”说话一人给了一脚，将大腮帮子和塔什哈踹下了金眼子。

3

大腮帮子落入金眼子，已知难以幸免，只是大仇未报，这么死可太窝囊了，悔不该误信打闷棍的山狗子，如今还得捎上塔什哈一同送命，到了阴间地府如何跟媳妇儿和老丈杆子交代？越想心里越后悔，可是事到如今，再说什么也来不及了。他的身子飞速下坠，原以为在劫难逃，却不料扑通一声落入了泥水之中。

从清代开始闯关东的穷苦人，多以四大行业为生，一是木帮，二是粮帮，三是参帮，四是金帮。有相当一部分人分布在夹皮沟、老金沟、二道甸子、王家店等地的沟沟坎坎，由金把头带着，看山、看地、看草木、看流水，找到金脉之后拼命往深处挖，只盼挖到金子回老家买房子置地。可是挖金子就是挖钱，这个行当历来被官兵、金匪死盯着不放，历尽千辛万苦挖出来的金子，要想带出关卡，无异于骆驼穿针眼儿——比登天还难。有人把金子藏进大车轱辘里，或者藏进猪大肠，再吞进肚子，可是金匪、官兵个顶个是火眼金睛，不论矿工想到什么法子，他们一早就想到了前头，抓住藏带金子的一概往死里整。实在没辙了，金帮的人就拿命换金子，一伙人立字据抓阄，抓中的人吞金而死，其余的人把尸首运出关卡，再把此人开膛破肚，抖落出金粒子，抽中死签的人家中妻儿老小也能分得一份。如此前仆后继，在深山老林中挖了这么多年金子，留下了数不清的“金眼子”。

大腮帮子和塔什哈掉入的这个金眼子，已经废弃了很多年，洞内渗水严重，洞底有积水，层层叠叠的枯枝烂叶沤成了淤泥，如同铺了一层软垫子。大腮帮子跌落下来，触到水面的一瞬间心中一喜，虽说不擅水性，总好过摔在乱石巨岩上拍成肉饼，可是这个念头还没转完，已然灌下一肚子腥臭无比的泥水，心里一阵恶心，五脏六腑齐往上翻。他急忙闭住气，伸手在四周一通划拉，摸到早他一步被踹下来的塔什哈。塔什哈也不会水，早已乱了分寸，在水里拼命扑腾。多亏了积水不深，只是水底淤泥太厚站不住脚，吃不上力，又黏糊又滑腻，一踩一出溜。大腮帮子费了九牛二虎之力，拖着塔什哈从泥潭中挣扎出来，互相搀扶着站直了腰身。两个人呕出几口脏水，抹去脸上的淤泥，但见四周漆黑一片，借着头顶上洞口射下来的微弱光亮，隐约看出洞壁十分光滑，并无可以攀援之处，除非插上双翅，否则别想上去。

塔什哈连续受到惊吓，丢了好不容易得来的财宝，又吃了一肚子脏水，整个人已经懵了，耷拉着脑袋一言不发。大腮帮子怕他一头栽倒，就将他扛在肩上，试探着往前走，找找有没有出口。无奈金矿中黑灯瞎火，又没有灯烛照亮，任凭他瞪大了双眼，周围仍是黑漆漆的一团，摸黑乱走也不是办法，正在一筹莫展之际，突然听到不远处有人咳嗽了一声。大腮帮子长年在山中打猎，耳力出众，虽然看不见对方，却已听出是先前掉下来的董阴阳，此人挨了山狗子一枪，翻身落入金眼子，居然没死？

大腮帮子心想：“真是天无绝人之路，董阴阳是盗墓吃臭的土贼，常在阴阳两界行走，熟识地底下的情形，有他带路说不定可以脱困！”他循声蹚着淤泥一步一滑走过去，伸手一抓，果然抓到一个人，满身的臭泥，往脑袋上一摸，还真是董阴阳。

按顺序来说，他们这三人之中，头一个掉入金眼子的就是董阴阳，他挨了一枪没死，倒不是有法术神通护体，只是那一枪碰巧打在了揣在怀中的罗盘上。董阴阳本没有受伤，只是中枪之后脚底下站不稳，再加上又惊又吓，一头跌下金眼子，摔在泥水之中。他命大没死，却已成了惊弓之鸟，坐在坑底正不知如何是好，就听扑通扑通两声闷响，接连又下来两位。因为不知后边下来的人是敌是友，所以躲在一旁没敢动，但是坑洞中积水实在太臭，方才又灌了一肚子脏水，憋了一会儿，实在忍不住咳了一声，这才被大腮帮子发觉。大腮帮子扶起董阴阳，告诉他山狗子的所作所为。董阴阳气得火冒三丈，咒骂道："挨千刀的山狗子，等我出去开坛作法，调来天兵天将整死他，再挫骨扬灰，定让他万劫不复！"

等董阴阳骂不动了，大腮帮子问他有没有法子出去？董阴阳也束手无策，困在全是泥水的坑洞中什么都看不见，身上带的火折子已被泥水浸透泡烂，罗盘又被打坏了，分不出个东南西北，如何能够找到出路？此刻他身上又湿又冷，冻得上牙磕打下牙，浑身瑟瑟发抖，难以在水中久留，仗着常年掏坟抠墓，一对贼眼可以在暗中见物，就带大腮帮子和塔什哈摸至坑洞边缘，抓挠到一根从洞壁边缘伸展出来的老藤枯根，借力爬上一处较高的土墩子，双脚终于落了实地。合该这仨人走大运命不该绝，董阴阳发现土墩上居然有挖金之人留下的火烛，忙交给大腮帮子点上。三人眼前有了光亮，胆子都大了几分，胡乱挤了挤衣服上的泥水，借着火烛的光亮，从各处壁洞中捡到一些破布条子和灯油，捆成几根火把，开始在洞中寻找出路。

当年挖掘金脉留下的矿道蜿蜒曲折，到处是岔口，有的岔口很浅，有的却深邃无底，还有许多裂开的山缝，连在一起如同迷宫，在这样的地方走不多久便已晕头转向，如果把这些岔口挨个试着走一遍，恐怕三天三夜也走不完。三个人越走心里越没底，就在此时，忽听洞道深处传来一阵窸窸窣窣的声响，但是相距较远，听得不太清楚。他们以为仍有人在金眼子下挖金，真要是那样可就有活路了，立即顺着声响深一脚浅一脚地摸索过去，钻入一个颇为宽阔的大石窟，没等看清楚地形，猛觉一阵腥风扑面，手中的火把一齐暗了下来！

大腮帮子发觉不对，来不及再叫其余二人闪躲，一只手将塔什哈拽到身后，同时将另一只手的火把掷了出去，但见一头异兽，牛首虎躯，血口獠牙，双目如炬，肋生肉翼，周身挂满了闪烁的岩金，如同披挂金甲的凶神恶煞。

那个恶兽往旁一跃，避开了大腮帮子扔过来的火把，走在前边的董阴阳才没让它扑中。大腮帮子射猎多年，可从没见过这东西，只是听山中猎户相传，金穴中有凶兽名为“獴烈”，个头比牛犊子还大，凶恶尤胜虎豹，受了地脉中的金气，鳞皮如铁，刀枪不入，常吃毒蛇，齿有剧毒，倘若被咬上一口，那就别想活了。不过并非无法对付，此兽两肋肉翼之下各长一孔，形似疮疤，是其命门所在，平时将肉翼垂下遮住命门，常人不明所以，如何找得到它的破绽？这头獴烈躲过火把，展翼掉头咬向董阴阳。董阴阳吓得跌坐在地，双手抱着头缩成一团。大腮帮子长年打猎，对付猛兽他可不怵，不过鸟铳已无从找寻，身边能用的仅有一柄猎刀，他眼明手快，趁地上的火把还没熄灭，窥准獴烈肋下的圆孔，拔出猎刀猱身而上，一刀插了进去。这柄猎刀是当年老把头铁腿索爷给他的，硬木手柄，黄铜护手，刀身有尺把长，刀背上血槽凹陷，不敢说削铁如泥，也绝对是一柄利刃。大腮帮子走到哪儿都带在身上，人不离刀，刀不离人。獴烈命门中刀，发出连声咆哮，震得几个人耳膜生疼。大腮帮子并不撒手，攥紧刀柄用尽全力一通搅动。獴烈疼痛难忍，兽躯一抖，将大腮帮子整个身子抛了出去，背心重重撞在岩壁上，发出一声闷响，当时就觉得眼前一黑。此时的獴烈再也支撑不住，跌倒在地翻滚摔打，由于它体形硕大，在石窟中东撞一头西撞一头，发出咚咚巨响，致使洞壁上的沙石纷纷掉落，犹如山崩地裂，但已无力攻击对手，挣扎了多时，终于倒地毙命。

塔什哈在一旁吓得够呛，见獴烈倒在地上一动不动了，仗胆捡起地上的火把，跑到大腮帮子身边扶他起来，揉搓前胸拍打后背，大腮帮子被方才这一摔疼得龇牙咧嘴，好在没有伤及筋骨，喘了几口粗气，这才缓过劲儿来。二人又寻到趴在地上的董阴阳，正想伸手去拽，却听有人在身后叫他们：“老三、老四！你俩干啥去？”大腮帮子和塔什哈不觉一愣，心中大骇：“既然董阴阳在后边，眼前这个人又是谁？”石窟中只有火把的光亮，他们仨以及地上这位，无一不是浑身泥浆、灰头土脸，一般无二的狼狈相，看不出谁是谁。

转念之间，董阴阳已从后边踉踉跄跄地走了过来。三个人凑在一处，大起胆子走上前，伸出手来一摸，发觉地上那个人还没死透，浑身潮乎乎的，额头滚烫，大腮帮子忙把他扶将起来，借着塔什哈手中的火把一照，见此人三十来岁，一张四方大脸，满脸虬髯，剑眉长目，通关鼻梁，身材魁梧，穿着一身翻毛大皮袄，腰扎板带，头顶软壳帽，足蹬奇卡密的皮靴，两支手枪横插斜挎，凭这一身打扮，不用问就知道是山里的胡子，看上去威风凛凛，只是脸色发黑，嘴唇发青，双眼紧闭，奄奄一息。

董阴阳看了片刻，对他俩说道：“我观此人器宇不凡，指定是哪个大绺子中的‘四梁八柱’！只不过他怎么会在这儿呢？难不成金眼子里藏了个土匪窝？”

塔什哈听说又是个土匪，马上想到了打闷棍砸孤丁的山狗子，暗自憋气，说土匪哪有什么好东西，就劝大腮帮子别多管闲事，任其自生自灭为好，赶紧想办法出去才是。

大腮帮子向来忠厚仁义，不肯见死不救，再者说他在关东混迹多年，知道很多土匪的传说，之中也不乏英雄好汉，不全是山狗子那路货色，听说土匪中有金匪，经常出没于金眼子，兴许此人知道怎么出去。不过他也留了个心眼儿，先取下土匪的两支手枪，插在自己腰上，然而经过一番查看，并没有在土匪身上找到伤口。

董阴阳在一旁支招："此人脸色铁青，可能中了毒，矿洞中常有鼓起的'泥泡子'，那是积攒在地脉里的毒气，一不留神踩破了溅到皮肉之上，好端端一个大活人说倒就倒，就是这个样子，真可以说防不胜防，我以前干过下矿的活儿，应该错不了。"大腮帮子忙问："这个人还有救吗？"董阴阳镇定自若道："你身上不是有黑蟒丹吗，用水化了给他吞下去，那玩意儿可以解百毒。"

大腮帮子往自己怀中一摸，幸好黑蟒丹还在，可是水囊却不知道什么时候丢了，又在那人浑身上下一番摸索，找到一个随身的皮袋子中有水，就掏出黑蟒丹，碾碎了倒入皮袋子，掰开他的嘴一口气全给灌了进去。

常言道"人不该死总有救"，大约过了一炷香的时间，眼看着这个土匪脸上青气渐渐退去，毕竟是打家劫舍的土匪，吃得饱喝得足，有个好底子，稍过片刻便睁开眼坐了起来，听大腮帮子说明前因后果，抱拳对他行了一个匪礼："这位仁兄，承蒙搭救，我江上飞欠你一命！"他这话一出口，大腮帮子、塔什哈、董阴阳都吃了一惊，没想到面前之人竟是赫赫有名的匪首"江上飞"，此人马上步下一身的本领，手下兄弟极多，向来劫富济贫、替天行道，是一股清绺子，从不干奸淫掳掠、祸害老百姓的勾当，还杀过不少小鼻子，知道他名号的人没有不赞扬的，何以落到如此地步？

4

据江上飞所说，三天前他带十几个兄弟下山买粮，扮成收皮子的客商，临时在江边一个屯子落脚。赶上屯子里有迎亲的放鞭炮，整得还挺热闹。别人没当回事，而在屋里喝酒的江上飞心里却绷着一根弦，这几年天下大乱，迎亲的可不敢整出这么大响动，他侧耳一听，从噼里啪啦的鞭炮声中听出了马蹄子响。

江上飞一发觉不对，立即起身踹开了后窗户。这个后窗户正对着大路，往远处一看，正瞧见讨伐队的骑兵朝屯子疾驰而来，足有一两百人，一个个头戴战斗帽，手持马枪，挎着战刀，荡起一路烟尘。江上飞当时就明白，自己这是让人卖了，不知是哪个王八犊子告的密，否则讨伐队来不了这么快，也怪自己大意，在屯子里耽搁的时间有点长。但心念一转，“兵来将挡，水来土掩”，没什么可怕的，他这次下山，留下二当家的在山上看家，带出来的十几个兄弟个个身手了得，全是一等一的炮手。江上飞沉住气，点手叫过一众兄弟，吩咐道：“漏烟起水了，叉上压脚子扯呼！”那意思就是说，咱们让人卖了，赶紧骑上马突围！江上飞说罢，纵身踹门出屋，三两下蹿上房顶，眼见一队骑兵开到近前，左右开弓连开数枪，冲在前头的几个人应声落马，其余的讨伐队骑兵并不退缩，发一声喊，四下散开掩杀上来。江上飞手下众兄弟也接连开枪，霎时间枪声如同爆豆，人喊马嘶乱成一团。十几个人对上一两百人，怎么打也得吃亏，眼瞅着包围圈越来越小，再冲出去，估计兄弟们都得撂在这儿。趁这个乱劲儿，江上飞命令手下兄弟骑上马，从小路分头逃走，他也跨上自己那匹大黑马，纵马疾驰，摘下斜背在肩头的马枪，一边放枪吸引讨伐队，一边往江边上跑，嘴上喊着：“你爷爷在此，不要命的尽管来！”

讨伐队的一个军官率领一队骑兵咬住江上飞，在后边紧追不舍。江上飞骑在马上跑了八九里地，发现这么跑下去非吃亏不可，因为讨伐队骑兵胯下一水儿的东洋马，虽说小鼻子个头矮，东洋战马却高大神骏，自己这匹大黑马虽然也是百里挑一，可比不了东洋马的脚力，再跑上二里地，非让人追上不可。江上飞眼珠一转，计上心来，随着身后一声枪响，他身子一栽，从马鞍子上掉了下来，手中的马枪扔出去老远，人躺在地上一动不动，胯下黑马受惊，向前一阵狂奔而去。那个军官以为击毙了江上飞，拔出战刀催马冲至近前，正要把江上飞的脑袋砍下来带回去邀功，怎知江上飞装死，他的长枪是扔了，手里的短枪可还在，突然间一个鲤鱼打挺跃起三尺多高，甩手就是一枪，正打在那个军官头上，死尸滚落下马。江上飞又接连开枪，放倒了随后而来的几个追兵，拢缰绳翻身上了那个军官的东洋马，双足一点蹬，小腹提气一撞马鞍前桥板铁过梁，快马加鞭往江边飞奔而去。

关外的冬天异常寒冷，江面冻得严严实实，江上飞打小在江边长大，最擅长滑冰排，可以在冰面上疾驰如飞，只要让他上了结冰的江面，别说追兵，就算枪子儿也追不上他，所以得了“江上飞”的匪号。然而天时不到，江河还没封冻，讨伐队有备而来，枪快马也快，咬住了就不放，任凭江上飞使出浑身解数，沿着江岸策马狂奔，仍然摆脱不了身后的追兵，情急之下舍了东洋马，一头扎进江边的老林子，心说走不了水路爷爷就钻老林子，倒要瞧瞧小鼻子有多大道行。匪首江上飞是讨伐队的头号目标，人头值一百两金子，这一次好不容易跟上了，当然是穷追不舍，留下几个人守住马匹，其余的也一股脑儿扎进了山林。接下来江上飞又在密林中与讨伐队周旋了几天，终于将讨伐队甩在身后，不由得松了一口气，再搭上这几天人困马乏，两腿发飘，头晕目眩，一脚踏空掉入一个金眼子，同样也是下得来上不去，在洞底下寻找出路的时候，不慎踩上了一个毒泡子。如果不是遇上大腮帮子这三个人，哪里还有他的命在，想来这也是天数使然，命不该绝。

自打老把头一家遇害，大腮帮子一提起讨伐队，就恨得牙根儿痒痒，他佩服江上飞把小鼻子整得团团转，尽管在山上当土匪，但是行事光明磊落，当得起“替天行道、杀富济贫”八个字，够得上英雄豪杰，不禁大为心折，就把手枪交还给了江上飞，反正他们仨也不会使。江上飞即便死中得活，却也元气大伤，无法立刻行走，大腮帮子他们仨也是刚把命捡回来。四个人成了难兄难弟，索性就在石窟中歇了一会儿，直到缓过这口气来，这才继续寻找出路。

众人一路直行，穿过石窟没走几步，往前走岔口越来越多，不知道该往哪走。董阴阳叫住众人，说不能再这么乱走了，咱得“推八门”！旧时迷信“休、生、伤、杜、景、死、惊、开”八门为八方，生门即为出路，有时候找不到路，就得推算八门定夺方位。土匪和猎户最信这一套，绺子中四梁八柱里“搬垛的”就专门干这个，无论出于什么原因被困走投无路，都可以靠“推八门”求得活命。大腮帮子问董阴阳：“你的罗盘已经挡了枪子儿，东南西北也分不出，还怎么推八门？”董阴阳不说话，脱下一只鞋子，口中念念有词，同时把鞋往半空一扔，啪嗒一下掉在地上，他冲鞋尖的方向一指，“出路在这边！”

这套把戏直接把众人看傻了，扔个鞋就能扔出生路来？顶仙搬杆子的也不敢这么糊弄人吧？大腮帮子和塔什哈不知董阴阳这套把戏灵不灵，江上飞却是大绺子里的顶天梁，说白了就是大当家的，手底下四梁八柱，加上崽子不下上百号人，对这一套了如指掌，一眼就看出董阴阳故弄玄虚，使的是唬人的手段，捣鼓不出个所以然来，但是想到这几个人刚刚救了自己的性命，所以并不点破。他走到董阴阳所指的那个洞口前，伸出火把等了片刻，见火苗晃了几下，确定有风吹出来，觉得心中踏实了一半，这条路是不是生门不敢确定，但至少不是“死胡同”，反正自己也不知道该往哪儿走，也就没说什么。

众人虽有火把照明，但是干渴难忍，嗓子里几乎要冒烟，坑洞中的水又脏又臭，根本喝不了。塔什哈小声嘀咕，再找不到出路，渴也能把人渴死。江上飞听塔什哈嘴里嘟嘟囔囔，便从怀中摸出一个巴掌大小的金属酒壶，里头还有不到半口酒，递给塔什哈说："小兄弟，你先润润嗓子。"塔什哈千恩万谢，迫不及待地接过酒壶，拧开盖子一仰脖喝了下去，又将空酒壶递还给江上飞。大腮帮子在旁边看着暗挑大指，心说同样都是土匪，亏了山狗子跟我们住一个屯子，还是拜把子的兄弟，却为了钱财反目成仇，江上飞跟我们萍水相逢，头一天见面就能患难与共，不愧是威震东三省的大绺子首领。

一行人跟随董阴阳走入洞口，前半截还挺宽敞，没想到越往里边走，矿道反而越窄，没多久走到尽头，发现与一条山裂子相通，可见当年矿道挖至此处，金脉已被挖尽，所以就没再往前挖。他们往山裂子深处望去，感觉似有些许光亮。有光亮就有出口，四个人喜出望外，犹如见到了救命稻草，一个接一个钻入山裂子，进去之后却发觉地势向下倾斜，不知山裂子为何向下延伸，大腮帮子心中疑惑，岂不是越走越深吗？

不过山裂子深处确实有隐隐约约的光亮，这一点总不会错，朝着光亮走没准就能出去，纵然不是出路，也得看明白了才死心。想到此处，他们不由得加快脚步，迫不及待地穿过山裂子，走到尽头发现并非洞口，而是一个溶洞，有七八间屋子大小，洞顶钟乳倒悬，蔚为奇观，洞里似有异香浮动。众人刚从泥坑爬出来，全身臭气熏天，忍不住多吸了两口，只见地上摆了许多发光的大瓮，不过多半米高，盖子半掩，全装满了水，望之一片清澈，先前看到的光亮正是从此而来。

江上飞眉头一皱，刚要开口说话，董阴阳却等不及了，尽管他穷困潦倒一辈子，但是吃不了苦受不了累，折腾了一宿，早已渴得抓心挠肝，见得瓮中有水，不仅清澈，还似透出一股香甜，恨不得把脑袋扎进巨瓮，一口气喝个肚圆。当时他这两个眼珠子就绿了，直奔溶洞中的大瓮，怎知跑得太猛，脚底下没刹住，一头栽入一个大瓮之中，只伸着两条腿悬在外边，使劲儿乱蹬。大腮帮子和塔什哈担心他呛死在水中，赶紧过去一人抓住董阴阳的一只脚，使劲往后拽他，可是拽出来的董阴阳，上半身已经变成了森森白骨！

二人见董阴阳一个大活人，眨眼成了白骨，头皮子都炸了。塔什哈又惊又骇，扔下董阴阳连退了几步，可怜董阴阳看了大半辈子风水，到头来却给自己选了条死路。此时近在咫尺，大腮帮子也看出来了，溶洞中哪有什么大瓮，分明是十来个大得出奇的“猴子埕”，这玩意儿又叫“雷公壶”，他曾听围帮中的老把头说过，“猴子埕”本是一种植物，在山中发出异香，引得猴子们自投罗网，进去就别想出来，因此得了这么个俗名。估计金脉尽头洞穴中的“大瓮”也属此类，只是长在地底而已，形似口袋一般的猪笼草，盖口忽张忽合，底部白骨累累。董阴阳跌入埕中，埕中清水淌出来，落在地上刺啦作响，冒出一缕缕白烟，犹如火碱一般，呛人的腐臭蔓延开来。

大腮帮子和塔什哈盯着眼前的情形不知所措，江上飞便冲上前去，一手拽住一个人，叫道：“还不快走！”两人这才回过神来，顾不上给董阴阳收尸敛骨，转身逃回了山裂子。三人皆是筋疲力尽，倚着山壁气喘吁吁，脸如死灰，身后是条死路，金眼子下的坑洞又如同迷宫，实在是到了山穷水尽的地步。

江上飞是亡命之徒，从不将“生死”二字放在心上，他对那两个人说：“既然合该咱仨并了骨，纵有千条妙计也是枉然，就别折腾了，人生一世草木一秋，怎么死不是死，死到金眼子中，说不定下辈子能发大财……”

说话卷上一支喇叭筒，打上火，蹲下身子吧嗒吧嗒地抽烟。

大腮帮子可不想死，他的仇还没报，况且塔什哈一死，岂不是绝了铁腿索爷一门的香火？再说江上飞在白山黑水间是何等名号，出生入死经过多少大风大浪，这就坐以待毙了？正想问个究竟，塔什哈突然战战兢兢地说：“董……董阴阳……跟上来了！”

5

大腮帮子凝神一听，也发觉身后有人，但是离得比较远，鬼鬼祟祟地分辨不出是谁。如果不是董阴阳阴魂不散，金眼子坑洞中难道还有别人不成？他手持火把跑回去，围着坑洞转了一圈，四下里仔仔细细看了一个遍，却不见半个人影。大腮帮子长年在山中追踪野兽，耳目极为敏锐，眼下虽然火把的光亮只能照见前后几步，看不见坑道深处的情形，可他绝不会听错，确实有个人躲躲闪闪尾随在他们身后，十之八九不怀好意，若是留下这个勾心债，迟早会有麻烦。

他正寻思应该如何应对，耳根子忽然一跳，又听见黑暗中有些许响动，立即转身用火把去照，却见一道黑影隐入了石壁。这一次塔什哈也看得真真切切，这不是鬼又是什么？江上飞倒沉得住气，劝大腮帮子和塔什哈少安毋躁，又卷了两支喇叭筒，分给他们二人点上。大腮帮子平时也经常卷喇叭筒抽，打猎的离不开关东烟，一来灭口虫，二来解闷儿，三来提神儿，见江上飞给他的烟叶特别厚，焦黄色，搓在手里直冒油，便知这是东北最好的烟叶。对于会抽烟的人来说，这种厚叶子卷出来的喇叭筒烟味醇香浑厚，就是劲儿特别大，抽起来一口是一口，甭管你是多少年的“老烟杆子”，一口下去保准过足了瘾，无奈眼下口干舌燥，越抽烟越难受。大腮帮子接过来喇叭筒嘬了一口，喉咙中险些冒出火来。塔什哈也呛得连声咳嗽，就想把烟捻灭了。江上飞却将二人叫到近前，凑在他们耳边低声说道："你俩听我的，紧着嘬几口，别让烟灭了，把跟在咱后边的那个东西引过来，兴许能让它带路出去！"

大腮帮子和塔什哈一头雾水，根本听不明白江上飞在说什么，却对他的话十分信服，二人为了活命，只得跟着江上飞一口接一口地狠嘬喇叭筒。三个人一同吞云吐雾，转眼间四周烟雾缭绕。这时仨人听到身后一阵轻响，转过头来一看，但见身边岩缝中探出一张干瘪的人脸。

那条裂缝很窄，还不够三指宽，眼见着居然从中钻出一个人，探头探脑地在嗅烟味，这就够吓人的了，再往那个人身上看，与其说是人，倒不如说是脱了水的"人干"。全身上下干瘪得如同纸片，火光下几乎照不出影子，身上什么也没穿，只挂了几缕破布条，四肢又细又长，仿佛一碰就断，脸如枯木，既没有皮也没有肉，双眼凹陷，看不见东西，全凭手摸鼻嗅，举止诡异至极。

大腮帮子和塔什哈又惊又骇，这个人不人鬼不鬼的是什么东西？二人虽不知是福是祸，但是估计这东西伤不了人，就想把人干拽出来看个究竟，刚往前一凑，人干立即缩入了岩缝。江上飞摆手让他俩别动，先将手中的火把搁在地上，缓步来到裂缝前，从怀中摸出一个花生大小的金豆子，对那个人干说："你带我们出去，这块金子给你。"那个人干伸出一只干枯的手臂，哆哆嗦嗦接住金豆子，搁在嘴里咬了一口，缓缓从岩裂中爬出来，在前边给他们带路。三个人跟在后头，人干不时回头望着江上飞，用手比画着要烟抽，江上飞只当没看见。人干七拐八绕地在坑道中走了很久，来到另一个金眼子底部。这个金眼子深达十几丈，搭在周围的木架子均已腐朽，一踩就断，好在仍有两条用于起重的绳索。

江上飞用力扯了几下，见绳子足够结实，忍不住仰天大笑。

人干却并不离去，反而缠着江上飞讨烟抽。这一次江上飞没拒绝，三下五除二卷了一支喇叭筒，点燃后递过去将其稳住，人干颤抖着接过喇叭筒，一口嘬下去，七窍往外漏烟，发出咕噜咕噜的怪响，看得大腮帮子和塔什哈目瞪口呆，莫非遇上了一个“大烟鬼”，在世之时好这一口，做了鬼也惦记过烟瘾？江上飞不动声色，让大腮帮子和塔什哈先上去，等到他往上爬的时候，那个人干也跟了上来。江上飞到了洞口，立即拔出匕首割断绳索。人干登时掉了下去，落地化为尘埃。

爬出金眼子已是半夜时分，再往四周一看，仍是置身于莽莽林海，天上月明星稀，三个人大口吸了几口冷冽的空气，闷在胸中的晦气一扫而空，皆有两世为人之感。大腮帮子问江上飞，带路的东西究竟是人是鬼？江上飞说金眼子下的坑道经常坍塌，挖金之人被活埋在其中是常事儿，隔三岔五就有人遇难，这些人受土石所压，借得金脉中的地气，死而不僵，有魄无魂，既不是鬼也不是人，甚至不知道自己死了，仍在到处找金子。江上飞上山落草为匪之前下过金眼子，常听上岁数的老矿头念叨这些事。钻矿洞挖金子的人个顶个儿是老烟枪，坑道里潮湿、憋闷，挖金的整日劳累，全靠抽烟提神、解乏，宁可不吃饭，不能不抽烟，更有迷信的认为抽烟可以避开邪祟，故而这些人变成人干之后也有烟瘾。估计金眼子底下不止这一个人干，平时就躲在各处。刚才要不是塔什哈提起有人跟踪，江上飞也不会想到此节，于是抽烟引来这么一个，给了一个金豆子让它带路，可是绝不能让人干出去，否则活人会被它纠缠一辈子，甚至引起瘟疫为害一方。

大腮帮子和塔什哈叹服江上飞见多识广、手段高明。江上飞也感念他们二人的救命之恩，就问他们今后有何打算？大腮帮子说有两个仇得报，一是森林警察所的“照打一面”曾豁牙，此人带关东军讨伐队血洗黑瞎子沟，自己的一家老小全部遇害，不报此仇，誓不为人；二是打闷棍砸孤丁的山狗子，这个损王八犊子背信弃义，独吞了挖坟盗墓得来的珍宝不说，还把我们哥仨儿踢进金眼子，不宰了他难解心头之恨。江上飞说：“这两件事容易，江某敬你是条好汉，愿意助你兄弟二人一臂之力！”大腮帮子双膝跪地，给江上飞磕了三个响头，指天发誓：“大当家的，我若能报仇雪恨，今世给你牵马坠蹬，来世为您当牛做马！”旁边的塔什哈也跪倒在地连连磕头。江上飞哈哈一笑，扶起二人说：“患难之交，何分彼此？”当下带大腮帮子和塔什哈去了一趟山寨，也就是土匪窝子，他的绺子人多枪多，准备点齐了四梁八柱下山，踏平黑瞎子沟森林警察所。

怎知江上飞不在的这些天，关东军大举讨伐马匪和抗联，山上的土匪群龙无首，已经被打散了。曾经啸聚山林称霸一方的匪首江上飞，而今成了单枪匹马的光杆司令，再想重聚人马并不容易。日军讨伐队又持续封山，几个人根本没有落脚的地方。江上飞无法可想，只得带大腮帮子和塔什哈钻进崇山峻岭，躲入“密营”，那是一个极为隐秘的山洞，周围地势险要，沟谷纵横，易守难攻，不熟悉地形的人进来，很快就会懵腾转向。洞口又小又窄，外边有半人高的乱草和藤蔓遮挡，里边也不大，仅容得下六七个人，但是清水、干粮、油灯、柴火一应俱全，甚至还有袍子皮睡袋和两坛子烧酒。用江上飞的话来说，干他们这一行的，是把脑袋别到裤腰带上吃饭，就得狡兔三窟，这样的密营还有七八处，为了防止窝里斗被人出卖，只有他一个人知道在什么地方。

江上飞一边说一边翻开几块石头，就地挖出一个油布包，里三层外三层裹得严严实实，里边是几支手枪和黄澄澄的子弹。大腮帮子死死盯着手枪和子弹，这可是他做梦都想要的东西。江上飞手把手地告诉大腮帮子和塔什哈，这枪怎么怎么用，机头、保险怎么怎么使。那俩人虽是打猎的，可也只用过弓箭和鸟铳，不过江上飞是绺子里的顶天梁、使枪的大行家，有他悉心传授，不出三天这俩人就把枪用熟了。

大腮帮子是天生的神枪手，以前打猎的时候，手中的鸟铳从无落空，如今有了这么称手的家伙，他恨不得立刻去报仇。江上飞却说不可操之过急，森林警察所平时少说也有三十来人，长枪短炮不说，还有一挺轻机枪，咱们就三个人，势单力薄，只能智取，不能够硬拼。攻打黑瞎子沟森林警察所，其实和土匪砸窑没什么两样，砸窑又分"砸软窑"和"砸硬窑"，软窑指的是柳条子、木板障子夹的院套，没几个看家护院的，顶多在屋角、马圈里设一排地枪，打进去不难。"硬窑"则不然，全是高墙大院，外有壕沟，内有炮手。森林警察所架着机枪，真动上手交上火，比硬窑还不好啃。以往的土匪砸硬窑，全凭手下兄弟舍命，硬拼硬打，如今咱们人手不够，你俩又是生手，不能来明的，得先把盘子踩严实了，弄明白里边有多少带响儿的家伙什，动上手也不能使"喷子"，只能使"青子"！

6

江上飞准备了三匹快马和一个大皮兜子，带大腮帮子和塔什哈离开密营，潜回黑瞎子沟，相距森林警察所七八里地便不再靠前。江上飞按照以往下山砸窑的路子，白天躲在林中一个山洞里养精蓄锐，夜里出去踩道，在远处接连观察了几天，把森林警察所的情况摸得一清二楚。黑瞎子沟森林警察所建在一处高地之上，四周的树木已被砍伐一空，放眼望去空空荡荡，又拉了一圈铁丝网，足有一人多高，缠得密密匝匝。前中后三排原木屋子建得厚厚实实：前面一排是值班室和伙房；当中是临时关押囚犯的号舍，也有个看守值班的屋子，一挺轻机枪架在前排木屋的屋顶上，居高临下视野开阔，还架设了探照灯，远远望去阴气森森，使人寒毛直竖；后面一排木屋是宿舍和仓库，仓库里存放着粮秣弹药，侧面是马厩，里边有十几匹军马和两头大骡子，马厩旁边是茅房。驻扎的军警足有几十人，称得上兵精粮足。这些军警个顶个都是脚底板长疮，脑袋顶流脓，从根儿坏到梢儿，平时下山就是踹寡妇门、挖绝户坟、吃月子奶、骂哑巴人，可比土匪缺德多了。但他们也有怕的，就怕抗联或专门跟小鼻子作对的绺子找上门来，因此不分昼夜，一刻也不敢懈怠，警察所四周始终哨位林立，饭可以不吃，觉可以不睡，哨不能不放，除了明哨暗哨，还有牵着大狼狗的流动哨，其中风险可想而知，江上飞也找不出下手的机会，凭他们这三两个人，纵然手上有枪，攻打黑瞎子沟森林警察所也是找死。况且关东军为了消灭抗联，在各处据点布置了“挺进队”，一旦有什么风吹草动，“挺进队”就会迅速出动，全是快马轻骑，只要枪声一响，大军立至，纵然江上飞带齐以前的人马杀进去，也未必占得到半点便宜。

经过一连几天的窥探，三人发现森林警察所会定期派出巡逻队骑马进山，往往是曾豁牙率队，由于黑瞎子沟山深林密，来不及一日往返，途中会在榛柴窝铺住一宿。江上飞眉头一皱计上心来，决定在窝铺干掉曾豁牙的巡逻队。大腮帮子对江上飞早已心服口服：“你说咋整就咋整，只要能报仇，咱哥儿俩全听你的！”江上飞说：“路在人铲，事在人为，法子有的是，就看有没有胆子了，因为袭击森林警察巡逻队只能用青子，不能用喷子……”听完江上飞的法子，大腮帮子目瞪口呆，黑瞎子沟森林警察队纵然离了老巢，却仍是装备精良，有枪也未必近得了前，何况是用刀？但是江上飞既然这么说，一定有他的法子，大腮帮子别的没有，就是胆大包天，为了报仇舍得豁命。

这一次“照打一面”曾豁牙带部下进山，巡逻队包括他本人在内，总共是十一个伪满军警，半道在黑瞎子沟榛柴窝铺落脚。“榛柴窝铺”是大山中的一片破窝棚，以前围帮的人进山打猎，常在这一带剥兽皮，大腮帮子对这里的地形再熟悉不过。森林警察巡逻队选中这个地方过夜，是看中榛柴窝铺通了马道，四下里尽是荒草，林木稀疏，不容易受到偷袭。江上飞定下一计，安排塔什哈看好马匹、枪支，在外围接应，等森林警察巡逻队来到破窝棚附近，他和大腮帮子扮成挖棒槌的找上门去。大腮帮子纵然胆大，也觉得这是找死，无异于赤手空拳与猛虎相搏，江上飞吃过熊心豹子胆不成？退一万步说，大腮帮子在黑瞎子沟当猎户的时候，前前后后跟曾豁牙打过几次交道，曾豁牙肯定认识他，这不等于送人头去吗？

江上飞不仅胆大包天，而且智勇双全，未思进先思退，吩咐塔什哈带上枪支和干粮，在榛柴窝铺附近的山沟中接应，临走告诉塔什哈：“天亮不见我和大腮帮子回来，你就走你的，远走高飞奔个活命，再也别想报仇的事了。”江上飞是占山为王的匪首，说出话来自有一股威严。塔什哈虽不情愿，却也不敢有违，只得抹泪别过二人，按江上飞所说的前去准备。如此一来，密林中只有江上飞和大腮帮子两个人了。打发走塔什哈，江上飞才说出实施这一计划的关键，使用匿形换貌之术，给大腮帮子来个改头换面。倒不是江上飞信不过塔什哈，但这是保命的绝招，能少一个人知道，就少一个人知道，但凡脑袋上顶个“匪”字，就没有不多疑的。大腮帮子可真开了眼了，只见江上飞采了几株叫不上名字的烈性药草，一部分涂在大腮帮子脸上，起了满脸红疙瘩，跟之前判若两人，另一部分让他嚼碎了咽下去，说来也奇了，大腮帮子再开口说话，嗓音变得又粗又哑。江上飞哈哈一笑，又变戏法一样变出了一堆东西，让大腮帮子穿上一件脏兮兮的羊皮坎肩，打上绑腿，又把自己的衣服角扯破，从土坷垃里揪出一根树枝子，往两个人的裤子上一通乱戳乱划，怀里揣上坠了铜钱儿的红线，肩背鹿皮做的人参兜子，腰里别着用鹿骨磨成的快当扦子，手持索拨棍，扮成了两个放山挖棒槌的“老客”。打猎的离不开枪，打鱼的离不开网，放山的离不开索拨棍。棍子得有五尺来长，一头粗一头细，细的那头开槽，放上五枚铜钱。当年闯关东的，有一多半都是奔着挖棒槌来的，即使小鼻子占了东北，铤而走险的参客也不少。二人又塌着腰，驼着背，走路撇八字，成天在一起的也认不出这是谁了。

两人串定了说辞，改扮成挖棒槌的老客，身上什么家伙也没带，半路逮了几只野兔挂在腰上。忽然刮来一阵山风，江上飞嗅得风中有异，顶风逆行，在上风处找到一个泉眼，热泉咕嘟咕嘟往外冒，周围两三丈内热气蒸腾，满是刺鼻的硫黄味，泉眼边上零零散散长着一些喇叭菇。江上飞眼前一亮，他长年在山中为匪，识得泉眼边的喇叭菇有毒，但这蘑菇本身却看不出什么异样。他告诉大腮帮子，这一次对付森林警察巡逻队，原来只有三成把握，而今十拿九稳了。二人采了些喇叭菇，和野兔挂成一串，挑上就往榛柴窝铺那边溜达，很快就被放哨的伪满军警拦住，黑洞洞的枪口顶在二人头上。江上飞也会来事儿，瞪大了双眼故作吃惊：“总爷、总爷，这……您老几位这是干啥啊？俺们可是良民，就搞了点山货，可不敢犯王法啊。”几个伪满军警不由分说，上去一人踹了一脚，一搜身上没刀没枪，就将二人绳捆索绑，捆了个结结实实，带回去仔细盘问。

江上飞和大腮帮子装作吓破了胆，手脚打战，双眼可没闲着，把能看到的地方看了一个遍。二人被带进一个较大的窝棚，又挨了一顿打，给他俩来了个下马威。大腮帮子仔细观瞧，屋子当中摆着一张木板子钉成的大桌子，两边七扭八歪放着几条长凳，侧面有一个火盆，里面装了炭火，墙根底下还埋了几根一人多高的木头桩子。领头的军警是个水蛇腰，他指挥手下，再给这俩挖棒槌的搜一次身，上到狗皮帽子的夹层，下到毡靴子，里里外外彻底搜了一通，连靴窠儿里的乌拉草都掏了出来，搜来搜去，也就是那几只野兔和一挂喇叭菇。水蛇腰见一无所获，登时没了兴致，坐到桌子后面，一条腿蜷起来，脚踩在板凳上，点上一支烟，瞪起眼厉声审问二人："姓甚名谁，家住何处，从哪儿来到哪儿去，在林子里干什么？如不照实回答，让你们站着进来，躺着出去！"江上飞被打得鼻青脸肿，一把鼻涕一把泪地交代，二人穷光棍娶不上媳妇儿，想进山挖"棒槌"挣点钱，一连几天，棒槌叶子也没见到，饭也没吃，水也没喝，饿得前心贴后背的，这不就被长官逮进来了吗。水蛇腰腾地一下从板凳上蹦了起来，使劲儿一拍桌子，呵斥道："谁问你吃没吃饭了？把我们这当他妈饭庄子了？"江上飞紧着赔不是："总爷您别生气，我就是有一句就说一句，在您面前不敢不说实话啊！"那个军警又问大腮帮子，大腮帮子装成一个蠢汉，说话啰啰唆唆，前言不搭后语，而且还大舌头。水蛇腰见这俩穷光蛋实在榨不出什么油水，掐灭了烟头，起身出去禀报队长曾豁牙。

过了没多一会儿，屋门吱扭扭一声响，只见人影一闪，从门外钻进来一个人，方面大耳，身材魁伟，腰挎双枪，披着一件大皮袄，脚蹬一双高筒马靴，晃着膀子耀武扬威，正是黑瞎子沟森林警察队的队长曾豁牙。大腮帮子见了仇人，顿觉血往上撞，恨不能一口咬死对方，但是还没到下手的时候，不得不强压怒火，忍住一口气，使劲儿把头往下埋。

“照打一面”曾豁牙也是土匪出身，向来贪得无厌，吃了猪肝想猪心，得了白银想黄金，自打受了“招安”，当上了黑瞎子沟森林警察所的所长，别的不想，一门心思搂钱，听手下报告说逮住两个挖棒槌的，却连一片棒槌叶子也没搜到，不由得火撞顶梁门，瞪起两只母狗眼，口中骂骂咧咧地闯进来，抬腿踹了大腮帮子一脚，又扯住江上飞的脖领子嚷嚷：“别跟老子打马虎眼，你咋说老子就得咋信啊？眼瞅快下雪了，哪有人在这个时候上山挖棒槌？”

江上飞忙说：“总爷，一听您老人家这话，就知道您是内行，俺蒙谁也不敢蒙您呀，俺俩本来是跟着老把头混的，参帮也有十几口子人，可是之前俺这个兄弟看走了眼，误喊了大棒槌，说行话这是诈山了。老把头气得够呛，给俺俩撵了出来。打那儿之后，俺兄弟就魔障了，睁开眼没别的事，哭着喊着就要进山挖棒槌，不分时候也拦不住，八匹马都拉不转头，俺放心不下，这才陪他出来的，总爷您高抬贵手，就把俺们放了吧！”

这番话说得严丝合缝，曾豁牙也无从查证，扫了一眼俩人随身带的家伙什都堆在墙根儿，人参兜子、快当扦子、索拨棍，瞧不出什么破绽，再看看大腮帮子，身上脏了吧唧，脸上疙里疙瘩，直眉瞪眼地一会儿看看这个，一会儿看看那个，就没见过这么傻的人。其实没必要多问，归大屯封山以来，森林警察队抓到来路不明的人，不问青红皂白就可以枪毙，草菅人命对他们来说如同家常便饭，但是如果审出是抗联或土匪，查明正身还能领一份赏钱。曾豁牙为匪多年，劫过山中的参客，认定他们二人是参客不假，可是没说实话，一准儿是将棒槌藏了起来，就吩咐手下军警将这二人绑在木桩子上，用炉铲子刮肋骨条，一顿拷问之后，大腮帮子和江上飞装作扛不住，被迫说出有个棒槌窑，答应天一亮就带他们去找。曾豁牙心满意足，挥手让水蛇腰先把这二人带出去严加看守，等明天挖出棒槌，再诬为胡匪，割下人头请赏。水蛇腰不忘拍马屁，抻着脖子猫着腰，挑起大拇哥冲曾豁牙献媚：“您这是一箭双雕，齐活了！”

大腮帮子和江上飞被上了脚铐子，由水蛇腰押入一个破窝棚，并排反绑在木头桩子上。往里走的时候，大腮帮子瞧见隔壁窝棚中绑了一个人，“天网恢恢疏而不漏”，合该冤家路窄，居然是背信弃义的山狗子！二人被绑着坐在窝棚里，就听得隔壁一众军警拷问山狗子，很快明白了其中的情由。原来山狗子将盗墓所得的财宝据为己有，担心带下山有所闪失，便埋在他自己住的窝棚旁，只留下一个金饼揣在怀中。山狗子穷了一辈子，窝囊了一辈子，上山为匪也只是个偷鸡摸狗的棒子手，这样的人手上有了金子，屁股底下就跟着了火似的，烧得他待不住了，只想赶紧下山，把金饼换成老头票吃香的喝辣的。无奈此人也是个命中注定的穷鬼，怎么那么寸，刚到山脚下就撞上巡逻的森林警察，从他身上搜出了金饼，来了个人赃并获，小土匪遇上大土匪，那还有得了好吗？军警将山狗子带回榛柴窝铺审问，曾豁牙眼里不揉沙子，认得这是老坟中的紫磨金，若不是偷抢所得，便是盗墓的贼赃，否则哪来的紫磨金？他是铁了心要把山狗子的嘴撬开，那就可以发上一笔邪财，山狗子也是明白人，心知咬死了不吐口未必能活，说出财宝的下落一定会死，任凭皮鞭子沾盐水，打得皮开肉绽死去活来，肋条里出外进，眼珠子都揍冒了，也只苦苦哀求饶命，声称金饼是自己捡来的。

说话天就黑了，山里下起了头场大雪，曾豁牙一个人在窝棚中审讯山狗子，觉得西北风飕飕往窝铺里灌，屋里头太冷了，命手下给他端来一个炭火盆，再把山狗子的衣服扒了个精光，赤条条地绑在木桩子上。曾豁牙整人的手段多得是，找来几根铁丝，放到炭盆中烧得通红，用钳子夹起来，一根一根穿到山狗子的肋条上，一时间焦煳之气弥漫。山狗子吱哇乱叫鬼哭狼嚎，却仍不肯招供。曾豁牙又拿兽皮刷胶，粘在山狗子胸膛上，再一条一条往下扯，昏死过去就拿冷水泼醒，直到手下的军警过来叫曾豁牙吃晚饭，他才扔下半死不活的山狗子出去。

森林警察巡逻队临时在榛柴窝铺落脚，外边天寒地冻，谁也不想出去打野食，只能吃自带的干粮，见得抢来的野兔和蘑菇，个个伸长脖子馋得哈喇子直流，忙不迭地起灶生火，整出一大锅野兔炖蘑菇汤，一众伪满军警挤在锅旁吃肉喝汤，起初吆五喝六大呼小叫挺热闹，可是过了这么一阵子，窝棚中却没了响动。

江上飞和大腮帮子看外边的天黑透了，风雪也是越来越大，知道下手的时机到了。他俩互相使了个眼色，江上飞就施展开缩骨法挣脱了绳子，把手指伸进喉咙里，勾了几下嗓子，从嘴里吐出一个蜡丸，他拧开蜡丸，抽出一条锋锐无比的精钢线锯，锯开两个人脚上的铐子。二人高抬腿轻落足，悄悄摸出去，来到森林警察巡逻队吃饭的窝棚前，一脚踹开柴门，只见那些个伪满军警，横七竖八全躺了一地，个个全身麻痹，胳膊腿都动不了，不过意识未失，喊又喊不出来，全张着大嘴，眼珠子咕噜咕噜乱转，大眼瞪小眼不知出了什么状况。其中一个军警可能吃得比较少，见气势汹汹进来俩人，明白大事不好，趴在地上挣扎着去摸枪。大腮帮子抢上几步，伸出两只铁钳般的大手，活活掐死了这个军警。这时江上飞拖来给军马切草料的铡刀，对大腮帮子使了个眼色。大腮帮子会意，咬牙切齿地接过铡刀握柄，江上飞拖死狗一般，将森林警察队的军警一个接一个拽到铡刀下。

大腮帮子铆足了劲儿，咔嚓一刀铡下去，就是鲜血喷溅，一颗人头骨碌碌滚落在地。哥儿俩杀红了眼，一鼓作气，嘁嗤咔嚓铡死了八九个。窝铺里涌起一股刺鼻的血腥之气，地上人头翻滚，有的眼珠子还在打转。正杀得性起，窝棚门忽然一开，伴随着一股冷风，黑瞎子沟森林警察队的二把手水蛇腰进来了。他晚上闹肚子，一趟一趟地跑肚子拉稀，就没吃野兔炖蘑菇汤，也不知窝棚中发生的变故，提着裤子一脚踏进门来，眼见血流成河，脚下人头乱滚，当场吓得呆了。

大腮帮子见状抓过一把刺刀，使劲儿捅向水蛇腰，怎知外边风雪肆虐，水蛇腰穿得挺厚实，刀尖又让枪套挡了一下，这一刀竟然没捅进去。水蛇腰挨了一刀疼得够呛，却把他捅明白了，转身就想跑。江上飞一跃而起，一把揪住水蛇腰的头发，又把他拎了回来。大腮帮子毕竟是猎户出身，况且这一次就是寻仇杀人来的，没有下不去手这么一说，不容水蛇腰开口叫喊，手中刺刀往前一送，捅进了水蛇腰的咽喉。水蛇腰被自己的血呛住了，干张口出不了声，倒在血泊中扭曲了几下，便一动也不动了。

榛柴窝铺外边西北风呼啸，鹅毛大雪纷纷扬扬，天黑得跟锅底一样，地上一尺多厚的积雪却泛着白光。二人杀尽了森林巡逻队的军警，最后一个轮到为首的曾豁牙，但是本就锈迹斑斑的铡刀，已然刃口崩缺，刀槽里塞满了皮肉、碎骨，天寒地冻，血肉很快凝结，血红色的铡刀被咬死在刀槽中，任凭大腮帮子使多大劲儿也掰不开了。

大腮帮子与曾豁牙仇深似海，虽有一肚子愤恨，此时此刻却一个字也说不出来，浑身颤抖咬牙瞪眼去掰铡刀，只想把曾豁牙铡成两半。江上飞拉住大腮帮子，说这么死可太便宜曾豁牙了，按绿林道上的规矩，处置此等败类，得先给他“抹尖儿”！曾豁牙喝的肉汤不多，杀到他这儿的时候，身上麻痹之状已有所缓解，挣扎着想往窝棚外边爬，却让大腮帮子一脚踏住了。曾豁牙趴在地上苦苦求告：“二位好汉，杀人不过头点地，枪马你们全带走，给我留条活命吧！”江上飞二话不说，找出一柄明晃晃的匕首，手起刀落割去了曾豁牙的一只耳朵。曾豁牙忍痛哀求：“两位爷爷，咱们往日无冤近日无仇，何必赶尽杀绝？”大腮帮子往他脸上狠狠啐了一口，报出自己的名号，让他死也死得明白。曾豁牙得知仇家是黑瞎子沟围帮的大腮帮子，当时心就凉透了，自知难逃一死，可他到底是土匪出身，在绿林道上杀人越货走马飞尘，有名有号的“照打一面”，死在眼前倒也硬气，说既然如此，接下来无非是“削皮儿、掏瓤儿、点天灯”，二位尽管动手便是，我今天认栽不认㞞，任凭你俩把我剐了，再过二十年还是一条好汉！倒不是他不肯求饶，只因他为匪多年，这样的情形见得多了，心知到了这个节骨眼上，无论求饶还是叫骂，对方都得下狠手，倒不如咬牙充个好汉，说不定还能给他来个痛快的。江上飞冷笑一声道：“什么削皮儿、掏瓤儿、点天灯，你爷爷我饿了一天一夜，不耐烦仔细伺候你。”当即将曾豁牙的裤子扒下来，用刀子在他大腿上蹭了几蹭，猛一用力，割下一条条血淋淋的肉。曾豁牙再怎么心狠胆硬也扛不住了，惨叫声中屎尿齐流，眼泪鼻涕哈喇子流了满脸，窝囊得一塌糊涂，再也充不了硬汉。只见奄奄一息的曾豁牙蜷缩在地，眯缝着一对狗眼龇牙咧嘴直哼哼，江上飞这才交由大腮帮子一刀捅死。

大腮帮子杀了曾豁牙，想起还有个黑了心的山狗子，起身跑向关押山狗子的破窝棚，一脚踹开门闯了进去。山狗子已是半死不活，见来人浑身是血，也认不出是谁，听对方自报名号，当时心里头一翻个儿，以为大腮帮子变成厉鬼前来索命了，吓得魂飞天外，张着口作声不得。大腮帮子怒目圆睁，一把掐住山狗子的脖子，往他脸上狠狠啐了一口唾沫，抬手又给了他一个通天炮，骂道：“损王八犊子，想瞎了心也想不到爷们儿还活着吧，举头三尺有神明，你的报应到了！”

山狗子这才知道此人命大，掉进深不见底的金眼子居然没死，感觉气嗓都快给他掐断了，挣扎着叫道：“老三你先听我说，咱从古墓中掏出来的珍宝，全埋在我那个窝棚里，一样也没少啊，你饶我一命，那些珍宝全是你的。我说这话是为你好，你可不能杀我，我山狗子混蛋不是东西，你大腮帮子却是一条好汉，咱磕过头拜过把子，破了誓你可不得好死……”

话音还没落地，大腮帮子身后传来一阵风声，上来个人一刀捅在山狗子的胸口。这一刀给山狗子扎了个透心凉，又猛然往外一抽，山狗子前胸到后背多了个对穿的血窟窿，呼呼往外喷血，脑袋瓜子往下一耷拉，两条腿一蹬，一命归了西。大腮帮子定睛一看，原来江上飞也进了屋。不等大腮帮子开口，江上飞就说：“你瞅我干啥，我又没跟他拜把子！”大腮帮子一怔，随即明白了江上飞的用意——江上飞是大绺子里大当家的顶天梁，什么样的人没见过，什么样的招数伎俩瞒得过他？一进来就听得山狗子那番言语，明白这小子耍的什么心眼儿，怕大腮帮子一念之仁留下后患，干脆一刀杀了山狗子，这是不想让大腮帮子为难。大腮帮子嘴上虽然没说什么，心下却感激不已。两人又在榛柴窝铺中搜了一遍，将能带的枪支弹药全带上，到外面牵出两匹森林警察巡逻队的军马，备好鞍韂，纵身上马一路疾驰，找寻接应他们的塔什哈，趁着夜色茫茫逃入了大山深处，鹅毛大雪很快覆盖了马蹄印子，也冻住了那股子血腥气。

这一次偷袭黑瞎子沟森林警察队，干掉了十一名伪满军警，枪支马匹劫掠一空，这个娄子捅破了天，关东军以为是抗联游击队主力所为，迅速集结重兵进山讨伐。不过江上飞提前布置好了退路，带着大腮帮子和塔什哈“上天入地”，屡屡摆脱追兵。入地好说，无非在地洞中躲藏，上天是什么呢？事先在树上搭设桦木板子，再以树枝加以隐蔽，人在树梢上行走，密林中的积雪虽厚，足迹也是说没就没。江上飞正是凭着这身“上天入地”的本领，得以在讨伐队的眼皮子底下一次次脱险。

经过这一仗，大腮帮子对江上飞更是佩服得五体投地，他觉得做人就该跟江上飞一样，有恩必报，有仇不饶，但他并不想跟江上飞去落草为寇，即使是打小鼻子不祸害老百姓，那也是顶了个胡子的名头，一生一世翻不了身。江上飞明白大腮帮子的顾虑，但凡有条活路，谁愿意上山去当草寇？当初他也是迫于无奈，不得已才入了绿林道。大腮帮子和塔什哈之前想到过，即使是江上飞这样威震一方的大匪首，也不可能一生下来就是胡子，想必是个苦出身，官逼民反落草为寇，谁还没有个难言之隐？

哪承想这一次他们猜错了，江上飞本是财主家的大少爷，老江家有的是钱，站着房子躺着地，家大业大，供他整天地吃喝玩乐，那时候讲究穷文富武，穷人家的孩子识文断字，为的是考取功名改换门庭，江大少爷最喜欢骑马打枪、使刀抡棒，没事就去寻名师访高友。他们家虽是地方上首屈一指的大户，却没有为富不仁，一向乐善好施，人称江善人，四邻八乡的老百姓，没受过他们家恩惠的不多，提起老江家都挑大拇哥。有一年庄稼绝收，很多种地的农户吃不上饭了，就有地主老财乘人之危，拿粮食换地，庄户人家饥饿难挨，没别的法子，为了活命只得把祖上几辈人千辛万苦传下来的几亩薄地，低价转给财迷心窍的地主老财。江上飞他爹不但不按规矩收田，还开仓放粮接济农民，这么一来，可就得罪了不少想借机发财的大户，因此埋下了祸根。当地还有两家同姓的大户怀恨在心，暗中买通了江上飞家的炮手，又勾结山上的土匪，里应外合砸开了江家窑，烧杀抢掠，一门良贱尽遭屠戮，家中的金银细软被洗劫一空，一把火烧光了江家大宅。

好在苍天有眼，那一日江上飞恰好外出，躲过了这一劫，可是家破人亡，田产地业尽被仇家所占。江大少爷孤家寡人一个，想报仇只有落草为寇这一条路。他当惯了呼来喝去的大少爷，如何肯投靠别的山头当崽子？想自起炉灶，撑上一面大旗，无奈一没有钱、二没有枪，拿不出起局建绺的局底，这可如何是好？

一筹莫展之际，冷不丁想起了身上衣服的扣子，领口有一对纯金的纽扣，乃是他祖上所传，他穿哪件衣服，就把这对扣子换上，谨遵祖训，从来不曾离身。这对金扣子虽说比花生粒儿大不了多少，那好歹也是金子，足够换两支快枪。江上飞身负血海深仇，顾不得身外之物了。他拆下金扣子，攥在手心里进了县城，找到最大的一家“同兴当铺”。哪朝哪代开当铺的都不简单，平日里押当、赎当全是现钱，光有钱不行，还得黑白两道通吃，掌柜的必须眼力出众、见多识广，甭管来人拿出什么物件，都能说上个子丑寅卯，否则干不了这个买卖。江上飞进得当铺大门，迎头看见正厅当中高挂一幅《蝠鼠吊金钱》的图画，“蝠”与“福”同音，被视为吉祥之物，其翅膀上挂着两枚金钱，开当铺的最讲究这个，为的是镇宅催财。当铺的柜桌足有两米高，个头儿高的人站在外面往里看也得仰着脖子，柜桌上开着个连脑袋也塞不进去的小窗，外围一圈木栅栏。这种高柜台一来是害怕贼人打劫，二来更是为了压住当东西的人的气势，这叫“压人一头”，目的就是压价。留着两撇小胡子的老掌柜，正坐在里边拢账，听见有人走进来，眼皮子都没抬。江上飞走到柜桌前手掌一翻，把一对金扣子放在柜桌上。老掌柜只瞥了一眼，就被眼前的东西勾住了眼珠子。

当铺老掌柜虽不认得江上飞，可一看这对金扣子，就知道是老江家的宝物。同兴当铺当年也受过江家的恩德，一问前来当当的正是江家大少爷，连忙从柜桌后转出来，请他进里屋详谈。当铺老掌柜关起门来直言相告，他手上有一本《宝谱》，是他们典当一行的秘本，其中就有这对金扣子，此宝名为“七彩八珍鸳鸯扣”，出于皇宫大内，是皇上用过的东西，镂空雕花黄金为壳，内镶七彩八珍的宝石鸳鸯，色彩随风雨阴晴变幻。

江上飞没想到祖传的金扣子是件异宝，心中一万个舍不得，却也无可奈何，就问老掌柜能当多少钱？老掌柜说：“实不相瞒，你这件东西值老鼻子钱了，我可收不起，纵然把当铺兑给你也不够，你得去大地方问问行市。”江上飞急于报仇，就让老掌柜开个价，心里说只要凑够局底，有多少是多少吧，对不起祖宗也没辙了。江家遭难之事，县城内外无人不知无人不晓，老掌柜受过江家的恩惠，而今遇上江家后人有求于己，这个忙无论如何也要帮，多多少少算是还老江家一个人情，于是倾尽所有，给江上飞凑了两千块钱，并且承诺只是暂为保管，等江上飞以后手上有钱了，随时可以来赎当，息钱分文不取。“点塔七层，不如暗处一灯”，老掌柜不忘旧恩雪中送炭，帮了江上飞一个大忙。江上飞感激涕零，用这两千块钱当局底，起局建绺招兵买马，占山为王，将仇家斩尽杀绝。凭他胆识出众，局红管儿亮，替天行道，劫富济贫，聚拢了一哨人马，成了挑号“江上飞”的大匪首。后来江上飞有钱了，可是没去同兴当铺赎宝，他明白自己干的行当是刀头舔血，稍有闪失脑袋就得搬家，即使赎回祖传的金扣子，将来也说不定落在什么人手上，说到底只是一件身外之物，交给同兴当铺老掌柜，也算是物有所归。

大腮帮子打心里敬佩江上飞，时至今日，他落到这个地步已然无所牵挂，也想跟江上飞出生入死，啸聚山林打小鼻子，但这是条死路，他大腮帮子不怕死，却不忍塔什哈跟着一起送命，老丈杆子铁腿索爷对他恩重如山，横不能眼瞅着让这一家挑了灶。本想带上塔什哈远走高飞，回关内胶东老家，找个地方隐姓埋名，苟且余生，无奈各处盘查甚严，没有安身立命之处，只得继续在深山老林中东躲西藏，凭借江上飞的几处密营，他们三人与关东军讨伐队周旋了整整一年。到转过年来的冬天，时局越发紧张，林子周围的老百姓全被归了大屯，天寒地冻，根本找不到粮食，他们既不敢在山中打猎，也不敢点火取暖，生怕枪声篝火惊动了讨伐队，三个人疲于奔命，处境一天比一天艰难。塔什哈生下来之后不说是娇生惯养，可也从来没吃过苦、遭过罪，实在扛不住了，求大腮帮子和江上飞让他下山。大腮帮子也有这个念头，眼下形势严峻，谁也说不准这片老林子还能藏多久，他只盼塔什哈下山之后可以躲起来，等风声过了，找个没人认识的地方娶媳妇儿过日子，让老索家延续香火。

江上飞面沉似水，可也没说别的，只问了塔什哈一句：“你真想拔香头子？”“拔香头子”是土匪里的黑话，上山为匪必须有可靠之人担保，入伙的仪式称为“插香头子”，又叫“挂柱”，要经人介绍，立个字据，写明被保举人的来意，如若单枪匹马前来投山，那就得先“过堂”，经过几番考验后才能插香入伙。“拔香头子”则是有人不想干了，要下山回家。当土匪的都知道插香头子难、拔香头子更难，“插”进去之后就“拔”不出来了。一般的崽子提也不敢提，除非是家里出了天大的事，非得下山不可。大当家的得先派人去此人家中摸底，查明实情，即便确有其事，之后如何定夺，还得看山上一众兄弟的意思。如若其余的土匪不允，觉得此人是找借口下山“放笼”，便会拔刀在手，摁住此人剜出眼珠子，再割掉裆中的玩意儿，瞧瞧这个葫芦还能不能打籽儿。

塔什哈并不是真正的土匪，未曾挂柱入伙，可是跟江上飞和大腮帮子在山里逃亡一年有余，不管别人怎么想，在江上飞看来，这就等同在绺子里插了香，想下山就得按规矩来，江上飞见大腮帮子没有异议，就当场让塔什哈指天对地起了誓，下山之后决不扒灰倒灶，万一被日伪军警拿住，必定铁马别牙口不开，钢刀剜胆心不变，否则定遭天打雷劈。江上飞收了塔什哈的枪，伸手从怀里掏出仅存的几个金豆子，全给了塔什哈，又教给他如何躲避盘查。大腮帮子同样千叮咛万嘱咐，告诉塔什哈下山之后不要抛头露面，找机会挖出山狗子埋的珍宝，安分守己好好找份营生，将来娶个媳妇儿传宗接代，自己也就对得起他们老索家一家子了。塔什哈给大腮帮子和江上飞磕了几个头，三人洒泪而别，塔什哈转身下山。此时刮来一阵山风，吹得树梢积雪飞扬。江上飞突然拔出手枪，对准了塔什哈的背心就打。大腮帮子吃了一惊，忙用身体挡住枪口。江上飞只好收了枪，长叹一口气说：“‘人心隔肚皮，做事两不知’，绿林道上拔香头子下山的人我见多了，有过一个不反水的吗？咱俩的底细他一清二楚，今天不打死他，你我二人迟早得死在他手上。”大腮帮子说：“你信不过别人还信不过我吗，塔什哈是我看着长大的，他绝不会出卖咱们兄弟。”这一年多来江上飞成天和大腮帮子待在一起，二人已是生死患难之交，既然大腮帮子开了口，江上飞也不能再多说了。

可还真让江上飞说对了，塔什哈下山之后别的地方都没去，先奔了山狗子住过的那个窝棚。山狗子死了一年多，窝棚早就成了一堆破烂儿。塔什哈折腾了一天一夜，把窝棚底下刨了一个遍，终于挖出之前盗墓所得的珍宝，仍旧装在那个大皮兜子里完好如初。这一下他心里踏实了，坐在窝棚里待了半天，从里面拿了一件金器，又另找地方挖坑埋下珍宝，做好了记号，下山之后把金器换成一大笔“老头票”，在乡下躲了几时，只啃了几顿窝头，睡了几宿冷炕，就让钱烧得待不住了，心说：“我有这么多钱何必还吃糠咽菜，这不是跟自己过不去吗？”把大腮帮子的叮嘱扔到了脑后，竟跑去省城逛窑子，结果刚一进城，还没瞅见窑子的大门朝哪边开，就被伪满军警当场擒获，稍稍一吓唬就软了蛋，为了活命卖友投敌，供出袭击黑瞎子沟森林警察队的就是江上飞和大腮帮子，还交代了二人的下落。这一下可炸了营，一年之前江上飞的人头就值一百两金子，夜袭黑瞎子沟森林警察巡逻队的匪首人头也悬赏一百两金子，加起来就是二百两黄金，如果能抓住这个大匪首，那可就发财了！

塔什哈从此被编入“飞行队”，由他带路进山追击江上飞，捎带脚剿灭马匪。事到如今覆水难收，可就由不得塔什哈了，他去也得去，不去也得去。飞行队的队长是个独眼龙，挑号“金蝎子”，同样是投靠日伪的土匪，据说这个人挺厉害，打生下来就在土匪窝子里长大，对土匪的行踪了如指掌，因为败坏山规，绿林道上容不下他了，被迫出逃在外当了金匪，后来又昧着良心投靠了小鼻子，心甘情愿充当汉奸走狗，凭他手毒心狠、天良丧尽，逐步混成了头目，这么一来他更是死心塌地给小鼻子卖命。小鼻子也没亏待他，命他带领几十个投敌的金匪组成“飞行队”，配上轻便的装备，凭着熟悉山中地形和土匪行动规律，到处追剿抗联游击队和以前的绿林同道，两只手上沾满了这些人的血。

塔什哈带飞行队二十多人进了山，这一天深夜，摸进了江上飞和大腮帮子藏身的密营。江上飞是亡命山林的匪首，大腮帮子猎户出身，二人敏锐皆非常人可及。飞行队尚在百步之外，他们就听到了。江上飞噌的一下跳起来，大腮帮子也翻身而起，当即拔枪在手，二人一边一个埋伏在山洞口。等到飞行队的人摸到近处，离洞口大约十步远，江上飞和大腮帮子两个人四支枪同时开火，双方打成一片，枪声响彻黑夜。江上飞眼见着对方人多势众，行动迅捷，枪管子又准，不同于一般的伪满军警，心知硬拼下去凶多吉少，忙对大腮帮子说了句“风紧扯呼”，两人一前一后跃出洞口。飞行队看这两人要跑，猫着腰就往上冲。大腮帮子见冲在前面的一条黑影，边冲边朝他们开枪，正待还击，突然发觉这个人的身形动作分外眼熟，再仔细一看，这不是塔什哈吗！大腮帮子心里冰水拔凉，木雕泥塑一般钉在了原地。江上飞也认出了塔什哈，正想一枪崩了他，忽听身边大腮帮子闷哼一声，原来是胳膊上挨了一枪，江上飞顾不上别的，一把拽住大腮帮子，两个人落荒而逃。

飞行队在深山密林中持续追击江上飞和大腮帮子，两个人接连逃了十几天，始终摆脱不了身后的追兵。飞行队兵分两路，金蝎子带着主力人马对江上飞和大腮帮子紧追不舍，塔什哈带上另外几个金匪单独行动，破坏了江上飞的各处密营，这一来可要了他俩的命，干粮补给跟不上，子弹也越打越少。大腮帮子追悔莫及，恨自己不听江上飞的话，留下这个祸害。他无论如何也想不明白，自己的老丈杆子一世英雄，怎么会生出塔什哈这个作孽的玩意儿？心里头越想越憋闷，觉得对不起江上飞。这一切早在江上飞的意料之中，倒没怪大腮帮子，他见没了藏身之地，在山里躲不住了，飞行队追得又紧，就想趁江面结冰，带上大腮帮子往江北逃，只要过了江，活命就还有机会。没承想刚到江边，这口气还没喘匀，飞行队就追上来了。大腮帮子和江上飞且战且退，在背后套上冰排子，躺在冻住的江面上，江上飞一只手开枪阻敌，一只手用铁蒺藜撑在冰上滑行，其疾如飞，一下就滑出去几丈远。这个绝招是江上飞看家的本领，也是江上飞名号的由来，从来没人撵得上他。这一年多的时间，江上飞也把这一手教给了大腮帮子。大腮帮子手臂中弹使不上劲儿，只能单手撑铁蒺藜。江上飞最擅长独来独往，如今要照顾大腮帮子，速度也就迟缓了。纵然如此，两人在冰面上也是疾驰如飞，眼瞅就把飞行队甩掉了。怎知三九严寒之时冰层居然开裂，大腮帮子落入冰窟窿被暗流卷走，江上飞停下来伸手去救大腮帮子，没想到人没拉住，他的身子反而卡在冰层当中进退不得，让追上来的飞行队生擒活捉。

大腮帮子坠入江心，慌乱中抱住一块浮冰才所幸没淹死，又阴差阳错地被抗联游击队所救，一连昏迷了几天，等他恢复了意识，得知江上飞已惨遭剥皮枭首，人头挑在杆子上传示受扰地方，但觉心如刀绞，从此他心中只有一个念头——干掉塔什哈报仇！

第六章　大腮帮子逃亡

1

塔什哈背信弃义投靠金蝎子，带着飞行队把江上飞和大腮帮子两人追得上天无路，入地无门，想从江面上逃走。怎料中途冰层开裂，大腮帮子掉入寒冷刺骨的冰窟窿，万幸被抗联游击队搭救，从而死里逃生。

抗联游击队怎么会突然从天而降呢？说来话长，九一八事变后，东北军部分官兵通电抗日，自发组织义勇军、救国军、自卫军，杀向抗日疆场，遍布深山老林的草莽英雄，以及红枪会、大刀会、山林队等民间帮会也相继扯旗抗日，一时间东北大地风起云涌，抗日武装最多时达几十万之众。日本人一方面在东北增兵，另一方面组建训练了大批伪满军警，把分散居住的农民、猎户强行并入集团部落，制造无人区，持续对抗联队伍进行讨伐围剿。抗联被迫化整为零组成游击队，分散在白山黑水间坚持战斗，搭救大腮帮子的，正是这许许多多抗联游击队中的一支。

大腮帮子想去报仇，可是“单丝不成线，独木难成林”，他和江上飞两人联手尚且被飞行队追得走投无路，何况如今光棍一条？当初大腮帮子就想过投奔抗联，不过那时候抗联已经打散了，上哪儿找去？这一次大难不死，机缘巧合又被抗联的战士救了，大腮帮子也没地方去，索性就参加了抗联游击队。好兄弟江上飞一死，他和日伪军更是仇上加仇，只要能跟小鼻子干仗，吃多少苦他也不在乎。

可是话说回来，此时抗联游击队正处于最困难的时期，山区的老百姓全归了大屯，游击队失去了群众的支持和掩护，成了“无源之水，无本之木”，补给完全被切断，很多时候要靠草根树皮充饥，饿得前心贴后背。搭救大腮帮子的这支游击队，仅剩下二十几个人，两三杆三八大盖，八九支老套筒子汉阳造，子弹不过几十发，打一发少一发，倒是还有三四十枚手榴弹，但谁也不知道，扔出去有几个能炸响的。大腮帮子被江水冲得晕头转向，身上的武器早已不知去向，入了抗联也没他的枪，攥着两只空拳，怎么打小鼻子报仇？

关东军讨伐队对抗联游击队和抗日绺子的打击，可以说几乎是碾压式的，各部队分区布防，在所辖范围内昼夜巡逻，一旦发现蛛丝马迹，就豁命一般穷追猛打。大腮帮子跟着游击队在山岭间辗转了一个来月，本来想找其他游击队接头，以图合并力量，不期遇上了四处搜剿的讨伐队。这支讨伐队得有二百来人，装备精良，还带了两门山炮，由于双方力量相差过于悬殊，游击队进退两难，很快被包围在一处小树林中。这一仗打得十分惨烈，包括队长在内的一多半队员中弹牺牲，其余的人打光了子弹，扔光了手榴弹，再也无力突围，全让关东军包了饺子，伤员就地用刺刀挑了，余下的五花大绑，用长绳系在马屁股后头，连拖带拽押到一处设施中。

这里头就有被炮弹震晕的大腮帮子，他和被俘的几个抗联游击队战士被关进一间大屋子，屋子里空空荡荡，也没有电灯，后墙上仅有一扇一尺见方的小窗户，没装玻璃，钉着碗口粗的木头栏杆。大腮帮子走到窗口向外张望，见一道铁丝网挡在眼前，远处是一马平川的荒地，一眼望不到头，甭说看见山林了，连根野草也没有，不知道这是什么地方。关进来之后，看守一天给他们送两顿饭，无非就是一桶凉水，十几个发了霉的高粱面饼子，一人分一个，以此确保不让他们饿死、渴死。墙角放着一个黑不溜秋的木桶，是给俘虏大小便用的，一天倒一次，泛起阵阵恶臭。门口有军警站岗，里面的人说话声稍大，就会遭到军警呵斥。此时已然开了春，关外的深夜仍是寒冷刺骨，冷风顺着窗户飕飕地往屋里灌，众人被冻得手脚冰凉，浑身长疮。就这么日复一日，没人提审，也没人过问，好像已经被遗忘了，根本没人搭理他们，但是陆陆续续有新人被关押进来，一间屋子里挤着四十几个人，夜里睡觉躺满一地，有的还需要靠着墙角旮旯，连个落脚的地方也没有。大腮帮子跟这些被关进来的人相互一打听，才知道全是被抓的抗联游击队和抗日的绺子。

这些被俘的人度日如年，有时候也寻思能不能找机会逃走，可就这么一间四壁皆空的屋子，连门都不让出，肋生双翅也飞不出去，又不会遁地之术，哪有什么法子可想？众人从一开始的焦灼变得慢慢麻木，这么熬过了一天又一天，终于在一天早上，有人来提审了，把俘虏挨着个儿叫出去，有的人没过多久就回来了，有的人出去之后就没回来，听到外面一声枪响，估计是给枪毙了。众人不明所以，问活着回来的人审讯情况，那些人都说，只问了姓名、籍贯，干过什么事之类，他们没敢跟小鼻子说实话，至于那几个人是怎么死的，可就不知道了。

轮到大腮帮子时已是午后，两个军警把他带出来，经过一条长长的走廊，进了一间阴冷的审讯室，墙上挂着各种刑具，正中间坐着一个日本军官，身材短小粗壮，脸上全是横丝肉，眼神里透着一股子狠辣，紧挨着他的是一名翻译。大腮帮子心里打定一个主意，这次一定要想方设法活下去，因为他的仇还没报。

翻译面无表情，示意大腮帮子坐下，问他："哪儿的人啊？住什么地方？老家在哪儿？"

大腮帮子早就想好了怎么应对，他故作紧张，刚要从椅子上欠起身，却被身后的军警按住，他扭头看了看军警，眼神躲躲闪闪，转过头来吞吞吐吐地说道："哎呀，长官，俺可是良民哪，俺在江上凿冰窟窿逮鱼，一不小心掉进了冰窟窿，稀里糊涂被人救了上来，就是跟俺一起的那些人。俺拣了条命，又跟这些人去找俺们老乡，这不刚走没几天，就让你们抓了，俺可啥都不知道啊。"

翻译边听边记，鼻子里哼了一声，打了个哈欠，有些不耐烦道："你说的都是实话？"

大腮帮子连连点头，口中附和着："千真万确、千真万确！"

翻译呱啦呱啦地跟旁边的军官说了一通日本话，两人对了对眼神，那个军官就一摆手，让人把大腮帮子带了回去。

一夜无话，转天一早，外面传来一阵军靴杂沓之声，又听到哗啦啦拔下铁链子开门的响动，紧接着冲进来几个荷枪实弹的小鼻子，牵着黑背狼狗，把人一个个绑上往外拖。大腮帮子心里头一凉，暗道："完犊子了，还是得挨枪子儿！早知如此，倒不如承认自己就是袭击森林警察队的大腮帮子，豁出去千刀万剐，好歹留个名号在世，现在倒好，直接拉出去枪毙，这可就死得不明不白了！"

2

大腮帮子转念一想，又觉得不对劲儿，小鼻子真要枪毙他们，为什么还多留一天呢？那不是吃饱了撑的吗？可是现在这样把他们往外扒拉，又是什么意图呢？胡思乱想之际，屁股上挨了一脚，一众人等就被押上了三辆军用卡车，每辆车又上来四名全副武装的军警，喝令众人就地坐好，用布条挨个把他们的眼蒙上。大腮帮子的眼眶子被布条勒得生疼，眼前一片漆黑，什么也看不见了，只觉汽车开得飞快，风声在耳边呼啸，飕飕地往棉袄领子里灌，冻得浑身哆嗦。这还是他这辈子头一次乘坐汽车，由于路面坑洼不平，双手被捆没办法抓住什么东西，坐在后车斗里感觉像骑在马背上，几乎每秒钟屁股都会被颠起老高，然后重重跌下，还没坐稳又被颠起来，没多久就觉得胸口发闷，恶心想吐，冒了一背冷汗，反倒没那么昏了。汽车开了很久才停下来，一车人原本就被颠得懵腾转向，一个急刹车，人都摞到了一起，再加上一直蒙着眼，全然不知身在何方，有些人受不住就直接吐了出来，其实肚子里没有什么东西可吐，只喷出来一股股浑浊的酸水，腥气冲天，惹恼了押解的军警，挨了几下重重的皮靴。军警扯下这些人眼上的布条，命令他们从车上下去。大腮帮子趁机偷着往四周瞧了瞧，见军警站成一排，黑洞洞的枪口对着众人。眼前是一个火车站，铁轨上停着一列长长的铁皮闷罐车，得有二十多节，车身颜色说青不青说黑不黑。军警连踹带打，把这批人撵上一节闷罐车，随后“砰”的一声关死了车门，可能意识到自己暂且死不了，有人竟哭出了声。

车厢中一片漆黑，伸手不见五指。大腮帮子先上的车，摸索着靠在车厢最里面的角落坐定。随着一声汽笛长鸣，火车哐哐当当地开动了，一开始慢慢悠悠、晃晃荡荡，没一会儿便平缓下来，坐在闷罐车里倒也觉不出开得多快，那感觉和坐在卡车上完全不一样，眼前漆黑一片，如果不是火车的摇晃以及轰隆隆压过铁轨的声响，和关在牢里没什么分别。不知过了多久，迷迷糊糊中感觉列车停了下来，咣的一声车门打开，一道强光照得车上的人睁不开眼，又有十几个人被塞进车厢，随后爬上来一个小鼻子，手上提着大篮子，发给他们一人一个又干又硬的高粱饼子，拎上半桶凉水放到车门口。众人也是饿急了，抓起饼子狼吞虎咽，噎得直打嗝，又灌了一肚子凉水。片刻之后，车门咣的一声再次合拢，车厢中又是一片漆黑。

闷罐列车就这么走走停停，每停下一次都有人被塞进来，直到车厢里挤满了人，再没有闪转腾挪的余地，拉屎撒尿也别想下来，就在车厢里。闷罐车里不通风，又挤满了人，臭气熏天的味道，几乎可以把人呛死。坐在门口的几个人不死心，想把车门砸开跳车逃走，可是手无寸铁，几个人轮番上阵，连踢带砸，折腾了半晌，车门仍是一动不动，只得作罢。车厢里死气沉沉，虽然是一起被抓来的同胞，却没有一个人开口交谈，除了痛苦的呻吟低哼，就是紊乱的鼻息和鼾声。

大腮帮子在饥肠辘辘、半睡半醒之中一直在琢磨一件事：关东军为什么不杀他们这些人，究竟想把他们带去什么地方？闷罐列车不知道开了多少天，终于不再往前开了，一打开车门，就听见底下有人叽里呱啦地叫喊，让他们从车上下来。大腮帮子本来就坐在车厢的角落里，所以是最后一个下车，瞅见车厢里七八个人一动不动坐在原地，那些日本兵伸手一推就直挺挺地倒了，原来已经死了多时。大腮帮子没想到一路上身边死了那么多人，再往周围一看，心里头又是一惊，站台上隔四五米就有一个日本兵站岗，手里端着上了刺刀的步枪，有的还牵着狼狗，虎视眈眈地警戒。二十几节车厢里的人鱼贯而出，整个月台上站了上千人，一个个面黄肌瘦，衣衫褴褛，东倒西歪，像要饭的一样。大腮帮子低头往自己身上瞅了瞅，也是那么埋汰，甚至还不如别人。紧接着，他和其余的人被押上汽车，又蒙上眼开了七八个小时。

经过几天几夜的折腾，再次下车的时候，大腮帮子两条腿已经比面条还软，脚底下踩了棉花套似的，周身乏力，头晕目眩，站着就要摔倒，他身旁除了一同被俘的几个抗联战友，又多了几十个不认识的人。众人置身于一处山沟之中，周围是木栅栏和铁丝网围成的院子，院子挺大，但是空空荡荡的，仅有几排破破烂烂的土坯房，远处群山叠嶂，山沟外边有一条大河，可以听见哗哗的流水声。在这一瞬间，大腮帮子脑海中涌现出十几年前，他跟随父亲从山东老家初到关东大地时的茫然之感。只是此时非彼时，他也明白好汉不吃眼前亏，决定先瞧瞧小鼻子如何发落再说。日本兵给众人分了屋子，一间不大的屋子里住进去四五十人，屋里黑咕隆咚，搭着对面炕，不过没生火，每个人分到一件旧衣服，一双旧翻毛皮鞋，一条草黄色的军用旧毛毯，上边大窟窿小眼子，带有一股浓重的霉味儿，不知被多少人用过。安排好铺位，众人被要求立即换上衣服和鞋子，然后在院子里排队集合。在全副武装的日军押解下，排成一排，绕到半山坡上，那是一处隐藏在山丘间的工地，不计其数的劳工正在干活，工地上暴土扬尘，隐约可以看出修筑的是炮台和掩体。

大腮帮子他们这批人刚到目的地，还没等进屋喘口气，就被要求立即干活，周围全是端着刺刀枪的小鼻子和一条条凶悍暴躁的大狼狗，山顶还架了机枪，众人无法反抗，为了活下去，只得逆来顺受。一个穿日本军装、胖乎乎、看上去有四十多岁的翻译，把这群人分成两组，一组人发了铁锹、抬筐，到山坡上挖石头，再抬上挖出的石头，沿七扭八歪的山路返回工地。另一组留在原地，和之前就在工地上的劳工们一起干活。空气里弥漫着刺鼻的土腥味，有一名日本工程师指挥众人把水泥、沙子、石头搅拌在一起浇筑炮台，炮台规模很大，上边是圆的，底座是方的，异常牢固的水泥墙足有二尺多厚。

劳工们每天早上天蒙蒙亮就出来，来到工地上分发工具开始干活，一直干到天黑透了才收工，先收回所有的工具，逐一清点无误，一件也没少，劳工才被允许返回营房。有一天早上集合的时候，几名劳工手脚慢了些，有个叫山田的日军曹长，就叫所有劳工面对面站成两排，互相抽嘴巴，谁打得不够狠，就要再相互多打三个，他在旁边给这些人计数。这个山田又矮又壮，长了两条罗圈腿，粗眉毛，小眼睛，嘴唇上方留着一撮卫生胡。他的脾气非常古怪，一天傍晚，劳工们或蹲或坐，在院子里休息，山田走过来掏出枪，二话没说对准一个劳工的脑袋开了一枪，其余的人都惊呆了，不知到底出了什么事，既不敢动也不敢出声，生怕山田调转枪口再给谁一枪。山田把手枪枪管凑到嘴边，轻轻吹了两口气，扭过头若无其事地走了。类似的事情不时发生，劳工们命悬一线，噤若寒蝉，敢怒不敢言。但是相比而言，被山田直接枪毙这种死法，反而挺轻松的，所谓一死百了，活着的人却生不如死。劳工们私底下喊那个穿军装的翻译官二鬼子。这个人比小鼻子更坏、更狠，驻扎在此的日军守备队，主要是防止劳工逃跑或消极怠工，并不成天折磨劳工，有那工夫还不如歇着，可这个二鬼子却以摧残劳工为乐，借监工之名，整天拎条皮鞭在工地上来回溜达，看谁不顺眼，找个借口劈头盖脸就是一通抽打，打得那人皮开肉绽，还用穿着军靴的脚尖猛踢，拿人当牲口一样虐待。劳工们不敢反抗，心里可恨上他了，恨不得食其肉寝其皮！

日复一日的重体力活，给的食物却少得可怜，一天三顿饭，早晨一碗高粱米饭，说是一碗，也就比半碗多一点，中午两个劳工分一个窝头，晚上更惨，没有主食，只有一碗稀汤寡水的玉米粥，拿盐水泡黄豆当菜，每个人分一碗底儿黄豆。众劳工肚子里一滴答油水也没有，吃多少粮食也觉得饿，何况给这点粮食还不够塞牙缝的，很多人饿得受不了，就到山坡上找野黄花菜、野蘑菇吃。那个翻译官看到之后哈哈大笑，看着这群人屁股朝天趴在山坡草地里找食物，说这些人像牛马牲口一样，以后就不用吃饭了，投点草料喂喂就行。有的劳工累吐了血，还得照样出工，干不动就挨打，挨完打工作量还翻倍。有的人干着干着活，一头倒在地上就死了。死尸就由别的劳工抬到山坡上，倒上煤油烧掉。有个劳工饿急眼了，扯住火中的死人大腿就咬，吃得满嘴流油，把在场的人全看傻了，不论怎么拽他打他，就是阻拦不住。眼瞅又到了夏天，山里的小咬、蚊子越来越多，有不少劳工得了霍乱，全被拖走活埋了。

身边的人一个个不明不白地死了，活着的人还得给小鼻子做劳工，当牲口使，整天担惊受怕，指不定哪天就得吃枪子，这日子就不是人过的。大腮帮子和他的几个战友有心逃跑，无奈劳动营看守得非常严密，周围一圈铁丝网，网子上挂满了空罐头盒，一碰就响个不停，谁也别想从铁丝网上翻过去。大门口有哨兵站岗，稍远一点还有木架子搭起来的观察哨，山里到处是带着狼狗的巡逻队，外出干活的时候，总有机枪架在旁边，一有情况就会对准劳工扫射，很难找到逃跑的机会。陆陆续续也有别的劳工往外逃，被当场打死还好，一旦被抓回来，山田就想尽办法折磨那些人，把人大头朝下倒吊起来，或灌煤油、灌凉水，灌大了肚子再解开绳索扔在地上用皮靴踩踏，几脚下去，内脏在肚子里面就炸裂了，人被活活踩死。还有逃跑的人被抓回来，小鼻子让那人把鞋脱下来，光着脚站在雪地里，被冻得半死，或者把人的双腿锯掉，丢在营房工棚里不再管他死活。面对这触目惊心的情形，很多人打消了逃跑的念头，只觉得此生再无机会重见天日，行尸走肉般继续在劳动营中干活。

有这么一天，几个劳工被派到远处去干活，等到晚上回来，其中一个凑到大腮帮子耳边，小声跟他说了一件事。今天带他们出去的小鼻子，放军犬去追野兔，跑得太远了喊不回来。小鼻子挺着急，一边追着开枪，一边叫着那条军犬的名字，可是追到河边就不追了，也不开枪了，悻悻地往回走。这个劳工胆子大，也会说两句日本话，就问小鼻子为什么不开枪也不追了，那个小鼻子说漏了嘴，说河对面就是苏联！

3

没隔几天，大腮帮子和另一个劳工被两个小鼻子带出去，到附近一个孤老头家碾棒子面。归大屯以来，住在附近的老百姓已经被清了户，留下这个开碾坊的孤老头子，就是为了给劳动营碾粮。一行四人用小车推了十几麻袋玉米粒来到老头家，两个小鼻子躲进屋里抽烟休息，大腮帮子他们在门口干活。那个老头相面似的，打量了大腮帮子二人良久，低声问他们："你俩咋还不跑呢？等这个地方的活儿干完了，你们一个也活不了！"大腮帮子何尝不知道这样下去不是办法，无奈没有想出逃命的法子，见这老人主动搭茬儿，不知是何用意，随口应了一句："这地方设下了天罗地网，与其逃跑不如多下力气干活，活干好了，兴许还能给条活路。"老头脸上露出鄙夷的神色，叹了口气，又告诉这俩人："上一拨劳工干完活儿之后，小鼻子说他们干得好，要犒劳他们，就把白面倒进石槽里头，让伙夫蒸馒头。有一个劳工发现日本人倒白面时往里边撒了什么东西，担心是毒药，告诉大伙千万别吃，又怕被小鼻子知道，就在烧火时把馒头扔进火里烧了。有三四个劳工因为嘴馋，又认为自己干活出力，接下来会被送去别的地方干活，非要吃馒头不可，吃完转天就死了。没吃馒头的劳工原本以为会逃过一劫，谁承想一个也没活，全让小鼻子带到后山，拿机关枪突突了，吃了馒头起码还落个肚圆。小鼻子这个工程是保密的，一个活口也不会留！我这把老骨头也就交代在这儿了，反正我也想开了，跑出去也活不了几天，你们年轻，可得想法子跑，不能就这么等死啊！”

大腮帮子虽然早就知道干这个活儿不会有好结果，可听老头这么一说，心头还是紧了一下，若有所思地摇了摇头，口中喃喃自语：“倒是想跑，往哪儿跑呢？”老头说：“往俄国大鼻子那圪跶跑啊。”大腮帮子又问：“大鼻子在哪儿？”老头伸手一指，说河对面就是苏联，对面的山上有个哨所，山底下是林子，跑过去就安全了。大腮帮子听完心里一动，觉得这是一条生路，一旦跑到河对岸，小鼻子就不敢开枪了，更不敢追过去！老头的话就像寒夜里的一撮小火苗，引燃了大腮帮子心中那团逃出生天的熊熊烈火。

根据前后两次得到的消息，可以确定河对面就是苏联，大腮帮子这才想明白，小鼻子造的炮台，是为了在边境上阻挡苏军，所以在东北和华北等地抓了大批劳工，连同战俘在内，全部送入劳动营。当初关东军没杀他们这些人，因为这些战俘死了也就死了，还不如让他们在这儿干活，累不死的再杀掉灭口。又转念一想，怪不得他们在山上挖坑一律用铁锹、钎子，而从不用炸药，就是怕被河对面的苏联人听到。逃到那边是死是活不好说，留在劳动营可只有死路一条。大腮帮子心里头打定了一个主意——无论如何也不能死，不替江上飞报了仇，他可没脸去下边见江上飞。

当天夜里回到劳动营，大腮帮子和一同被俘的几名抗联游击队战友商量如何出逃，那几个人当然也想逃命，从来到劳动营的第一天开始就想逃，不过谁也拿不出什么好办法，干脆分头各自琢磨，每天收工回来碰头。这一天晚上睡觉的时候，大腮帮子用胳膊肘推了推旁边的抗联战友，这个战友大名叫周重，性格沉稳，说话文绉绉的，大家都管他叫老周。老周四十岁上下的年纪，中等个头，皮肤黝黑，一张脸轮廓分明，眼窝深陷，两眼贼亮。大腮帮子听他念叨过以前的经历，九一八事变爆发之时，他是冯庸大学的教师，关东军冲进冯庸大学，将校长冯庸带走软禁，把校舍改成了飞机修理厂，老周和部分师生一起在马三家子火车站乘车撤到北平。后来冯庸逃出虎口，组织冯庸大学抗日义勇军，老周和很多师生投笔从戎，一起回东北报名参军，后来又加入了抗联，跟小鼻子打了这么多年，在枪林弹雨中摸爬滚打的战斗经验极为丰富，只不过他是近视眼，看不清太远的地方，眼镜在刚投军的时候就跑丢了，看东西有些模模糊糊。

大腮帮子低声告诉老周，他想出了一个逃出劳动营的法子，就把自己掌握的情况一五一十跟老周说了，可以往大鼻子那边逃，但是一两个人不成，以往在黑瞎子沟打猎的时候，如若对付大兽，仅凭一个猎人单打独斗没把握，就必须围猎，群起而攻之，对付劳动营里全副武装的守备队也一样，得让大伙儿拧成一股绳。

老周觉得大腮帮子说得在理："不过咱们这些人就是一盘散沙子，怎么能让大伙儿齐心协力呢？"你想啊，劳动营中这么多的劳工，不仅有抗联的，还有很多从东北华北地区抓来、骗来的农民，年龄最大的五十几岁，最小的只有十五六岁，各人的想法不一样，手上连根烧火棒子也没有，平时又禁止相互交谈，顶多在睡觉的时候商量几句，可是干了一天的活，一个个累得筋疲力尽，哪还有力气说话？即使能传达出去，也难保每个人都能响应这个计划。

大腮帮子早就打定了主意，有多少人愿意跑就带多少人跑，他让老周和他一起暗中联络其他劳工，等待暴动时机，到时候统一行动，杀小鼻子夺取武器，逃过河去求生。两人又商量了一番，第二天吃饭之时，趁无人注意，先通知了抗联游击队的几个战友，让他们分头打听劳工里面谁当过兵，谁是普通农户，谁会开枪，谁会打猎。白天说话不方便，到晚上睡觉，大腮帮子、老周和另外几个战友换了铺位。大腮帮子挤到一个叫齐二虎的劳工身旁躺下。齐二虎也就是二十出头的岁数，个子不高，人长得敦敦实实，虽然饿了那么久，体格仍然不错，为人热心开朗，尽管身处逆境，却总是一副乐呵呵的样子，从不愁眉苦脸。大腮帮子早想好了，逃跑时一定要拉他入伙，悄悄问他："二虎，你打过仗吗？"

齐二虎是山东人，算起来和大腮帮子还是老乡，平时哥儿俩挺投脾气，当下也不隐瞒："八路军第一次到俺们村的时候，俺就投了八路，跟小鬼子干过几仗，后来赶上大扫荡，队伍被打散了……"

大腮帮子没想到这齐二虎看上去愣头愣脑，却是个正规军，心里头挺高兴，接着问他："杀过小鼻子吗？"齐二虎郑重其事地点了点头。大腮帮子说："咱不能在这等死，得想个法子逃出去！"

齐二虎一听这话，腾的一下翻身坐起，"太好了，俺不怕死，弄死一个够本，弄死俩赚一个！大哥，俺就跟着你干！"

大腮帮子忙用手捂住他的嘴，拉着他躺下，"你先沉住气，我们几个已经商量好了，有一条可行的计策，只等时机一到，咱大伙儿一齐动手，可别走漏了风声！"齐二虎闻言兴奋不已，又不敢声张，伸手在大腮帮子肩头用力捏了一把。

就这么一个找两个，两个找四个，很快串通了住在同一个屋子里的四十几名劳工，没有不愿意干的，因为谁都明白，干完了活不是枪毙就是活埋，逃得出去最好，逃不出去整死几个小鼻子出口恶气也值了，兔子急了尚且咬人，何况这些受尽折磨的劳工？过了没几天，劳动营的守军换防，调来了另一支守备队，只有曹长山田和朝鲜翻译官留任。刚调来的守备队还不熟悉地形，正是劳工逃跑的最好时机。大腮帮子和他的几个战友，召集众人发出号令，转天晚饭之后回到营房，等到信号就展开暴动，按照之前布置的任务分头行事，谁也别犹豫，能否成功在此一举！

第二天来到工地上，劳工们都抑制着自己内心的兴奋，尽量装作什么事都没有，和平常一样地干活，趁没人注意的时候，各自挑了一块拳头大小、一端带尖的石头藏在身上。天黑收工回来，大腮帮子和齐二虎去伙房，拎上两大壶开水出来，进了翻译官的宿舍。伺候洗澡水是劳动营的惯例，一天得送两趟热水。他俩进到屋中，瞧见翻译官正在澡盆中闭目享受，二人互相使了个眼色，走过去一左一右兜头浇下两壶滚沸的开水。没等翻译官叫出声来，齐二虎举起手中石头，砸了他一个脑浆迸裂，澡盆里的热水瞬间染成了淡红色。两个人随即将死尸从澡盆中拖出来，拖死狗一样拖到屋角，借着沸水冲烫的劲儿，大腮帮子从翻译官头顶上扯下一大块头皮。出来关好了门，若无其事地回到营房，把头皮扔在地上，告诉其余的劳工，已经干掉了那个二鬼子。几乎所有人都憋着气要跟翻译官拼命，宁可不跑也得弄死他，这等于了却了众人的一桩心愿，也等于绝了后路：必须从劳动营里冲出去！

时间一秒一秒地过去，一众劳工躺在炕上翻来覆去焦灼不安，既担心翻译官的尸首被人发现，也担心逃亡不能成功。好不容易挨到守备队宿舍的灯灭了，有人按捺不住就要坐直身子，大腮帮子让众人先别动。足足又等了半个时辰，老周走出营房，装作要上茅房，一只手揣在裤兜里，直奔守在门口的卫兵。劳动营规定夜里去茅房必须两人同行，大腮帮子也跟了上去，守卫的小鼻子并未阻拦。他俩走到这个小鼻子跟前，老周点头哈腰地把手伸到嘴边，做了个抽烟的动作。这个守卫今夜心情似乎不错，伸手往兜里掏烟盒。大腮帮子趁机握住那块又坚又硬的石头，狠狠拍在守卫脸上，一下子就把对方的脸戳了个稀烂。二人顾不上看这个小鼻子死没死，上去抢了步枪，扯下子弹带背在身上。

营房里的人见大腮帮子得了手，立即冲出来，闯入不远处的守备宿舍。宿舍里漆黑一片，十来个卫兵鼾声如雷，一排枪支整整齐齐立在墙边。众劳工一拥而上，惊醒的卫兵还没明白过来发生了什么，衣服也来不及穿，就和劳工们扭打在了一处，整个宿舍里乱成一团。劳工们有备而来，人人手里拿着一块大石头，人数上又占了绝对优势，再加上背水一战，就是豁命来的，所以很快占了上风。曹长山田平日里作恶太多，当场被几个劳工砸成了肉泥，其余卫兵死的死、伤的伤，枪支和刺刀尽数被夺。大腮帮子等人不敢恋战，指挥劳工们尽快逃出守备宿舍，一群人发疯一般舍命狂奔。住在其他营房的劳工们可能也听到了外头的响动，很多人跑出营房，眼看有人暴动，此时不跑更待何时，两百来号劳工洪水决堤一般冲出劳动营。

大腮帮子带领众人跑出山沟，老周和齐二虎等人殿后，众人撒腿狂奔，没过多一会儿，就听到身后引擎轰鸣，紧接着枪声大作，尖利刺耳的警报划破了夜空。众人边跑边回头看，竟然追来四五辆汽车，上头全是小鼻子。他们这个劳动营的守备队，往常只有十几个小鼻子，看来是发现暴动的卫兵打电话通知了守卫要塞的关东军，边境守备队在车楼子上架着机枪就追过来了。黑夜里机关枪的火舌一阵突突，手电筒和车灯的光束乱晃，接连有数名劳工被子弹撂倒，还有腿脚慢的、身上有伤带残跑不动的，不幸跌倒在地被生擒活捉，想必只会死得更惨。在当时这种情况下，根本顾不得谁掉队了，大腮帮子带着众人拼命跑进一小片树林子，汽车被阻挡在林子外边，关东军纷纷跳下车，一边追一边开枪。

逃到河边的时候，队伍已经跑散，大腮帮子身边只剩下稀稀拉拉的十几个人，很多人把鞋都跑没了，赤脚站在河滩上，原本跟在后头的老周和齐二虎全不见了人影。大腮帮子顾不上多想，喘了几口粗气，告诉身边这些人："你们听我的，我说咋跑就咋跑，再也不能跑散了！"众人连声答应。借着月色观察了一下周围的地形，此处河面宽阔，水流很急，大腮帮子一问才觉不妙，连同他在内一半以上的劳工不会水，只得又带众人顺河岸继续往东跑，想找个水浅的地方渡河。正当此时，一阵狗吠声由远而近，众人听出来是小鼻子的军犬，一步也不敢停留，万幸前边有一处浅滩，隐隐约约可以看见水中的大石头。追兵越来越近，只能在此处冒险渡河。大腮帮子让众人先走，他和两个有枪的抗联战友阻挡追兵，转过身来一边开枪一边往河里退。这片河水不深，刚刚没过胸口，但是水流十分湍急，仨人硬着头皮互相拉扯，拼命逃到了对岸。追兵赶至河边，却不敢朝这边开枪，也不敢过河，眼睁睁地看着他们渡河到了对岸。

大腮帮子这十来个人逃出虎穴，挣扎着朝前面跑，可是没走多远，前路就被一道一人多高的铁丝网挡住了，众人撕扯了半天，发觉这道铁丝网结实无比，凭他们不可能打开，有人出了个主意，把衣服脱下来搭在铁丝网上，垫着爬到高处，再翻过去。他们刚爬过铁丝网，就听见前边一阵枪响，大腮帮子身上一激灵，以为小鼻子追来了，再仔细一看，原来冲过来的是一队骑兵，一边朝天放着空枪，一边用俄语大声喊叫。与此同时，一束探照灯的白光投射过来，落在众劳工身上，照得人睁不开眼。看来夜晚的枪声惊动了边境的苏联守军，既然逃到人家的地盘上，只能听之任之了，是福是祸谁也说不准。几个苏军骑马来到近前，前面带队的是一名军官，打手势让众人放下枪。大腮帮子把枪和子弹袋都扔到地上，张开双臂转了一圈，双手击掌，以示手中没有武器，又示意身旁其他劳工照做。那个军官拨转马头，吩咐两个士兵下马，捡起劳工们抢来的步枪和军刺，又示意大腮帮子等人跟他走。

一路前行，进了一处哨所，夜色中隐约看出这是一排规规整整的砖房，门前两列整齐的白桦树。一个军官把众人带进屋内，见他们身上的衣服、鞋子全湿透了，滴滴答答直往下淌水，还有人赤着脚站在地上，就派人点上炉火，给他们先烤火取暖。这么一来，大伙儿心里就踏实多了。没想到刚把衣服烘干，就进来一队士兵，不容分说把他们绑了个结结实实，又蒙上双眼押出哨所。大腮帮子想不明白大鼻子要干什么，走到这一步，是死是活只能听天由命了！

4

大腮帮子等人被绳子拴成一串，深一脚浅一脚走了半个多小时。等到终于停下来的时候，有人摘下他们脸上的布条，大腮帮子揉了揉眼，见自己置身于一间大屋子之中，屋顶上一长溜吊着三个电灯泡，整个屋子里被照得灯火通明，有二十几个人靠墙根蹲成一排，正是另一批逃出来的劳工，老周、齐二虎也在其中。等带他们进来的士兵转身离开，三个人紧紧抱在一处，眼泪差点儿没掉下来，真以为再也见不着了。大腮帮子问他们这里是什么地方，他们也不清楚，老周安慰大家别担心，虽说前途未卜，总不至于比关东军的劳动营更可怕。

一众人等被关在这个大屋子里过了一夜，第二天被逐一带出去，到另一间屋子接受讯问。负责审问大腮帮子的军官，身材消瘦修长，鼻子又尖又高，嘴唇上留着两撇小胡子，穿一身黄绿色军装，领章上别着一颗黄澄澄的星星。军官旁边坐着一名穿便装的翻译，黑眼珠子黑头发，是个中国人。事到如今，大腮帮子觉得没什么可隐瞒的，就实话实说，把自己如何参加抗联，如何被俘当了劳工，如何杀了看守越过边境线逃到此处的经过，原原本本说了一遍。军官又问他工事的情况，大腮帮子如实描述，他们干活的地方，主要是隐藏在山坡后面的炮台和地下通道。

接下来的几天，苏联人仍反反复复提审他们，问的还是这些问题，倒不为难他们，给他们发了全身上下的衣服鞋袜，渴了有水喝，饿了给块黑面的大列巴，晚饭一人一碗汤，味道浓郁，比他们在劳动营吃的好多了。在讯问的过程中，大腮帮子得知他们逃生的那条河叫瑚布图河，“瑚布图”是满语，意为“流淌沙金的河”，所以这条河又叫乌沙河，属于绥芬河支流。

问讯大约持续了十天，大腮帮子被问了不知道多少遍，他也说不出别的，只能一遍又一遍重复，他闹不明白，这群大鼻子是没长记性还是有意为难人，同样的问题为什么要问上八百遍？终于在一天夜里，那名军官带着几名士兵来到他们住的屋子门口，拿出一本名册点名。大腮帮子、齐二虎、老周和另外十几个人被叫出来，当了这么久的俘虏，大腮帮子已经见怪不怪，知道又要转移了，不出所料，一干人等被带上了等在外面的一辆军用卡车，卡车把他们拉到火车站，又在士兵的押送下，来到了一个非常远的地方，并被关进一栋五层大楼。大腮帮子、齐二虎、老周和另外两个劳工关在一个房间，门窗上全装了铁栏杆、铁锁。自此以后，又换了一个军官和一个翻译，继续进行无休无止的讯问，问的内容一成不变，大腮帮子答的也还是那些个情况——怎么参加的抗联，怎么被关东军抓住，怎么当的劳工，怎么逃到了这里……

大腮帮子惯于在深山老林中与狼虫虎豹打交道，一连多少天关在屋里，胳膊腿都伸展不开，憋得浑身难受，再加上对方没完没了地问他相同的问题，实在是忍无可忍，再问什么他也不说了。

军官不急不恼，让翻译告诉大腮帮子："你无法证明你的身份，所以我们要进一步审查，你是否是日军间谍，即使不是，你也是非法持枪越境，按照法律，你将被判处有期徒刑三十年。"

大腮帮子听了这话，气不打一处来地说："去你娘了个蛋的！你们凭什么判我三十年？我还活得了三十年吗？你们要是不想让我活，干脆一枪毙了我得了！"

军官并不理会他如何发作，淡定地对翻译耳语了几句。翻译站起身拿出一张纸，"现在正式判处你有期徒刑三十年。"说完就让大腮帮子按手印。

军官发怒倒好，这么若无其事地对他宣判，让大腮帮子一下泄了气，他心里当然不服，但是没办法，按也得按，不按也得按，按完手印又被扔进牢房，一想到要在俄国大鼻子的地界关上三十年，那还怎么报仇？当天夜里，大腮帮子心里头憋气，躺在床上辗转反侧，好不容易睡着了，又做了一堆乱梦：一会儿是塔什哈出世之前，他拿朱砂笔遮住了门神的双目；一会儿是他头一次带塔什哈上山打猎，塔什哈拿着小弓小箭跟在他后头一跑一颠；一会儿又是塔什哈带着金蝎子的飞行队杀入密营，朝他开了一枪，子弹正中他的眉心。他从梦中惊醒，出了一身的冷汗，心里打定了主意——还是得逃！

几天之内，齐二虎、老周等人全被判了三十年徒刑，众人心灰意冷，以为要在大狱里蹲一辈子，到死也回不去了，一个个一言不发、垂头丧气。随后他们一行十几个人被押上一趟往西去的火车，看守他们的是两个军官，以及手下的八名士兵，个个全副武装，在车厢两侧轮流值岗，另外还有一条军犬，守在车厢门口。这两个军官，一个比较年轻，二十四五岁，金发碧眼，眼窝深陷，鼻梁高挺，身材颀长，比大腮帮子高了一头；另一个三十七八岁，个子不高，大脑门，大鼻头，大嘴岔，满脸浓密卷曲的大胡子。两个人腰间挂着手枪，脚下是锃光瓦亮的皮靴，岁数比较大的军官用一口生硬的中国话说“要把大腮帮子等人发配到西伯利亚的荒原上服刑”。大腮帮子并不知道西伯利亚在哪儿，不过一听就感觉不是什么好地方。老周是读过书的知识分子，知道西伯利亚如何苦寒如何恶劣，长久以来都是用来流放犯人的去处。众人听他说了这个情况，无不深感绝望。

火车一路北上，驶进不见人迹的荒原。随着气温越来越低，众人身上越来越冷，好在给他们分配了御寒的衣物，吃饭的时候，还给他们每人发一小杯伏特加，一口闷下去，胸口且能暖和一阵子。这地方纬度高，长年累月天气寒冷，人们多以酒精御寒。可是很多士兵贪杯误事，上了战场连枪都拿不稳，常常贻误战机，所以苏联红军严格控制了酒的供应。后来战况愈来愈激烈，在严冬中和德军僵持不下，苏军高层不得不下令命后勤部门多备伏特加送上前线，让士兵们在酒精中抵御冬装不足带来的寒冷，并以此缓解内心的恐惧，伏特加由此成为苏军克敌制胜的“法宝”，属于常备物资。有时候带队那个苏联军官喝多了就要打盹，倒也不怕他们逃跑，还笑着跟大腮帮子等人打哈哈："你们不要企图逃跑，因为一旦跳车下去，就等于已经死了，周围全是风雪肆虐的旷野，纵然我们的士兵不去追你们，你们也绝不可能徒步走出西伯利亚荒原！"

5

十二月份的西伯利亚，常常是一夜寒风吹散积雪，紧接着一场更大的雪铺天盖地席卷而来。一路上透过结着冰碴的车窗向外望去，铺天盖地的鹅毛大雪飘飘洒洒，点缀着荒原的白天和黑夜，高大的西伯利亚云杉、冷杉、红松和落叶松，低矮的灌木丛，全变成了银装素裹。因为长年积雪，荒原上的长夜几乎是白色的，甚至不需要照明也能看得清清楚楚。对大腮帮子来说，那是他这辈子经历过最寒冷，也是最漫长的一个冬季。

列车上的犯人大多死了心，抱着听天由命的念头，即使冻死在西伯利亚荒原上，那也是命中注定。大腮帮子却下定了出逃的决心，在关东军劳动营已经是度日如年，不敢想象在天寒地冻的西伯利亚关上三十年会怎样，与其做了异乡之鬼，倒不如舍命一搏，况且他心里还深深埋着一个念头——干掉飞行队的金蝎子和塔什哈，报仇。趁士兵放松了戒备，他和齐二虎、老周聚在一起商量此事。最早在同一间屋子里谋划暴动的四十几个劳工，逃到这里的就没剩下多少，最后被带上了火车的人只有他们三个彼此熟悉，能信得过的也就是他们二人了。齐二虎和老周也是早就铁了心想跑，老周说："西伯利亚是刑徒流放之地，送去那里的人，有几个活得下来？咱们中国人最讲究认祖归宗，死也得死在自己家里！"

谁都没长前后眼，此时他们并不知道，苏军要带他们去的地方，其实是一处秘密军事基地。苏联红军预计到迟早会与关东军有一场决战，所以在东北布下了一张间谍网，用以搜集情报，掌握关东军的一举一动。大腮帮子等劳工逃过边境，立即被苏军进行了严密审问，从中选出的这部分人，将被送往西伯利亚的一个训练营接受间谍培训。这些人毕竟身份特殊，大多来自八路军、东北抗联或者游击队，经历比较复杂，又多是农民出身，别说俄文，连中文也不认识，只能当成外围情报人员使用。受训内容包括辨识部队番号、武器类型、密电码通讯，等等。所谓的“密电码”，泛指摩尔斯电码，通过发报机发出滴与嗒的信号声，可以让每个字和标点符号彼此独立地发送出去。在当时来说，这是最快捷、最安全的传递情报方式，发报人即便不认识字也没问题，一组密电码五个数字，每一组数字代表一个意思，只要熟悉密电码，就可以把掌握的信息传递出去。按照苏联人计划，他们会在受训之后潜回中国东北，刺探关东军的情报。如果大腮帮子等人事先得知这个计划，不知他们是否愿意留下，但在当时的处境下，他们选择逃亡也是必然。

这一天，火车在行进途中遇到了暴风雪，大雪下得铺天盖地，狂风又卷起地面的积雪，铁轨被完全吞没，到了夜里，列车被迫停了下来。由于天气实在太冷，人蜷缩在车厢里冻得直哆嗦，负责看守的苏军军官和士兵都喝了多出平时数倍的伏特加，倒在车厢中闷头大睡，鼾声如雷。其中一个当兵的喝多了要吐，军官迷迷糊糊地踹了他一脚，示意他不要吐在车厢里，当兵的就打开车门，跳下去呕吐。大腮帮子他们仨已经计划好了，恶劣天气最适合逃跑，因为暴风雪将立即抹去他们的足迹，加上风太大，军犬也无法根据气味长时间追踪，只要短时间之内不被抓到，苏军十有八九会放弃追捕，因为在苏联人眼里西伯利亚荒原是苦寒之地，逃跑的人不可能在暴风雪中生还。不过同样因为顶风冒雪，逃亡时遇到的困难和危险也会加倍。权衡再三，大腮帮子等人仍决定在暴风雪中出逃，因为机不可失时不再来，在如此恶劣的气候下，至少可以用最快的速度摆脱追兵。成败全看头一天，撑过这一天之后，凭他在长白山趴冰卧雪追逐野兽的一身本事，就有希望活着逃出西伯利亚荒原。

大腮帮子见时机已到，冲齐二虎、老周使了个眼色。那二人心领神会，蹑足潜踪离开座位，跟在大腮帮子身后，本想顺手偷些食物和火柴之类的东西，却看到车厢门口那条军犬正不错眼珠地盯着他们。大腮帮子熟悉狗性，赶紧回过身从小桌子上抄起苏联军官吃剩下的半个牛肉罐头，送到军犬嘴边，又拍了拍它的头。军犬这些天也跟他们待熟了，就趴下没吭声。临下车时来不及拿别的，大腮帮子只顺了一件苏军士兵穿的熊皮坎肩，本来想再摘下醉酒守卫挎在身上的步枪，却在此时，那个守卫动了一下，嘴里还叨咕了一句什么。大腮帮子没敢再碰他，三个人一个接一个跳下火车，冒着刀子一样的风雪，看定了方向，埋头朝着南边跑了下去，暴风雪很快就抹去了三人的足迹，狂风在西伯利亚肆意地呼啸，茫茫雪原上的三个黑点，就这么消失在了远方。

那个下车吐了一通的士兵，转身爬回去合拢车门，裹紧了皮袄睡得昏天黑地，根本不知道跑了三个人。苏联军官半夜醒来，才发现身边少了三个人，但是并没有追击，因为苏军也畏惧荒原上的严寒，出逃的三个人几乎赤手空拳，连火种也没有，不可能在寒冬的西伯利亚荒原中存活，逃走就是个死，没必要再去追赶。他只是想不通，为何这些人放弃活下来的机会，选择在暴风雪中跑出去送死？

再说逃走的这三个人，虽然身上穿着发给他们的军大衣，头上戴着厚厚的皮帽子，脚底下有毡筒子鞋，可在西伯利亚暴风雪带来的严寒之下，再厚重的大衣也没用，呼啸的风雪使人窒息，眼睛、鼻孔、嘴唇全被冻木了，连气都喘不过来，开始吹到脸上感觉像是被刀子划伤了一样，后来脸和脚都没了知觉，严寒迅速消耗了他们身上所有的热量，连鼻子里的鼻涕也冻住了，一步一挪都够呛，那还怎么跑？大腮帮子在关外打猎多年，知道如何对抗风雪，他把那件熊皮坎肩撕成了三块，每一块上面都捅了俩窟窿，蒙在头上当面罩，以此抵御暴风雪，不至于让眼睛和嘴巴都没法张开。他们仨一步也不敢停：一来尚未远离火车，还是担心有追兵，必须尽快逃命；二来在暴风雪肆虐的空旷荒原上片刻也待不了人，一旦站住了就会被冻成冰坨丢掉性命，必须拼命活动才可以保证不被冻僵。大腮帮子在出逃之前，再三叮嘱过老周和齐二虎：“一望无际的荒原看似平坦，实际上仍有许多起伏，你瞅这个雪坡是往上走的，一定先用前脚尖踏雪，前脚踏实了再抬起脚后跟，如果说一不小心绊倒了，你就脸朝下往下趴，以免从雪坡上滑下来，万一滑下来你也别慌，翻滚时身上别较劲儿，绷得越紧摔得越狠，控制住下降的速度，不能让山坡来摆布你。”他们仨跑到后半夜，风雪已住，广袤的荒原上布满了积雪，积雪最厚的地方，踩上去齐腰深，针叶林、松树林、桦树林都在冰冻中静止了，成片成片绵延无际，天地之间浑然一色。

大腮帮子估摸着已经逃出了苏军的追击范围，他和齐二虎身强力壮，顶风冒雪逃了多半宿，还可勉强支撑，老周可是顶不住了，却又无法停下喘息，因为身上跑出了汗，一停下来就得冻成一层冰，眼看着老周脸色越来越不对劲儿，呼哧呼哧喘着不均匀的粗气，怕是坚持不住了。大腮帮子知道再不想办法，老周可能就挺不过去了，他举目一望，前边似乎是片森林，忙和齐二虎架上老周拼命往那边走。大腮帮子眼尖，瞥见雪地上有一簇像树枝一样的东西支了起来，他上前扒开积雪，竟是一头驼鹿的残骸，皮肉全被野兽啃没了，仅余残骨，鹿角高高支撑起来。他让齐二虎把老周撂下，就地挖个雪坑，再捡一些松枝撑起洞顶，他自己从鹿骸上拆下几根肋骨，在岩石上磨成锋利的骨刀，再将树枝削尖，使用原始的钻木取火之法，很快点了一堆火。老周有火堆取暖，半天才缓过这口气来，脸上也有了些血色。三个人之中，只有他念过学，他告诉大腮帮子和齐二虎："西伯利亚古时是一片泥泞之地，南部有个贝加尔湖，即古匈奴之地的北海，传说苏武牧羊就在那里。苏武不肯投降匈奴，匈奴就让他在北海牧羊，嚼雪吞毡，历尽艰辛，十九年持节不屈。"别看大腮帮子认不了多少字，但是从小跟随当持宝道人的父亲行走江湖，多多少少听说过这些典故，至此恍然大悟，敢情苏武牧羊的地方就在西伯利亚这圪垯？苏武才被关了十九年，给咱一整就是三十年，三十年啊！一定要活着回去，说什么也不能死在这荒原上！

齐二虎不知道什么是苏武牧羊，他听老周这么一说，还以为那边有放羊的牧民，一想到羊肉，肚子里就打上鼓了，可这天寒地冻的荒原上，哪有东西可以充饥？他愁眉苦脸地说："咱一没被俄国大鼻子打死，二没给这寒天冻死，倒要活活饿死不成？"大腮帮子何尝不是饥肠辘辘？不弄点吃的也没力气再逃了，他让齐二虎和老周打磨石刀、石斧防身，并告诉二人说："既然森林中有鹿骸，该当有驼鹿出没，鹿肉可以吃，鹿皮可以御寒，只要打到一头鹿，咱仨就能活！"老周说："那太好了，古人讲春搜、夏苗、秋狝、冬狩，一年四季离不开打猎，看来我们今天要和老祖先一样猎鹿了！"

大腮帮子将衬衣撕成布条系在一起，两端各拴上一块拳头大小的石头当作绊索，准备在林中猎鹿。西伯利亚的驼鹿，在东北的深山老林里也有，只是不多见，角似鹿而非鹿，头似马而非马，听觉格外敏锐，如果打猎的潜踪偷袭，等不到看见它的影子，驼鹿就已逃之夭夭，所以猎鹿多在月明之夜，打围的带上猎犬，在远处悄悄跟踪，形成合围之势，再一举出击。大腮帮子没有猎狗，身边的两个帮手，也从未打过围，没有任何经验，不过他在黑瞎子沟的时候，跟老把头练成了哨鹿的绝技。树林子里桦木皮有的是，大腮帮子七手八脚削了一个桦木皮的鹿哨，交代了老周和齐二虎两人猎鹿的战略，就伏在树丛中呦呦吹动，哨声如鹿鸣一般，在寂静的荒原上传得很远。这一招果然奏效，十几头又高又大的驼鹿闻声而来。大腮帮子探头张望，见鹿群已在十几步之内，皆为赤背长角，立即招呼老周和齐二虎冲出来。三个人呈掎角之势，手持骨刀、绊索上前合围。驼鹿受惊，掉头在树林中四散奔逃。大腮帮子打了这么多年猎，深知一个道理——两条腿的跑不过四条腿的，他叫另外两人放过其余的驼鹿，只将一头年老力衰的灰褐色驼鹿围在当中。那头驼鹿发觉势头不对，一头撞出围困。三个人抻开绊索，在密林中紧追不放。为了各自的生存，双方你追我逃，全使上了豁命的力气。

说到在山林中打猎，大腮帮子绝对是一等一的好手，齐二虎年轻体壮，力气大反应快，虽说老周体格稍逊，但也在抗联游击队打过仗，劳动营里下过苦，说身子骨不行那得分跟谁比，他们三人分进合击，追得老鹿惊慌失措，左冲右突、前蹿后跳，怎么也逃不出包围圈。

三个人一头鹿，僵持了得有半个时辰，大腮帮子终于扑住驼鹿滚倒在地，一头驼鹿不下四五百斤，一个人抱住它可不容易，齐二虎和老周也扔下绊索扑上来，一个攥住鹿角，一个擒住鹿腿，驼鹿挣扎不起，口中喘着粗气，发出呜呜悲鸣。大腮帮子举起手中尖锐的骨刀，使劲儿插入驼鹿颈部，一股鲜血喷涌而出。在冰天雪地的西伯利亚荒原上，活下去意味着一切，但有生必然会有死，适者生存是大自然的交换法则。三个人趴下去饱饮鹿血，大腮帮子趁驼鹿的身子尚未冻僵，迅速剥下鹿皮、抽出鹿筋。驼鹿皮毛轻薄，且极为抗寒，他们又把鹿肉撕成块，带在身边当粮食。

当天继续南行，西伯利亚的寒冬白昼短暂、黑夜漫长，走不多远又下起了雪，三个人躲在背风的雪坑中，架上火烤鹿肉吃。大腮帮子想出一个主意，剥下桦树皮做成简易的锅子，连骨带肉熬了一点鹿肉汤能够暖暖身子，但桦树皮不能直接在火上烧，顶多在火堆旁边借着余温来加热，勉强喝上几口热汤取暖。

直到下半晌，鹅毛大雪仍未停息，雪坑中纵然有火堆，也冷得如同冰窖，不同于一望无际的荒原，树林子里头一片沉寂，远处不时传来窸窸窣窣的声响，守着火堆的齐二虎以为是积雪太厚，压断树枝发出的响动，就没往心里去，正在歇息的大腮帮子好像想到什么似的，突然坐了起来，果不其然，他发觉远处的黑暗中有几点绿光晃来晃去。大腮帮子立即把老周叫起来，让他和齐二虎往那边看，那两个人揉了揉眼定睛看去，心头皆是一惊：那是西伯利亚荒原狼，少说有那么三五头，可能是他们猎杀驼鹿散发出的血腥气息，把荒原上的狼引来了！

西伯利亚荒原狼不仅个儿头大，而且格外凶残，耐得住严寒，习惯成群结队行动，当然也有孤狼，出于各种各样的原因离群索居，徘徊在荒原上的孤狼，往往比狼群中的狼更狠毒、更凶悍。大腮帮子长年在深山老林里与猛兽周旋，虽然关东山没有狼群，但也打过孤狼，知道狼性多疑，虽说不知道在这里顶不顶用，也只能试上一试了，就把桦树皮放到唇边吹动，在漫天风雪中发出虎啸一般的吼叫，没过一会儿，周围那几点绿光就不见了。

齐二虎和老周见大腮帮子吓退了那几头狼，这才把悬起来的心放下，夸大腮帮子有绝招。大腮帮子却忧心忡忡，他知道狼的行动规律，狼在没有把握的情况下，不会轻易展开攻击，可也不会一走了之，而是采取跟踪奇袭的战术，等待机会一个一个咬死他们，因此千万不可大意。况且他们面对的可是生存在世界上最严酷环境中的掠食者，这些狼能在此地世代繁衍，足以说明其狡诈和凶残绝非一般的同类可比。果不出大腮帮子所料，过了不到半个时辰，那几头狼又回来了，不仅如此，还带回了一群狼，绿光变成了一片，这是一个规模罕见的大狼群！

6

深更半夜来了一群饿狼，不下三四十头，离大腮帮子等人越来越近。大腮帮子在黑瞎子沟打猎多年，豺狼虎豹他见多了，可他从没遇上过狼群，想象不到狼群的组织结构之严密，绝不亚于土匪的四梁八柱。一群狼通常有七头左右，中等的狼群在十几头左右，由三四十头狼组成的大狼群历来罕见。三个人骤然见了这么多狼，都感到心惊肉跳，如临大敌一般，紧紧握住火把、石斧，只等狼群冲上来，就是一场殊死搏斗。群狼并未一拥而上，就在不远不近的地方徘徊，一头比同类大出一半的狼王，形貌苍劲冷峻，周身上下银霜一般白，额前一块黑斑，雪落自消，如同睁开了一只怪眼，二目凶光闪烁，龇着白森森的狼牙，冷冷地打量他们三个人。冰原狼，大腮帮子还是头一次见，绝不是山里的孤狼可比的，带着一股凛冽的杀气，目光中透出狡猾和凶残，忽绿忽蓝变幻不定。

齐二虎小声对大腮帮子和老周说：“西伯利亚荒原天寒地冻，饿狼找不到吃的，就盯上咱仨了，可是来了这么多狼，把咱仨都吃了也不够啊。”老周到底是有知识的人，他知道齐二虎想简单了，“咱们闯入了狼群的领地，狼群却不认为咱们只是路过，何况咱们还猎杀了一头驼鹿，对占据这一领地的狼群来说，这些驼鹿都是它们的，因此这群狼只有一个目的，就是咬死咱们！”大腮帮子知道老周说的才是对的，这群狼不是为了吃掉一行三人，而是要杀死他们示威！

眼见林子里越来越黑，这要在平时，正是鸡要上架、马要进圈、人要上炕的时候，然而今天夜里谁也别想睡了，因为他们面临着巨大的威胁，狼群一旦发觉有机可乘，就会随时冲上来吃人。大腮帮子一边和老周、齐二虎一起往火堆中添加枯枝，以火光震慑狼群，一边告诉这二人：“狼怕打腰，一旦动上手，你俩就瞅准了下家伙，同时还得用木棍敲打树干，或捡起石块用力撞击，有多大劲儿使多大劲儿，总之尽可能地整出响动，咱们才能找机会逃跑。”

说话这会儿，以黑头狼王为首的狼群，距离他们三个人越来越近，狼爪踩踏在积雪上“吭哧吭哧”作响，狼毛上结着冰碴，两眼凶狠如电，嘴里呼出一团团热气，转瞬间又在嘴巴边缘留下一层白霜。西伯利亚荒原狼的外观，与生俱来就有一种震慑人心的威严，几十头狼这么盯着他们，简直让人透不过气来。虽说三人都有拼命的决心，可见了这等阵仗，心里也不免打鼓。

大腮帮子见这狼王比个牛犊子还大，与其余的狼全然不同，寻思怎么找个机会，先将狼王打死，也许狼群就会胆怯，甚至说一哄而散。

然而狼群始终没有发动攻势，它们倒不是怕火，这么一堆火并不会对狼群构成威胁，真要一拥而上，火把根本挡不住它们，但是狼群惯于在夜色的掩护下活动，黑夜让它们觉得安全，只要火堆保持一定的光亮，它们就不敢靠近，与其说是怕火，倒不如说是怕光。

真应了那句话，麻秆打狼，两头害怕。僵持了半夜，三人也镇定了情绪横下心来，在西伯利亚荒原中逃亡，原本就是死中求生，此时遇到狼群，大不了一死，打死几头够本就行。于是大腮帮子和老周、齐二虎轮番休息，为了防备狼群袭击，至少留下两个人守着火堆。狼群就这么三三两两地在林中忽隐忽现，鬼火一样绿幽幽的狼眼，隔得老远都能看得清清楚楚。三人苦苦坚持到天光放亮，四周的狼群已悄然退去，踪迹全无。齐二虎长舒一口气，觉得狼群也不过如此。大腮帮子给他泼了盆冷水："你俩别高兴得太早，狼群不会善罢甘休，咱先不管它们，赶路要紧！"齐二虎听完，刚刚松开的眉头又皱了起来。

清晨天色发红，持续一夜的风雪终于停止了，太阳悄悄升起来，风势也小了，林海雪原上银光闪烁。大腮帮子将之前撕开的布条分成三份，分别挂在三个人额头上，再用皮帽子压住，这是猎人的土法子，尽管在眼前晃来晃去有些碍事，却可以防止积雪反射阳光将双眼刺伤。他们用树枝的影子辨别方位，一路朝南前行，沿途收集松油和云杉细枝，饿了以鹿肉充饥，渴了就抓一把雪来啃。

这一整天再没见到狼群，不过他们仨心知肚明，越是没有行动，接下来的危险就越大，因此越发提心吊胆，一点也不敢大意。果然天一黑，狼群就围了上来，只是由于畏惧火光，仍在不远处徘徊，并未发动攻势。接下来的几天也是如此，仨人无论走到哪儿，狼群都是一直紧紧跟踪着他们，似乎是在试图摸清他们的行动规律。到了夜里，大腮帮子发觉狼群离他们一次比一次更近，他心中涌起不祥之感——狼群似已逐步适应了火光，该发动进攻了！

说话这一天，三个人行至一片林木稀疏的山岭，刚好见到一处岩洞，进深十余丈，却是个喇叭口，里边深外边宽，洞口形同一个大豁子。老周和齐二虎觉得岩洞入口太宽，不易防备狼群，还想再往前走，找个更合适的地方过夜。大腮帮子眼瞅日头往西沉了，这一天的落日，红的像火又像血，似乎预示着将有一场血流成河的恶战，岩洞正面虽然宽阔，却不必担心腹背受敌，就决定点燃篝火，在此固守。大腮帮子和齐二虎、老周一起动手，捡来几十根胳膊粗细的松枝，将两头放在火中烧焦，用石头敲掉烧焦的部分，再用石斧削成尖刺，尖头朝外，插在洞口外围，用来抵挡狼群。又放置了一排半人高的木桩，用树枝枯叶加以遮蔽伪装，两个树桩之间搭起一根碗口粗细的松枝，挂上五六个用云杉细树枝编成的绳套。狼一冲过来就会被紧紧套住，不过这是逮小兽的套子，只能暂时把狼困住，所以要在狼挣脱前，用石刀石斧将其置于死地。这些活儿在大腮帮子手中忙而不乱，齐二虎在一旁给他帮忙。接下来又在最里侧设置了第三层埋伏，将大量枯枝堆成一道屏障，把在林子里搜集到的松油全部扔在里头，万不得已之时用火点燃，冒出的火与浓烟，足以将狼吓退。待到一切布置妥当，在洞中拢起篝火，准备了一些冻硬的石块，可以随时往火堆里放，石块受热后随时都会爆响裂开，也能吓狼群一跳。

老周有些担心树枝石块不顶用，他曾听人说过，狼群可怕之处不在于凶残，而在于诡计多端。当年在西北，有狼群围攻村庄，一夜之间咬死了几百人，那么多人，要真是单凭武力，来多少狼也不至于全村覆没吧？大腮帮子为了给老周壮胆，说道：“没什么可怕的，不就是狼吗？我在山上打猎那阵子，家里铺的盖的都是狼皮！”

西伯利亚荒原上的夜幕降临了，一轮大得出奇的明月升上树梢，没过多久，洞外果然闪出一双双冒着绿光的狼眼，风中夹杂着狼群断断续续的呜咽，时进时退，轮番骚扰。三个人坐在洞中烤火取暖，谁也不敢睡觉，老周仍是心里发虚直犯嘀咕：“没想到狼崽子比人还会打仗……”

到得月上中天之时，忽听洞外狼嗥四起，群狼一齐对月长嗥，声震荒野，听得人不寒而栗，足足过了一袋烟的时间，狼嗥声忽然中止，周围陷入一片沉寂。大腮帮子知道狼群要发动进攻了，抓起一根手臂粗细、一米多长的尖木桩子，紧紧握在手中，低声招呼另外两人：“狼群来了！”老周和齐二虎立即打起十二分精神，各持石斧、骨刀，依托背后岩壁，不错眼珠地盯住洞口。

狼群合围猎物之时，狼王通常会冲在最前边，而在不同情况下，狼群会采取不同的战术，当先冲上来三五头狼，借狂奔之势纵身而起，跃过了竖在洞口的木桩，却撞在用树枝编的绳套中。那几头狼发觉被什么东西捆住，立即竭力挣扎，口中发出阵阵嘶吼。大腮帮子所扎绳套，拴的是“猪蹄扣”，越挣扎绳套越紧，恶狼吊在套子中脱不了身，吐着舌头、翘着前爪嗷嗷乱叫。老周和齐二虎看得分明，抢步上前将手中鹿骨戳入狼颈，三五下就结果了那几头恶狼，他们身上也被狼血染红了。

大腮帮子暗暗皱眉，打头阵的只是狼群中地位最低的亥狼，虽然结果了几头恶狼的性命，却来不及再布置绳套了！狼王也瞅准了这个机会，发出一声沉闷的低吼，立即有十几头恶狼冲上前来，其中一头断尾狼当先跃过木桩和死狼，直扑洞中的大腮帮子。大腮帮子身子往下一矮，避过断尾狼的扑咬之势，人也到了狼肚子底下，手中的尖木桩子用力往上戳，正捅进狼肚子。断尾巴狼立时泄了气，重重跌在地上仍不死心，想转头来张开血盆大口咬大腮帮子，无奈已是强弩之末，越是发狠越挣扎不起。大腮帮子又上去补了一下，将断尾巴狼彻底捅死，此时他才发现，这是头肚子里带崽儿的母狼，却不知西伯利亚狼群的首领，多为一双对偶，也就是一王一后，为了统领狼群，狼后往往要身先士卒。大腮帮子捅死的正是狼后，这一来等于跟狼群结成了死仇。

与此同时，另外两头苍背恶狼一前一后蹿入洞中，分头咬向齐二虎和老周。齐二虎记得大腮帮子说过——打狼要打腰，他闪身躲过扑咬，挥起手中石斧，狠狠砸在恶狼的腰上。那头狼挨了这一下，发出“呜”的一声惨叫，当时腰就塌了，伏在地上四肢瘫软直不起身。而一旁的老周躲得稍慢，已被恶狼扑倒在地，张口往他头颈上乱咬。老周虽已竭力抵挡，却仍被恶狼咬住了肩膀，发出一声惨叫。大腮帮子发觉老周势危，快步抢至近前，握住尖木桩子将那头恶狼捅穿了膛，这一下用力过猛，狼肚子豁开一个血窟窿，木桩子折成了两截。齐二虎见群狼一拥而上，忙抓起火把点燃了枯枝松油，登时烈焰升腾。天寒地冻之际，狼身上的毛最为厚实，沾上火就着。冲进洞中的十几头恶狼身上起火，一瞬间变成火球，当场烧死了好几只，焦臭之气在洞中弥漫，其余的狼转头逃了出去，翻翻滚滚灭掉身上的火焰，一个个也是烧得焦头烂额。狼群这一阵猛攻吃了大亏，只得远远退开。

大腮帮子和齐二虎扶起老周，见他肩头被狼咬得血肉模糊，疼得龇牙咧嘴，额头上渗出黄豆大小的汗珠。二人两手空空，只能给他简单处理了一下伤口。经过刚才一场恶战，已有十几头狼当场毙命，余下的恶狼至少还有二十只，如若卷土重来，他们仨一个也活不了，必须利用狼群后退的机会，尽快逃离此地，何况烟腾火炽，洞中也已无法容身。三人悄无声息地离开岩洞，在冰冷的月光下，一步一陷地踏雪而行。

月落乌啼，天降破晓，三个人的脸冻得通红，口中呼着热气，肩膀上结了一层霜，头发胡子上全是冰挂，却已经浑然不觉，因为转头就可以看到，身后闪出一对对绿色的鬼火，晃晃悠悠起起伏伏，狼群追上来了！

一直跑到中午时分，稀疏的林木越来越密，插天的古树无边无际。狼群一反常态，白天也没躲起来，而是耐心地尾随在后，却并不强攻，看上去好像是在等待大腮帮子他们耗尽力气。三个人疲惫不堪，脚下一步比一步沉重，老周和齐二虎心生绝望，也实在走不动了，想坐下听天由命。大腮帮子骂道："小鼻子没整死咱，大鼻子也没关住咱，怎么能在这鸟不拉屎的地方让狼掏了？"说话这时候，狼群已经从四面八方围了上来。

他们仨都是死过几次的人了，虽然到了穷途末路，却没有一个人胆怯退缩，握紧手中石斧，背靠背站定了，准备与狼群殊死一搏，死也得拽上两个垫背的。说来也是命不该绝，大腮帮子发现眼前一棵树上，居然有一个硕大的窟窿，从中冒出若隐若现的白气，这个情形他再熟悉不过，不用过去看也知道，树窟窿里有只"蹲仓"的熊瞎子！

大腮帮子在黑瞎子沟时，可没少和熊瞎子打交道，心知西伯利亚刚刚进入漫长的寒冬，这个时候的熊瞎子还没睡熟，他冷不丁记起上山打虎之时，在深山中遇上一个神婆，告诉他这么一句话"打树别打熊"，说记牢了将来定可救他一命，难不成应在此处？他这个念头在心中一转，却也无暇多想，冲上去抡起石斧猛击树干。老周和齐二虎吃了一惊，以为大腮帮子失了心，怎么放着眼前的狼群不顾，却跟大树较上劲儿了？还没等他们俩开口招呼大腮帮子，突然从树窟窿里钻出一头迷迷瞪瞪的棕熊，身形硕大，重逾千斤，长毛邋遢，双眼通红。老周和齐二虎以及二十几头恶狼，全被吓了一跳。大腮帮子来不及多看，拽上两个同伴抹头就走。西伯利亚棕熊踉踉跄跄地撞出来，奔着狼群就去了。狼群虽然凶恶，棕熊可也不好惹，左一掌右一掌将扑上来的恶狼挨个拍翻，顷刻间形成了一场混战。

三个人借机脱身，咬紧牙关接着往南边跑，虽说前方望不到尽头的林海雪原，仍是令人绝望，好在摆脱了狼群的追击，路再远也有走到的一天。齐二虎走一程回头看一看，发现狼群没跟上来，劫后余生的庆幸感久久难以平复，使他感觉身上的气力都比前几天足了。怎知鬼有鬼道、狼有狼道，他们仨高兴了不到两天，阴魂不散的狼群又来了，比之前少了几头狼，估摸是被恼怒的棕熊干掉了。大腮帮子等人匆忙应战，又打死了两头狼，他让老周和齐二虎剥下狼皮、生嚼狼肉，一来是为了生存，二来是做给狼王看，以此瓦解“狼气盛，人气衰”的形势。

他们仨并不清楚，西伯利亚的苍狼，不仅扛得住饥饿和严寒，报复心和耐力也是超乎寻常，不将这三个人咬成碎片决不罢休，而且在一次又一次的较量中，狼群对他们的状况越来越熟悉，甚至可以预估他们的战术和逃跑方向，由此愈加狡诈和凶狠，虽然数量远不及之前，却变得更加难以对付。经过了反反复复的拉锯战，三人几乎被狼群拖垮了，老周就是在守夜时打了个盹，结果被恶狼抓住机会偷袭，扑上来一口咬开了喉咙死于非命。大腮帮子和齐二虎击退狼群，守着老周的尸首发呆，眼眶子里的泪水已经冻住了，想哭也哭不出来。二人有心把老周埋了，无奈地皮冻得跟铁板一样，只得将尸身放入岩缝。大腮帮子从老周头上割下一绺头发揣在怀中，如果还能活着回去，说什么也得给老周在东北起一座坟。二人默默注视老周的面庞，过了许久才捡来石块堵住岩缝。

一同逃亡的三个人，仅剩下大腮帮子和齐二虎了，尾随他们的恶狼也只剩十来头。狼群似乎认定这俩人迟早会自己倒下，因此不再上前袭击，只是耐心地跟在后头。如此一路南行，走了一天又一天，他俩如同茹毛饮血的野人，穿兽皮用石斧，钻木取火，在树梢岩洞中过夜，手脚和脸上全是冻疮，凭大腮帮子打猎的本领，沿途逮野鸟野兔充饥，有时一连几天没有猎物，就扒树皮草根来吃，有时早上天一亮就往前走，一路不停到了暮色低垂之际，转头来一看，出发的地点好像就在身后，有时遇上暴风雪，感觉自己已经被冻死了，到头却又活转过来，相互拉扯着挣扎起身，接着往前走。自打从列车上逃出来，大腮帮子和齐二虎就再也没吃过盐。盐这东西吃多了不行，可是一点不吃也绝对不行，否则就是吃再多的肉，身上也没力气。这些日子之所以能熬过来，全靠大腮帮子在沿途追踪驼鹿的踪迹，因为驼鹿为了补充盐，会拨开雪层，舔一些带有盐分的岩石和苔藓，但是大腮帮子也不知道照这样下去还能坚持多久。

这一天终于走出了森林，面前是一片茫茫无际的大冰原，凛冽的寒风无遮无拦，湖边的大石头全被冰层覆盖，垂下长长的冰凌。大腮帮子记得老周说过，西伯利亚南边有个大湖叫贝加尔湖，古称北海，可没想到有这么大。他小时候在胶东老家看过海，那也就这意思了。看着一望无际的大冰原，二人脑中不约而同浮现出老周讲述苏武牧羊的情形，言犹在耳，老周却已葬身荒野，心下均是黯然。不过大腮帮子明白，狼群就在身后，如今步入一片空旷的冰原，失去了密林作为依托，他和齐二虎能否活命在此一举，他抖擞精神，找来几根小臂粗细的树干，刮掉树皮，用鹿筋牢牢捆扎成两个冰排。就在此时，齐二虎推了大腮帮子一下，让他往来的方向看，狼王已带着那十几头恶狼追到了森林边缘。不仅大腮帮子和齐二虎没了人样，活下来的这几头狼，也已折腾得没了狼样：有的皮毛黏在一起打了绺；有的身上皮毛被烧掉了大半；有的浑身是伤，跑起来一瘸一拐；就连为首的狼王，也失去了往日的威风，只是狼眼中的凶光却更甚于前。

大腮帮子和齐二虎把冰排拖到湖边，两个人飞身上了冰排，用熊皮面罩遮住头脸，穿过凛冽的寒风飞驰而去，很快就把狼群远远甩在了身后。强弩之末的狼群追了一阵，终究赶不上疾驰的冰排。直至此时此刻，他们才彻底摆脱了狼群的追击。二人深入冰冻的贝加尔湖，在寒风呼啸的冰原上飞速前进。冰湖深处气温骤降，风像刀子一样呼啸着席卷而来，能把人身上的皮袄撕碎，等到狂风过去，随即又出现冰雾，四周变得白茫茫一片，根本无法辨识方向。二人置身于冰雾之中，精神恍惚，眼前出现幻觉，耳朵里出现幻听，眼神迷迷离离，甚至无法确认自己是否还活着，也许已经冻死变成了亡魂。齐二虎支撑不住了，不仅眼神游离，还开始犯迷糊，嘴里叨叨着胡言乱语。大腮帮子凭着直觉和强烈的求生欲望，用冰排拖上齐二虎一直往前走，走了一天又一天，终于望见茫茫冰原的尽头有一个小屋。来到近处一看，小屋十分简陋，以桦木制成，外边包着鹿皮，门前放着雪橇、雪爬犁，不远处的围栏里还关着几头鹿。大腮帮子和齐二虎实在饿得不行了，上前敲门讨饭。主人是一个黑脸膛的老头，身穿鹿皮长袍、长靴，头戴一顶狐皮帽，身量不高，弓腰驼背，见了他们二人的这番模样，也自骇异，他是很多年没见过陌生人了，二话没说，就让他们进屋取暖。所谓屋子，其实是个小窝棚，为了挡风，在木头缝隙之间贴满鹿皮。屋里地方不大，中间放着一个大火盆，燃着熊熊火焰。正对着门的地方有一张简易木架，木架上供奉一块人头大小的石头，上面用鹿血画着奇怪的符号，显出当地人对神灵的敬畏。

老头儿会几句汉话，说自己是图瓦人，在此以渔猎为生，一辈子也不知道外边是怎样的世界。他用皮兜子从屋外拎回一堆雪，在火盆上煮了一锅土豆鱼汤，锅一开，小屋里香气四溢，馋得齐二虎两眼发直，咕咚咕咚地咽口水。老头又拿出鹿肉干和切成片的血肠给他们吃。大腮帮子和齐二虎两人千恩万谢，用逃亡路上打来的兽皮，跟图瓦老头换了皮袄和刀子，顾不得疲乏，缓过劲儿来再次踏上归途。说不尽这一路有多少艰难困苦，也说不尽遇上了多少危险，从寒冬走到开春，走过了大漠、草原、沼泽，两人九死一生，与偶尔飞过天际的飞鸟为伴，一直走到了嘉峪关……

齐二虎是山东的庄户人家出身，惦念老家的爹娘，大腮帮子也想去胶东寻找离散多年的老娘和两个妹妹，两人就一路乞讨要饭去了山东。不过大腮帮子并没有在老家找到亲人的下落，祖传的二仙观已房倒屋塌。当时的小鼻子占了大半个中国，莽莽神州多半沦于敌手，哪里还有家可言？大腮帮子就听了齐二虎的话，跟他在山东参加了八路军，后来在一次战斗中，齐二虎不幸中弹牺牲，当初一同从火车上出逃的兄弟三人，只有大腮帮子活了下来。终于，日本宣布无条件投降之后，大腮帮子跟随部队再闯关东，他知道报仇的时候到了！

第七章　大腮帮子追匪

1

日本无条件投降之后，已经在山东参加了八路军的大腮帮子，跟随部队进军东北建立根据地，再一次出了山海关。此时的关外，较之大腮帮子离开之际，局势已截然不同，各地土匪蜂起，这其中替天行道的清绺子一个也见不着了，活下来的要么隐姓埋名回家务农，要么弃暗投明编入东北民主联军，只剩下占山为王无恶不作的浑绺子，继续为祸一方，其中还包括日军投降前夕为了搅乱东北形势故意就地解散的伪满洲国兵团，日伪时期的军警、官吏，以及流窜潜伏下来的特务、残匪。关东军遗弃在东北的大量枪支弹药也流入民间，使得大大小小的土匪武装多如牛毛，他们平时躲在深山老林，找机会就下山打家劫舍、明火执仗、烧杀抢掠，稍遇反抗便要杀人，甚至屠村、屠镇，疯狂残杀翻身农民，并且造成我军大量伤亡，严重破坏了东三省的秩序。

到了 1945 年秋天，土匪武装龙蛇混杂，大有愈演愈烈之势。为了稳定后方局势，配合主力兵团作战，东北民主联军开始集中兵力组织精锐部队，配合地方兵团进行大规模的剿匪战斗。大腮帮子跟着队伍东征西讨，由于他胆识过人，枪法出众，战斗经验丰富，又熟悉当地地形，会说黑话，还对土匪的活动规律一清二楚，在剿匪战斗中屡立奇功，很快成为剿匪部队的骨干，当上了侦察排的排长。部队战友们都知道大腮帮子有个习惯，每消灭一股土匪，在打扫战场的时候，总要把俘虏的崽子、击毙的土匪挨个看一遍，其实他的目的只有一个——找到飞行队的金匪，尤其是塔什哈。

当土匪的多为亡命之徒，脑袋瓜子掖在裤腰带上，全然不计生死，而且狡猾异常，仗着熟悉山里地形忽聚忽散，经常化整为零，从剿匪部队的眼皮子底下溜走。土匪一旦脱身，便会躲入深山密营，或是回到地方上继续当老百姓，装得和没事人一样，等风声过去，就再次啸聚作乱，很难彻底将其歼灭。经过数次交锋，大腮帮子总结出一条规律，各个绺子的组织结构大同小异，不论下边有多少人马，均以大当家的马首是瞻，这叫“家有千口，主事一人”。大当家又叫顶天梁，顶天梁一倒，必定房塌屋毁，正所谓“射人先射马，擒贼先擒王”，剿匪的重中之重在于擒杀匪首，一旦活捉或是击毙匪首，这一股土匪群龙无首，定然各自逃窜，很难东山再起。如果让匪首跑掉，十有八九还会召集人马卷土重来，很容易死灰复燃。大腮帮子所在的剿匪部队，对躲入深山的土匪穷追猛打，消灭了几十个或大或小的土匪头子，使敌闻风丧胆。深山老林的土匪都知道有这么一个侦察排长，火眼金睛，神出鬼没，双手使枪，百步穿杨，遇事总能想到别人前头，撞不上是走运，撞上了就得赶紧跑，跑慢了命难保。在剿匪部队的穷追猛打之下，直至辽沈战役展开之前，东北各地匪患基本肃清，奉命剿匪的部队基本上只有继续追击残匪、巩固根据地的任务了。

有这么一股土匪苟延残喘，盘踞在人迹罕至的高山密林之中，匪首四十来岁，长得凶神恶煞一般，面红如血、头大如斗，常穿八卦仙衣，不人不鬼，半妖半道，身怀绝技，擅使飞刀，报号“常青龙”。此人的来头扑朔迷离，让人捉摸不透，有被擒获的土匪俘虏供述，长了一张大红脸的常青龙，系十二年前从关外来到此地，关于常青龙之前的种种行径，不仅剿匪部队知之甚少，在各路土匪中也是无人了解。只听说他当初单枪匹马就敢起局建绺，先后吞并了几个山头的绺子，收编了不少散兵游勇，那些土匪之所以对他死心塌地，皆因这常青龙混迹山林凭的不是枪法和刀法，而是妖法！

相传东汉末年的张角，就是用妖法蛊惑人心，揭竿而起，一呼百应，创立太平道，发动黄巾起义，从者达百万之众。至于常青龙使的什么妖法，向来众说不一，有人说他身怀异术，能够画符念咒，凭空取人首级如同探囊取物反掌观纹，也有人说他是常家门，擅长遣将招神，“胡黄常蟒鬼”五路仙家全得听他的调遣，更能呼风唤雨、喷云吐雾、撒豆成兵。反正传得挺邪乎，就有说是以讹传讹的，因此有人信也有人不信。另据民间传言，匪首常青龙凶残至极，砸窑、绑票从不留活口。关东胡匪本有五清六律、七不抢八不夺，像什么僧道尼姑、干摆渡的、挖棒槌的、开药铺的、开大车店、受伤带残的、办红白喜事的，等等，即便是杀人放火的浑绺子，也不允许抢夺。倒并非是什么“盗亦有道”，而是土匪这一行自古留下的规矩，毕竟土匪也是人，免不了遇上三灾六难，有个马高镫短的时候，不能真把事情做绝了。但是常青龙不管这套，整个一个“猴子举棒子——胡抡”，而且残忍成性，砸窑抢钱不说，还杀人成瘾，经常平白无故下山抓人，不论老幼妇孺、贫富贵贱，什么人都往山上抓，有的穷光棍连饭也吃不上，没有钱财衣物可抢，更当不了肉票换钱，那也照抓不误。老百姓不明所以，只听说凡是让他抓去的人，再没一个可以活着下山，据传说都让他生吞活嚼了，吃的人越多道法越高，道法越高就越能肆无忌惮地杀人越货。如今的常青龙招亡纳叛，收编了好几股残匪，加上残匪“靠窑”带来的武器弹药、地图情报，势力比之前扩充了一倍有余，麾下不仅有左右军师、四大天王、八大护法，还有五六百号崽子，百十来匹日本人留下的东洋马。绺子里枪弹粮草充足，以深山老林为巢，占据了二有山老虎背，凭借天险，跟剿匪部队摆起了肉头阵，在山上以逸待劳、固守不出。

为了消灭盘踞在二有山老虎背的土匪，剿匪部队先后三次派侦察分队前去探路，可是不知道什么原因，侦察分队每次进山走不了多远，就会在山里遇上突如其来的浓雾。漫山遍野的大雾说来就来毫无预兆，这个雾来得十分蹊跷，不知道从哪儿冒出来的，纵然刚刚还是艳阳高照晌晴白日，浓雾也能在眨眼之间笼罩山林，聚而不散，遮蔽了天日，目光所及白茫茫的一片，三五步之外什么也看不见。非但如此，更要命的是浓雾中竟然有蛇，可不是一条两条，战士们前脚刚踏进浓雾，草丛、灌木里立即传来窸窸窣窣的声响，四面八方由远及近，不断有蛇钻出来，挂在树上的也有，大的小的、有毒的没毒的、花花绿绿不计其数，或蜿蜒游走，或昂首吐芯，看得人头发根子直往上竖。侦察分队的战士个顶个能征善战，却不知如何对付蛇群，几个人背靠背站成一圈，又怕暴露位置不敢开枪，更何况子弹能够对付土匪，却对付不了这么多的蛇，只得用刺刀挑了几条离得最近的蛇，怎奈大大小小的蛇中了邪一般不顾死活拼命往上冲，在周围越聚越多，几乎连成了片，挤成了墙。有几个战士躲闪不及让毒蛇咬了，便即脸色铁青、嘴唇发紫、口吐白沫、躺在地上止不住抽搐，其余的战士只好带上伤员，舍命冲出蛇群，被迫退回了出发地。打了这么多年仗，战士们枪林弹雨也没人退缩，没想到今天让蛇群逼得无路可走。接连三次遇上同样的情况，总共伤了十几名侦察分队的战士，剿匪部队的首长问明来龙去脉，认为侦察分队在山里遇上的浓雾、蛇阵绝不寻常，头一次遇上这么棘手的问题，他立刻想到大腮帮子。首长曾是大腮帮子的战友，对他最为了解，知道他当过十几年猎户，熟悉山中的毒虫猛兽，应当有破蛇阵、解蛇毒的法子，剿灭盘踞在老虎背上的土匪非他不可，就派通讯员传令去调大腮帮子，当务之急是救治被毒蛇所咬的伤员。

这些时日，大腮帮子也没闲着，正在三百里之外一个叫苍龙背的地方，围歼另一股悍匪。苍龙背与老虎背相距虽远，但同属二有山一脉，两座山头同样是陡峭险峻、易守难攻的绝险之地，苍龙背大当家的吴罗锅，也是个臭名昭著的土匪头子，手底下有两百来号土匪，与常青龙臭味相投，二人是结拜兄弟。吴罗锅仗着山势险要、人多枪杆子硬，在苍龙背负隅顽抗，与剿匪部队打了两天两夜，双方各有伤亡。大腮帮子见久攻不下，就跟营长商量，让他布置队伍继续在正面佯攻，加强火力吸引敌人注意，自己带侦察排从后山上去。等到天黑之后，他带领侦察排沿着后山的峭壁攀上山顶。苍龙背山势险峻，后山危崖陡峭，野兽也上不去，所以山顶没有土匪把守。打蛇打七寸，侦察排冒着九死一生的危险，如同一把尖刀直插敌人命门，在夜色的掩护中摸进土匪老巢。此时剿匪部队在山下与土匪交火，枪炮声在深山密林中阵阵回荡。后山上却没有巡逻的崽子。两排棚屋黑灯瞎火，唯有当中一间大屋灯火通明。大腮帮子估摸这是匪首的住处，捅破窗户纸趴在窗棂上往里一看，吴罗锅和几个土匪正在厅堂之上喝酒吃肉。此时山下打得热闹，枪声手榴弹声不绝于耳，这吴罗锅倒也淡定，反正如果顶不住剿匪部队的进攻，他也是难逃一死，不如及时行乐。大腮帮子行事向来干脆麻利，最擅长不按常理出牌，也不打声招呼，在外面瞄准吴罗锅扳动扳机，子弹飞出，正中吴罗锅眉心。吴罗锅应声栽倒在地，到死也不知道是什么人开的枪，稀里糊涂地丢了老命。大腮帮子一挥手，带领战士往里冲。屋内众土匪见大当家的吹灯拔蜡了，立刻乱成了一锅粥，吴罗锅身边蹿起一人往外就跑。大腮帮子瞅见此人头戴道冠，身披肥大道袍，往脸上看，一脸大麻子，留着连面胡子，说黑不黑，说红不红，他抬手一枪，当场打倒了这个道士。接下来侦察排与正面佯攻的部队里应外合两面夹击，打了土匪一个措手不及，一举歼灭了苍龙背的土匪。这次战斗活捉了三十几个土匪，其余的被尽数击毙，不曾走脱一个。正在打扫战场之际，一名通讯员骑着快马一路飞奔上山，告诉领兵带队的营长，首长急调大腮帮子去老虎背支援。大腮帮子心知军情如火，来不及休整，也没问到底出了什么事，就跟着通讯员快马加鞭赶赴老虎背。部队首长见到大腮帮子，顾不上叙旧寒暄，给他下了死命令：第一，赶紧想办法为受伤的战士治疗蛇毒；第二，尽快探明老虎背的底细，全力以赴歼灭这股土匪。

正所谓“十道九医”，大腮帮子是道门出身，又在山里当过多年猎户，虽然不通医理，说不出个子丑寅卯，却懂得救治蛇毒，也会找解毒的草药。事不宜迟，他立即带人去山里找一种名为“走马芹”的草药，好在这东西并不是什么稀罕之物，漫山遍野随处可见，茎像竹子节节空心，叶子如扇子一般七横八竖，走马芹本身也是剧毒之物，不能口服，只可外敷，以毒攻毒，再佐以松香、雄黄等物，专克蛇毒。一用之下，伤员的情况立刻有所缓解，多亏大腮帮子及时赶到，部队才没出现死亡减员。不过走马芹治标不治本，解得了蛇毒，却破不了蛇阵，下次进山再遇上蛇阵又该如何应对？部队进不了山，又如何剿灭土匪？

剿匪部队出师不利，接连几次受挫，大腮帮子暗觉古怪，却没个头绪，只在心中揣测，这浓雾与蛇群或许与匪首常青龙的妖法有关。一筹莫展之际，冷不丁想起当地有个顶仙的妇道，关照着周围十几个屯子，据说也是“胡黄常蟒鬼”五路仙家中的常家门，“胡仙”就是狐狸，“黄仙”是黄鼠狼，又叫黄皮子，“常”指的是蛇。当年东北老百姓信奉顶仙，搬杆子顶仙的人有一半是天赋异禀，打小身子就弱，眼里看见过不干不净的东西，容易招惹狐鬼，如果这个人想靠这个事整俩钱儿花，那正好中了狐鬼的心意，就给这人“串窍”入魂，自此魂魄腾空，人半死不活的。串完了窍，狐鬼还要养“堂口”，就是去阴间招兵买马，以便有小鬼儿帮着办事跑腿。顶仙的给别人看事叫作“出堂”，能为他人消灾解难，给牲畜治病，能收魂，能圆光，通变如神，法力无边，只有别人想不到的，没有他干不了的。仙家牌位供奉在家中或堂口，牌位上的名字也跟屯子里的人名一般无二。老百姓遇上为难着窄之事无计可施，就去求助搬杆子顶仙的，久而久之形成了关外独有的风俗。大腮帮子心里琢磨，那个神棍是否真能请仙上身不好说，但是吃这碗饭的跟人熟，跟蛇更熟，至少以往山上打猎挖棒槌的人都找她讨药避蛇，且百试百灵，或许顶仙的有什么法子可以突破蛇阵。大腮帮子打定主意，就借取避蛇药的机会，上门造访这个顶仙的妇道。

大腮帮子换上一身便装，沿途打听找上门去，山林子里满世界都是红松白桦紫椴，远看即是五花山色，山麓里飘来缕缕炊烟，景色美不胜收。顺着炊烟看去，顶仙的妇道住处和普通人家相差无几，并没有什么独特之处：干打垒的围墙，两间半土坯房，屋顶铺着茅草，外墙刷着土黄色的泥浆，上头挂着一串串黄玉米、红辣椒，院子里的地面平整密实，打扫得挺干净。大腮帮子站在门外拔高嗓门问了一句："在家吗？"过了片刻，屋中传出一个女人的声音："谁啊？门没插，进来吧。"大腮帮子推门往里走，进到屋中，见一个四十来岁的妇道盘腿坐在一侧的土炕上，身穿一身青布裤褂，脚脖子上扎着绑腿，往脸上看，青里透黄的一张脸，太阳穴上贴着一块黑膏药，一嘴黄板牙，腰里别着一杆烟袋锅，却并未点着，抽的是手卷纸烟喇叭筒，两手的指甲又尖又长。屋角的大瓦缸中有一条二尺来长的五花蛇，正对大门的墙下是张供桌，香蜡供品摆得满满当当，供品全是平常人吃的东西，不过是一篮子鸡蛋，一小碟白糖，半瓶子豆油，几个馒头之类，香炉当中插着三炷大香，燃烧过半，屋里烟雾缭绕，异香扑鼻，这香味似檀似麝，闻了让人觉得心平气和。供桌后的墙上挂了一幅画像，画中是个人首蛇身的神怪在半空腾云驾雾，周围是各种各样的蛇，有的还长了双翅，画像不知道挂了多少年，纸张泛黄，图案褪色，四个角都卷了边。供桌两侧分列赤、橙、黄、绿、青、蓝、紫、黑八色幡旗，各绘毒虫猛兽，旗子上面也布满了灰尘。

按东北民间的说法，山林冻土阴气湿重，别说胡黄鬼魅想得道成精求个人形，就连草木都带着几分仙气，时不常从树瘤子里"咕咚咕咚"往外冒血，成了精就有老百姓供奉，总有人来大树底下烧香上供，许愿还愿，披红挂彩。大腮帮子久居关外，见识过这路人的手段，对顶仙这一套略知一二，进门抬眼一看，便知是座堂口，供桌两旁的令旗，当是调兵遣将号令各路仙家的法器，大瓦缸中的五花蛇，想必就是神棍口中的常大仙真身。大腮帮子表明身份，说剿匪部队的战士被蛇咬了，问顶仙的讨蛇药方子。搬杆子顶仙的吃的就是这碗饭，隔三岔五就有人来家中求药，故而见多不怪，从炕头上取过一个方方正正的小药匣子，伸手进去捏出一个小油纸包。这东西没有白给的，顶仙的妇道平时也是看人要价，遇见有钱的主儿，时常故弄玄虚东拉西扯，说上一堆玄而又玄危言耸听的话，等对方害上怕了，再趁机多要钱，可一听说登门的是剿匪部队，虽然一没穿军装，二没挎着盒子炮，可那也惹不起，吃这碗饭的不惧神鬼却怕人祸，她摸不准大腮帮子的来路，干脆送个顺水人情，又讲了几句冠冕堂皇的话。大腮帮子毕竟有求于人，也客气了几句，弯腰接在手中，打开一看不禁大失所望，无非是些松香、雄黄之类，与自己所用之药没什么不同。他嘴上没有言明，心里头可犯了嘀咕，怀疑顶仙的不能对付蛇阵，转念一想，来都来了还是问一句吧。顶仙的最擅长察言观色，还没等大腮帮子开口，就在面前摆了个铜盘，又朝着里屋喊了一声，叫出来一个傻徒弟，三十来岁的一条蠢汉，穿一身黑袄黑裤，头上顶个八块瓦的破帽子，下巴上胡子拉碴，脏兮兮不知几年才洗上一次脸。相传顶仙的收徒弟，实际上就是找个伺候香火的使唤人，传不了任何本领，端茶倒水什么活儿都干，还不用给工钱，但凡有口饭吃，也没人愿意干这个。傻徒弟跪在地上，捏碎烟叶子放在黄符上卷成纸烟，递到神棍手中打火点上。神棍紧闭双眼，皱着眉头，紧嘬了十几口烟，不过只嘬不咽，眨眼这一支烟少了一半，再开口说话的时候，调门和嗓音全变了，仿佛坐在炕头的另有其人，出口语速极快，但是说不了两句话，她就得猛嘬半支烟。傻徒弟手底下一刻不停地卷烟，给她一支接一支地续上。顶仙的神棍一手捏着纸烟，一手敲打法鼓，转眼之间，那个铜盘子中的烟头、烟灰就堆满了，屋子里烟雾缭绕，呛人口鼻。大腮帮子心知肚明，此时盘腿坐在炕上一边喷云吐雾一边说话的人，已经不是刚才那个妇道了，而是画像中半人半蛇的常大仙，它的真身则在那口大瓦缸中。

且不论装神弄鬼与否，常大仙断断续续云山雾罩的一番话，倒让大腮帮子吃了一惊。它说：“妖风盘踞老虎背，你欲进山不得为，云雾雨露皆有时令，岂能常聚不散？”一语就道破了大腮帮子的来意，不等大腮帮子追问，接着说道：“你们那么多人马进山，山里的蛇避之尚且不及，怎会成群结队在雾中咬人？皆因奉令调遣，不得已而为之。你有所不知，匪首常青龙乃旁门左道中人，是我常家门的败类，虽然本仙早有清理门户之意，怎奈却不是他的对手，只因此人手上有一道令牌，精通驱遣之术，不仅能够呼风唤雨，还可以调遣‘胡黄常蟒鬼’，如若等闲视之，只恐凶多吉少！”

2

顶仙的出马，也叫看香、出堂，吃这碗饭的地马负责上传下达，把凡人的请求传达给仙家，再把仙家的指示带给凡人。匪首常青龙为祸多年，经常在这一带劫掠，杀人放火没有他不干的，有不少人被他逼得家败人亡，有很多被他抓上山去的老乡，活不见人死不见尸，当地老百姓对其恨之入骨，不乏有人找到这个搬杆子顶仙的，焚香进贡，舍钱许愿，烦请常大仙显灵清理门户，收了匪首常青龙，给老百姓留条活路。顶仙的神棍托神附鬼，也费了老鼻子劲了，可是想除掉常青龙这个占山为王的凶神恶煞，却又谈何容易？为了面子又不得不应承下来，只搪塞说天机不可泄露，待到时机成熟，常青龙必定难逃劫数。正在此时，突然冒出个剿匪部队的大腮帮子，简直是天上神兵下界。顶仙这一宗本事靠的就是见风使舵，借力打力，正好借机将土匪的底细告知大腮帮子，助其一臂之力，为民除害，一旦成功，就能以此忽悠老百姓了。说完又从身后炕头拿了五块药饼和一面三角小旗递给大腮帮子，这小旗用几块绸布拼成，说黄不黄说红不红，中间绣着腾云驾雾人首蛇身的神怪。临走之时，顶仙的又点手叫过大腮帮子，附在他耳边，传了他一个破蛇阵的法子。

大腮帮子虽将信将疑，却也谨记在心，谢过顶仙的神棍，回到营房驻地，把她给的松香、雄黄用水化开，帮受伤的战士敷上，蛇药的效果果然是立竿见影，看着那几人脸上渐渐有了血色，心知已无大碍，这才松了一口气，对这顶仙的神棍多了几分信服。当天夜里，大腮帮子翻来覆去想了整整一宿，琢磨出一个对策，根据目前的形势来看，匪首常青龙占据天险易守难攻，又擅长以妖术邪法布阵对敌，蛊惑人心。在以往来说，剿匪部队从不打无准备的仗，知己知彼才能百战不殆，眼下却对山上的情况一无所知，而且没有重武器，即使到了山下发动强攻，遭受的损失也不会小，更没把握除掉匪首常青龙。看来剿灭这股土匪，非“以其人之道，还治其人之身”不可，所谓“道高一尺，魔高一丈”，不用些非常手段，恐怕降伏不了这个作恶多端的匪首。

转天一早，大腮帮子出了营房，直奔二有山的山坳，此前来时他已留心，山坳里有一座破败的道观，看上去尚未荒废，心里琢磨只要尚有香火，就定有道人主持。他走入观中一不拜神，二不烧香，直接找到守庙的老道，掏出钱来要买老道浑身上下的行头。那个老道虽说平日里隐居深山，但也久走江湖阅人无数，一看大腮帮子表面上和颜悦色，眼角眉端却隐隐带着一股子煞气，知道此人不好惹，万一怠慢了，只怕引来无妄之灾。虽然不知道要买他这身破道袍做什么，却真不敢卖，老道实话实说：“不是我不肯卖给你，实在是只有这件道袍，要是把这身行头给了你，我就得光着腚，出不了门还不得饿死？军爷您也是明白人，做事也要讲究点分寸不是？”大腮帮子说那还不好办吗，他也不避讳，浑身上下脱得只剩下一条裤头，连皮帽子都摘下来了，跟老道说："您拿着这个钱，穿上我这衣服，再去置办新的，您这一身我必须穿走，等事成之后我再给您还回来。"老道乐得交换，当即脱了道袍。大腮帮子又在道观中挑了几件法器，就在道观里穿戴整齐，径直来见部队首长。首长端详了半天，才认出眼前这老道竟是侦察排长大腮帮子，见他不知从哪儿找来一件打满补丁的青布道袍，身背一柄北斗桃木剑，上嵌七枚铁钉，左手摇铃右手打幡，分明是一个行走江湖的道人。大腮帮子祖辈在胶东二仙观做了几代持宝道士，不说与生俱来的道骨仙风，扮个江湖道人却也毫无破绽。首长问他这是想干什么，大腮帮子一摇手中铃铛："'不入虎穴焉得虎子'，贫道准备上山一探究竟，会一会常青龙这个王八犊子，如果成了，给他们来个一勺烩！"

根据之前的情报，常青龙这股土匪盘踞的山头是处天险，当地百姓称之为老虎背，上山仅有一条绝径，两侧皆为悬崖陡壁，一不小心摔下去，就是个粉身碎骨，连尸首都没处找去，真可谓"一夫当关，万夫莫开"。皆因此山形势险恶，当地人放山挖棒槌、采蘑菇、打猎常常遭遇不测。因此早年间在山顶上造了一座宝塔寺辟邪镇压，由于山高林密，又在绝险之处不通人烟，久而久之门可罗雀，现如今香火已经断了几百年，宝塔也不复存在，寺内大小房屋倒的倒、塌的塌，仅有天王殿留存至今，被常青龙等一众土匪当成了聚义分赃厅。首长深知这股土匪不好对付，如果有人可以提前上山侦察，做到知己知彼固然再好不过，但是不明白大腮帮子为何要扮作一个老道。

大腮帮子告诉首长，在剿灭苍龙背那伙土匪时击毙了一个老道，之前仔仔细细了解过那伙土匪的来龙去脉，知道那个老道姓吕，投靠苍龙背大当家的吴罗锅日子不长，自打剿匪以来，各个绺子据守自保，轻易不敢下山，估计没跟别的山头打过照面，自己在道观长大，熟悉道门中的举止做派、言语规矩，正好可以扮作那个吕老道，上山会一会常青龙。首长不同意，“山上的土匪什么人都有，你剿匪多年，万一遇上打过照面的残匪，被眼尖的认出来，岂不是羊入虎口枉送了性命？”大腮帮子嘴上不说，心里却有法子，当年江上飞传过他一个绝招，用草药涂面抹须，扮成一个大麻脸的红胡子，又叫破了嗓子，变成一副公鸭嗓，再把腰往下一塌，别说土匪了，就连朝夕相处的战友也认他不出。他告诉剿匪部队的首长，土匪占据的老虎背天险易守难攻，想除掉匪首常青龙，应当如此这般、这般如此，来一招调虎离山！

大腮帮子所说的计划，换了别人可能不信，指挥剿匪部队的首长却一向信得过大腮帮子，因为他俩是多年的战友，见识过大腮帮子的本领，更知其为人一向内敛，既然夸下海口，必有应对之策，只不过此行凶险不言而喻，说是九死一生也不为过，经过再三考虑，终于同意了大腮帮子的请求，嘱咐他千万多加小心，不可轻敌。同时派出一支精锐部队，按大腮帮子所说的计划展开行动。

大腮帮子没有声张，从部队驻地出来，一个人悄没声儿地进了山，没走多远，眼见密林深处迷雾陡起，遮云蔽日，白茫茫一片看不见路，周围传来窸窸窣窣的响动，想必是毒蛇出洞了。好在这一切都在他的预料之中，倒也不慌不忙，按顶仙神棍的指点，捡起树枝在地上画了三层圆圈，一个比一个小，又摸出两块药饼，捻碎了撒在最外层的大圈之内，自己站在正中。没过多久，浓雾中的蛇越来越多，土蛇、蝮蛇、金环蛇、银环蛇、乌梢蛇、青梢蛇，以及各种叫不出名目的怪蛇，层出不穷个个争先，粗的细的长的短的令人眼花缭乱，有的赤如朱砂，有的绿如青铜，有的黑如胶漆，有的白如雪练，有的青同蓝靛，有的黄比老姜，在雾中忽隐忽现，这个走了那个来，俨然进了万蛇阵，空气中弥漫着一股阴冷的血腥之气，大腮帮子纵然胆大包天，但是头一次瞅见这么多蛇，也不由得头皮发麻。可说来也怪，没一条蛇进得了地上的大圈。大腮帮子见了眼前这一幕，把悬着的心放下了一半，然而过不多时，又来了许多杂色斑斓的蛇，一条条目露凶光，吞吐长芯，有的抬起半个身子扭来摆去，有的紧贴地面快速滑行，显然比之前的蛇毒性更猛，相继钻入了头一个圈子。大腮帮子已知顶仙的法子有用，见状并不着慌，从怀里摸出剩下的三块药饼，用火点上冒出黄烟，撒在地上将来蛇挡在第二层圈外。群蛇虽然进不了圈内，可是并不就此退去，蛇头高高昂起围在圈外，时不时往圈内试探，却没有一条蛇敢进来，都吐着芯子盯着他。如此僵持了好一阵子，忽听摧折枝叶的声响由远而近，如同风雨大作，阴气凛然，转瞬到得近前。大腮帮子嗅到一股刺鼻的腥气，同时瞅见一缕黑气直入黄烟，他心头一紧，知道蛇王来了！他以往在山中打猎，经常遇上毒蛇，都是靠雄黄、硫黄之类药物趋避，可是从没见过蛇王。当即闪目观瞧，本以为这蛇王怎么也得是水桶粗细，头大如斗，眼似铜铃，哪承想是一条筷子粗细的小黑蛇，通体漆黑，泛着暗光，头顶一道隐隐约约的红线，疾如风快似电穿过蛇阵，别看个头不大，出来的响动可是惊天动地，透出一股子难以言说的邪性。刚刚布下的两圈药饼对此蛇简直形同虚设，它钻入圈内直奔大腮帮子而来。大腮帮子哪敢怠慢，没等那条蛇来咬他，就从怀中掏出三角小旗，左手用力一抖，呼啦啦迎风展开，只见小黑蛇落在地上，连同四周的群蛇，全都朝向那面三角小旗。他连忙用右手擦亮火折子，当着蛇王的面把三角小旗烧成灰烬。按顶仙的神棍所言，这么做才可以让蛇王不受令牌调遣。此法立竿见影，小黑蛇如同钉在了地上，面对燃烧的令旗一动不动，等到令旗完全化为灰烬，它若有所悟，吐了两下芯子，率领蛇群掉头而去，蛇群来得快去得也不慢，转眼不见踪迹，又过了一会儿，密林中的浓雾也散开了。

大腮帮子破了蛇阵，抬手擦去额头的冷汗，纵身跳出圈外，一路顺着小径走入深山。沿途再无阻碍，他观看周遭地势，估摸快到土匪设卡的关口了，故意放慢脚步，一边走一边哑着嗓子高声念诵道歌："着青衣、戴黑帽，驾鹤西行你开道；两道符、一张嘴，走遍天下不怕鬼……"高诵道歌是假，以此引出巡山的崽子是真。果不其然，从路旁蹿出几个土匪，都是短衣襟小打扮，歪戴着帽子，脚蹬洒鞋，横背竖挎着步枪，肚子上松松垮垮系着一圈子弹袋。其中一个二话不说拉开枪栓，朝大腮帮子脚底下开了一枪，这一枪是让来人别再往前走了，同时也是给附近的土匪报信儿。大腮帮子忙停住脚步，正了正头上道冠，稳了稳手中幡杆，冲那几个土匪叫道："闭着火闭着火，里码人！"意思是说，别开枪，是同行。为首上来一个土匪头目，胯下骑着匹青色驽马，身上黑衣黑裤，敞胸露怀，小腿肚子上打着绑腿，头上戴一顶狗皮帽子，斜挎着盒子炮，双眼如炬，见大腮帮子口中说的是黑话，又是个道士打扮，大麻脸红胡子，穿的破衣烂衫，举手投足透出几分匪气，不像个好人样，就对开枪的崽子一摆手。举枪的土匪仍十分警觉，只是稍稍压低了枪口，叫大腮帮子站着别动。

浑绺子也不是见人就杀，通常都要先对几句黑话盘一盘道，以免误伤了自己人。何况大腮帮子孤身一人，没带刀枪，又扮成一个打幡摇铃的道士模样。盗贼响马没有不迷信的，杀人放火的更怕因果报应，见了道门中人多少也得高看一眼，给自己积点阴德。那个头目从腰里拔出盒子炮，骑在马上一抖缰绳，往前提了几步，用枪口往上顶了顶头上的狗皮帽子，指着大腮帮子大声喝问："哪路的化把？"说白了就是问从哪儿来的老道，大腮帮子不慌不忙慢慢悠悠地答道：“裂梗子啃脏水的，打头扒串子，踏错了条子。”这是说在别的山头混饭吃，因为在林子里遇上蛇了，所以误入此山。土匪头目知道大当家的在山中下了阵符，从没有人破得了，这个道士居然毫发无损地走了进来，可见道法高强，真不是白给的，他不敢擅专，翻身下马抱腕过肩，对大腮帮子行了个匪礼，说道：“既然是里码人，就请上山去跟我们大当家的碰碰码！”这句话正中大腮帮子下怀，把铃铛幡杆往身后一别，腾出手来还了个礼，口中应道：“好说好说。”那个头目就让两个崽子一前一后，把大腮帮子浑身上下摸了一溜够，发现他既没带枪也没带刀，身上无非是一些老道常用的零碎，心又放下一半，掏出一条黑布，蒙在大腮帮子眼上，牵上他往山上走。

大腮帮子两眼一抹黑，一路跟着土匪崽子前行，什么也瞅不见，心里头却明明白白，脚底下故意磨磨蹭蹭、磕磕绊绊地往山上走。土匪头目骑在马上连声催促，可是不催还好，一催大腮帮子反而停下来不走了，“我蒙着招子什么也看不见，想快也快不了，要不然这么着，让你那小兄弟背着我走吧。”崽子一听急了，过去往大腮帮子的小腿肚子踹了一脚，又用力一拽绳子，“你个牛鼻子老道话还挺多，我自己都懒得走，还背你？再不快走，小心爷爷给你摘了瓢儿！”大腮帮子也不急也不恼，脚底下慢慢吞吞，嘴上嘻嘻哈哈，凭周围的响动以及土匪之间的对话，推断出各个关口中有多少崽子、这个山口到那个山口之间相距多少步、上下多少登台阶、打的是什么口令，看上去不动声色，其实早将这一切暗记于心。

等来到山顶上，天色已经黑了，有个土匪扯掉他眼上的黑布，大腮帮子揉眼一看，身在一处庙宇殿堂之下。可以看得出来，虽说是深山老林里的一座破庙，但是当初建的时候真没少下本儿，墙体用块石砌成，大殿左右各有一耳门，前后有廊道，布局严谨，上靠危岩，下临深谷，周遭遍布苍松偃柏，正是“深山藏古寺，茫茫树生烟”。此时大殿之内传来一声喊：“带上来！”几个土匪就推着大腮帮子进到大殿之内，殿内既无如来、观音，也无天王、韦陀，更无香火供奉，想必此处正是被土匪当成聚义分赃厅的天王殿，四面墙隔几步远就立着一个石头灯架，上面摆放青铜灯盏，火苗蹿起老高，照得大殿里亮如白昼。大腮帮子神色从容，举目环顾四周，但见周围站了一两百号土匪，黑压压的一大片，有丑有俊、有胖有瘦、有高有矮、有白有黑，一个个神头鬼脸、插刀挎枪。这些杀人如麻的土匪横眉立目龇牙咧嘴：有的一脸怒容，形似金刚护法；有的面无表情，如同行尸走肉；有的凶神恶煞，好似索命的阎罗；有的哭丧着脸，就像别人都欠他的钱。百余道目光齐刷刷盯在大腮帮子脸上，这也就是熊心虎胆的大腮帮子，换旁人见了这等阵势，当场就得尿了裤子。聚义分赃厅的正前方，摆放一张交椅，靠背上倒铺一张虎皮，老虎大头朝下，两只前爪趴在地上，虎尾搭在靠背顶部，后爪伸到靠背后面，虽然明知是一张虎皮，但看上去也让人心生畏惧。那椅子上端坐一个红脸大汉，大腮帮子定睛一看，当真奇了怪了，此人的脑袋大出了号，像胡萝卜上顶了个大号南瓜，扁平扁平的一张脸，两道扫帚眉，一对暴凸金鱼眼，塌鼻子扇风耳朵，瘪嘴大龇牙，两寸多长的头发四分黑六分白，钢丝一般根根直立，粗胳膊长腿，大手大脚，腆着个大肚子，穿一件九龙八卦仙衣，搂海带、撒金钉，盘龙飞凤绣麒麟，脚踩飞虎靴，一左一右斜挎两把大镜面，枪把上缀着大红灯笼穗，不用问也知道，此人正是恶贯满盈的匪首常青龙。他身边另有四名膀大腰圆的土匪，分披青、黑、黄、红四色大氅，皆插双枪，站在当场杀气腾腾，想必是其手下的四大天王，也就是四大炮头。

不容大腮帮子多看，那个披红色大氅的炮头上前一步，大氅呼啦啦卷起一阵风声，下巴往上一扬，开口对大腮帮子说道：“百家姓出万家名，报报迎头什么蔓儿？”大腮帮子晃了晃手中铃铛，哑着破锣般的嗓子稳稳答道：“各位当家的辛苦，在下双口蔓儿。”炮头双手抱拳举过左肩头，称了一声：“原来是吕道长，请了，请了！”大腮帮子也还了个匪礼：“好说，好说。”这话还没落地，又上来一个身披黑色大氅的炮头，挡在穿红色大氅的炮头身前，一双眼睛恶狠狠盯着大腮帮子，问他从哪儿来到哪儿去，到此探山意欲何为？怎么破的万蛇阵？大腮帮子事先编好了一套说辞，自称从关内来到关外，与苍龙背大当家吴罗锅是八拜之交的生死兄弟，怎奈两天之前吴罗锅的山头让人家平了，自己侥幸脱险，不得已当回了游方的道士，想逃回关内寻个活路，为了避开盘查，不敢走大路，只能往山里钻，途经此地忽然遇上漫山遍野的大雾，又不知何故误闯蛇阵，他身为道门中人，虽有对付蛇阵的法子，却在浓雾中走转了向，以至于鬼使神差遇上巡山的弟兄，才被带到此地。

大腮帮子口若悬河滔滔不绝，那个披黄色大氅的炮头听得不耐烦，抢步上来围着大腮帮子连转了三圈，接下话头，问大腮帮子：“你既然认识吴罗锅，那不妨说说吴罗锅使什么家伙，有什么本事？山上多少喷子？多少崽子？四梁八柱的能耐、长相、名号？砸过哪个窑？绑过什么票？”这对大腮帮子来说简直易如反掌，剿灭吴罗锅之前，苍龙背山头的底细已经被他的侦察排摸得一清二楚，当场对答如流，所言历历如绘，听得那个穿黄色大氅的炮头连连点头，也没了脾气。话已至此，聚义分赃厅里的一众土匪崽子大都觉得这位吕道长是自己人，可是前面三个人都问了，穿青色大氅的那个炮头可能是觉得不提个问题太没面子，此人一脸淫邪，往前迈了一步，眉眼一挑问道：“你说你跟吴罗锅八拜之交，可知吴罗锅有个相好的？”大腮帮子哈哈一笑道：“这位当家的还真是什么都知道，吴罗锅以往下山猫冬，必定去找芍药，那个小骚娘儿们长得前凸后翘，细眉毛瓜子脸，真叫一个水灵，谁看了都想掐上一把，其实她家里头有男人，可她不安分，嫌自己男人又窝囊又穷，就跟吴罗锅靠上了，吴罗锅一去，她男人就被赶出去跟驴睡一屋，到得黑晌吹了灯，这屋的小娘儿们叫一声，那屋的驴叫一声，甭提多热闹了！”大腮帮子调门儿一声高似一声，几句话惹得一众土匪浮想联翩，哄堂大笑。

常青龙身为匪首，为了让底下的崽子心存敬畏，平时必须少言寡语，别的土匪吵吵十句他不见得能回半句，显得城府极深，但是到了这会儿，就得他这个大当家的开口了，他正欲发话，突然打人丛中走出一个穿黑衣的土匪，来到大腮帮子面前站定。这个土匪个头不高，仰着脖子上一眼下一眼从头到脚打量大腮帮子。大腮帮子见此人精瘦干练，浓眉细眼一脸邪气，其中有一只眼珠子不会转，是个金琉璃，身上穿一身黑布裤褂，腰束板带，斜挎盒子炮，脚蹬黑色胶底鞋，鞋口镶着金边。大腮帮子不觉心头一颤，一股怒火直撞顶梁门，因为他认得这个土匪！正是当年带领飞行队，追剿他和江上飞的金蝎子，虽然从没这么近打过照面，中间又隔了好几年，但是江上飞正是死在此人手上，扒了皮也认得他的骨头，不由得心头一凛，再朝金蝎子走过来的方向望去，他身后的一个土匪，更让大腮帮子心神不宁，因为此人正是欺心负义的塔什哈！

大腮帮子眼中几乎喷出火来，只在这一刹那间，前尘旧事一齐涌上心头，五脏六腑隐隐作痛，恨不得立刻宰了这两个人，但是有剿匪任务在身，不得不强行克制，稳住心神，以免一时冲动致使前功尽弃。伪满时期的飞行队人数不多，多说二十来人，除了塔什哈和少数一两个人之外，其余的几乎全是金匪出身，长年钻山入洞，翻山越岭如履平地，还擅长使用雪橇，在林海雪原之中穿行如箭，双手沾满了抗联战士的鲜血。关东军战败以来，飞行队趁乱窜入深山为匪。大腮帮子从军剿匪，就是为了干掉这一伙冤家对头，给惨死在他们手上的江上飞和众多战友报仇。有道是“踏破铁鞋无觅处，得来全不费工夫”，又说是“有意栽花花不开，无心插柳柳成荫”，万没想到会在老虎背上这个绺子中碰上他们，看来飞行队在山里的日子不好过，实在躲不下去了，不得已投靠在了常青龙麾下。只因大腮帮子以江上飞传给他的匿形换貌之术，将个麻脸道人扮得出神入化，而且这些年他饱经风霜，从小鼻子劳动营到西伯利亚蒙古大漠这一趟逃亡下来，脸上遍布冻疮、疤痕，已和当年在山上打猎的大腮帮子判若两人，对头才没认出他来。可是当土匪的疑心最重，擅长察言观色，大腮帮子心有所思，不免目光有变，虽然仅在瞬息之间，却已经引起了金蝎子和塔什哈的注意。

塔什哈远远看着，越看越觉得这人眼熟，尤其那双细细长长的眼睛，总有似曾相识之感，他不敢大意，也往前走了几步，和金蝎子并肩而立，上上下下左左右右端详了一番大腮帮子，随后冲着四下里的土匪崽子们一抱拳道：“并肩子，敢问一声，诸位有没有认识吴罗锅的？”一众土匪七嘴八舌抢着回答：“有啊……认识……”塔什哈又问道：“不知哪位兄弟见过吕道长？”这一下聚义分赃厅中鸦雀无声，再没一个人接茬儿了。塔什哈转过头来，斜眼盯着大腮帮子，越看心里越觉得疑惑，他两个眼珠一转，附在金蝎子耳边嘀咕了几句，转回身对匪首常青龙一抱拳，说道：“大当家的，我也知道吴罗锅的绺子中有个吕道长，能掐会算挺厉害，可是前两天刚有消息，吴罗锅的山头全军尽没，一个崽子也没逃出来，怎么就他一个人全身而退？咱这山上又没人见过吕道长，谁知道眼前这人是不是冒充的，如今大敌当前，即便此人真是苍龙背的吕道长，也难保他不是探子，没准就是他点了吴罗锅的炮！人心隔肚皮，做事两不知，依我之见，不如一刀插了他，以免后患无穷！”塔什哈这番话虽然是冲着常青龙说的，可周围一众大大小小的土匪无不听得真真切切，话音一落，众人炸了营一般，纷纷大呼小叫，有的喊着要割下这吕道长的脑袋喂狗，也有的说即便吕道长不是自己弟兄，也同在绿林丛中混饭吃，不能无缘无故就给杀了，坏了道上的规矩可不成，七嘴八舌各说各的理，谁也说服不了谁。

常青龙坐在聚义分赃厅的虎皮交椅上，听着大腮帮子和四大炮头的对答，面沉似水，一言不发，心里可一直没闲着，直到塔什哈说要插了大腮帮子，厅内众人乱作一团，这才不慌不忙掏出枪来，枪口对着房顶子，冷不丁叭的一枪，子弹打在房檩上，众土匪吓了一跳，全都把嘴闭上了，大殿立马就恢复了死一般的沉寂。常青龙用手一指大腮帮子，阴恻恻地说道：“真金不怕火炼，身正不怕影斜，你说你是吴罗锅结拜的兄弟吕道长，我就派一路走阴串阳的报马，下去查你一查！”

原来常青龙手上有一道令牌，可以调遣胡黄常蟒鬼五路仙家，胡黄常蟒四路皆在尘世，这个鬼仙却不同，可以去阴间查事，最为邪门，纵然瞒得滴水不漏，派小鬼儿下去一查，就知道他的底细了。当场用一黑一白两张纸，撕成两个三寸来高的小纸人，随手往地上一扔，又从怀中摸出一道令牌，口中叫了一声“疾”！可不作怪，聚义分赃厅中阴风一卷，四周灯烛的红火苗瞬间变成了蓝色，全都暗了下来，黑黢黢看不清人脸，只见地上一黑一白两个小纸人，直挺挺立了起来，一阵阴风围着大腮帮子打转。虽然众土匪大多知道常青龙广有神通，真正见过的人可没几个，没想到如此邪乎，全看得目瞪口呆！

3

常青龙虽有邪法，大腮帮子也是有备而来。他进山之前听顶仙的说起过，匪首常青龙可以差遣胡黄常蟒鬼，比一般的胡黄常蟒多出一路鬼仙，所谓鬼仙，就是他拘来的孤魂野鬼，专替他跑腿办事儿，不论是否真有此事，为了确保万无一失，大腮帮子上山之前也剪了一个纸人，画以五官面目，用遁法让纸人代替自己，并用朱砂笔封住纸人七窍，背后写上生辰八字。这个生辰八字可不是大腮帮子的，他故意写了个四柱全阴的八字——僧道之命，贴身藏于心口，任凭哪路鬼差来查，看到的都是这个纸人，问不出大腮帮子的来路。

大腮帮子心里没底，脸上却要故作镇定，这法子当初听他那个当老道的爹念叨过，却从没用过，而今冒险一试，不知是否顶用，这也说不定是匪首常青龙故弄玄虚，只为察言观色，心里有愧的人，让这阵势一吓唬，无论如何过不了这一关。凭着胆大包天，大腮帮子硬着头皮站在当场，脸上虽然神色自若，背上可也出了一层冷汗。塔什哈和金蝎子在一旁恶狠狠地盯着大腮帮子，只想待常青龙一声令下，就立即下手干掉这个吕道人。

过了片刻，大厅中的灯烛又变亮了，两个小纸人倒在地上再也不动。常青龙哈哈一笑，起身说道：“我跟苍龙背吴罗锅有交情，吕道长既然是吴罗锅的拜把子兄弟，那就不是外人，来来来，先给道长上一碗‘梦头春’解解渴！”说罢一挥手，命人给大腮帮子倒上满满一碗烈酒。此话一出，众人就知道走阴串阳的鬼差盘查无误，大殿上剑拔弩张的氛围弥于无形，只有塔什哈和金蝎子愤愤不平，却也不好发作。大腮帮子双手接过酒来，一口气喝了个碗底朝天，把碗倒转过来朝众人示意，脸上显出得意的神色。常青龙挑起大拇指，赞了一声好酒量，群匪齐声附和。常青龙又说道："久闻吴罗锅麾下有位吕道长，擅长相形度势，敢问道长，我这老虎背形势如何？能不能与吴罗锅的苍龙背一较高下？"

这可问不住大腮帮子，他一捋红胡子，笑道："大当家的既然问起来，贫道我就斗胆说说，其实这两座山头都占尽了形势，苍龙背有腾达之象，不过四周无水，生气易散，是为旱龙局，迟旱龙困浅滩，所谓水止则气止，只看气数高低，所以吴罗锅才在阴沟里翻了船。老虎背则大有不同，形势厚实，积聚藏气，众兄弟虎踞于此，进可攻，如猛虎下山，退可守，若古槐盘根，进退自如，定当屡战屡胜！"大腮帮子所知不多，也就是打小听他爹说过的套话，还听盗墓的董阴阳讲过一些，仗着记性甚好，按葫芦画瓢侃侃而谈，信口开河一通胡诌白咧，应对装神弄鬼的草寇已绰绰有余。常青龙虽会邪法，对风水形势仅仅一知半解，听大腮帮子说得头头是道，心下更是十二分的受用，至此才相信来人是苍龙背的吕道士，当即传令搬浆子上啃，摆设山珍席。

占山为王、落草为寇的土匪，也不是整天大碗喝酒大块吃肉，平时饥一顿饱一顿，赶上过节能吃上白菜萝卜炖粉条子，那就很不错了，年底分大饷的时候也不见得摆山珍席。匪首一声令下，山上有会做饭的崽子，什么是山鸡野兔，怎么叫野果蘑菇，逐样烧炒扒焖、烤炸炖炝，小鸡炖榛蘑、野猪肉炖粉条子、酸辣兔子肉、葱油烧鹿筋、酸菜烩排骨、白扒猴头蘑，各式各样全整出来摆好了，打开酒坛子把酒倒上，立时酒香四溢，跟过大年似的那么热闹，就在聚义分赃厅中喝开了。一众崽子紧着忙活，吆五喝六，猜拳行令，都觉得这是沾了吕道长的光，纷纷过来给大腮帮子敬酒。

常青龙喝了几口酒，吃了几口菜，咂摸几下嘴，却似对桌上的山珍没什么胃口，皱眉道："咋不给吕道长整点儿好的？这等粗食如何下咽？"大腮帮子奇道："大当家的，山珍席还不够好吗？咱这山上有龙肉不成？"常青龙嘿嘿一笑，抬手抹了抹嘴头子上的哈喇子，提高嗓门叫过来两个崽子："你俩快去，把豆腐脑儿端上来！"两个崽子心领神会跑下去，过不多时，五花大绑拎来一个人，捆在聚义分赃厅的柱子上，用木架箍住头颈，口中塞了块破布。此人穿得挺破，几乎衣不蔽体，不像有钱的肉票，多半是从山下抓来的老乡。一个崽子手持一柄快刀，在皮条子上杠了两下，三下五除二就把这位的头发剃光了，那人一脸的惊恐，不知道土匪意欲何为，眼珠子都快瞪出来了，奈何堵着嘴，想喊喊不出声，膝盖以上也全被绑定，上半身根本动弹不得。那个崽子气定神闲剃完了头，嘴里含着口水，冲着大秃瓢猛地喷了一口，用五个手指按住脑瓜子，前后左右比画了一番，找出中心位置，在那人头顶上唰唰两刀又稳又准，割出了一个十字，拿刀尖照着十字中心轻轻一挑，血淋淋地揭开头皮。那人疼痛难忍，脖子直愣愣地挺着，似乎是怕稍一低头，脑袋上的血就会喷涌而出。此时另一个崽子来到身旁，手里拿着一个小凿子，细细敲开那个人的头盖骨，取下来扔在一旁，只见那个人脑壳中红白相间的脑仁子微微颤动，苦于挣扎不得，也叫不出声，干瞪着一双惊恐失神的眼，两个眼珠子咕噜噜乱转，喉头发出咕咕怪响。大腮帮子这才明白，"豆腐脑儿"就是活人脑浆子！

大腮帮子常年打猎，当初听黑瞎子沟的老猎户说起过生吃猴脑之事，想当年引清兵入关的吴三桂，历次与敌军交锋之前，定会命手下把活猴关在笼中，用小榔头击破猴头，取其脑浆生食，以此激发军卒血勇之气。后来不知怎么的，生吃猴脑渐渐成了一道名菜，吃猴脑要在木头桌子中间挖一个窟窿，把猴脑瓜卡在窟窿里，底下放个水桶，防止猴子乱窜。

固定好之后，找一把小刀，在猴子脑门上割一刀，再用榔头一敲，击碎头盖骨，把皮毛揭开，用银勺挖出脑髓，蘸着事先调好的作料吃。此时猴子尚未死去，哀号之声撕心裂肺，但因太过残忍，纵是美味广为传颂，一般人也没胆子吃。大腮帮子在枪林弹雨中出生入死，血肉横飞的场面见得多了，目睹眼前的情形，虽不至于心烦作呕，却没想到常青龙如此残忍，也不由得心惊肉跳、怒火中烧，恨不得手起刀落，当场干掉这个匪首。可是转念一想："这悍匪当着我面来这么一出，一定是存心试探，若是稍有怯意，就会前功尽弃。"于是起身离席，吞了吞口水，对匪首常青龙说："大当家的，贫道多曾听说，吃这个豆腐脑儿提精补气，可以轻身不死，早就想尝尝这口儿了！"说话从身旁的崽子手中接过刀子，上前就要挑一块来吃。

常青龙当时就急了，跳下虎皮金交椅三蹿两蹦来到近前，一把夺过大腮帮子手中的刀子，拦住他说道："不怕道长见怪，我山上的存货也不多了，真要让你吃了，我就得吃你的了……"说完打个哈哈，在众目睽睽之下迈步来到那被缚之人面前，一不使筷子二不使勺子，仗着身形高大，抱住那个人的脑壳，伸出舌头稀里呼噜连吸带舔，转眼吃了个干干净净，舔了舔嘴角溢出的血浆，一边咂吧着嘴里的味道，一边告诉大腮帮子，他就愿意吃这口儿，下山绑肉票，专找脑壳大的人，天底下可没有比活人脑浆子更补的东西了！再看那个老乡，脑袋耷拉下来，已然气绝身亡，到死也闭不上眼，真可谓惨不忍睹。

大腮帮子怒火大炽，心里暗骂他奶奶个熊的，竟做出这等天理难容的恶事，怪不得你个王八犊子长了那么大一个脑袋，你等着瞧，且看我怎么把你的大脑壳子敲碎了喂狗，他心里这么想，嘴里可不能说出来，还得装模作样端起海碗给常青龙敬酒，口中连称佩服。

常青龙见大腮帮子处变不惊，又敢和自己抢脑浆子喝，心里早已没了戒备，越看越觉得顺眼，近日大兵压境，山上正是用人之际，眼前这位吕道长器识不凡，便想拉拢大腮帮子入伙当个翻垛的，于是跟大腮帮子勾肩搭背连饮了数碗。当土匪的喝酒讲究喝够了数，正所谓酒里乾坤大，壶中日月长，当世一英豪，双喜来登门，三阳开泰照四季常青，五福临门助六亲同运，七步之才邀八仙过海，九转功成贺十全十美，这么一碗接一碗地喝下去，众家兄弟也看出了大当家的心思，这吕道长迟早是四梁八柱之一，弄不好还得当上二当家的，纷纷前来给大腮帮子敬酒。大腮帮子却不敢喝倒了，一边吹捧常青龙，一边留心观察，瞥见一个道童打扮的崽子，顶多二十来岁，口偏齿缺，鸡胸驼背，背了一个皮口袋，一直跟在常青龙身后，简直是寸步不离，心知其中必有古怪，于是找个由头问常青龙："大当家的，我有一事不明，山上的兄弟们个个英雄盖世，相貌堂堂，为什么大当家贴身的这位，倒是个十不全的形貌？"

常青龙正在兴头上，听大腮帮子这么一问，就当众吹嘘说："道长好眼力，这个崽子是给我背法宝的，别看我如今占山为王，想当初也曾落魄过，为了有口饭吃，不得已投军吃粮，又赶上打了败仗，落荒而逃来到一座大山下边，夜间偶得一梦，梦见两个青衣宫女奉旨前来接我，将我带进一座壮阔巍峨的宫殿之内，在七宝九龙榻前拜见一位娘娘。那个娘娘授我一道五雷令牌，让我替天行道，平定乱世，又说这令牌煞气太重，与我八字犯冲，得找一个命犯华盖、四凶齐全的人来背，否则于我不利。我一下从梦中惊醒，手上就多了这件宝物，天亮之后问当地土人，这是什么地方？土人告诉我，此乃大唐武后陵寝！我这才恍然大悟，原来托梦给我的竟然是则天皇帝，后来我落草为寇，遍寻了南满北满，千里挑一收了这个崽子，他的八字正合适，这样的人若非身旺，则是尸填沟壑之命，但一物必有其一用，背我这件法宝，非是此人不可，换了旁人来背，活不过一时三刻！”

4

大腮帮子装得一脸吃惊，口中叹服不已，说着话连连给常青龙敬酒，心下却在暗暗计较，如何夺下道童背上的五雷令牌。常青龙举起酒碗一饮而尽，又说道：“如今时局动荡，我这座天王殿占尽形势，又受则天皇帝委派，有法宝护体，一旦得了些个风云气候，说不定也有面南背北、称孤道寡之份，真有那一天，道长就是国师！”大腮帮子连忙起身深施一礼，故作受宠若惊之状，口中说道：“大当家的瞧得上我，那是我几辈子修来的造化，只不过……”

常青龙最忌讳别人说半截儿话，不禁眉头一皱：“道长有话直说无妨，是不是嫌弃我的庙小，容不下大神仙？”

大腮帮子连连摆手：“不敢不敢，您这聚义厅是老时年间的天王殿，大当家的您居中一坐，好比坐殿的尊神，四梁八柱分列左右，如同镇殿的天王护法，崽子们就是天兵天将，有了这等形势，谁也动不了这个山头。”

常青龙越听越得意，他这番布置煞费苦心，可是手底下这些土匪草寇的乌合之众，有几个瞧得出来？给他们讲了多少次也没人能明白，如今听吕麻子这个牛鼻子老道一语中的，更觉得此人当真有几分见识，绝不是浪得虚名，不由得抚掌大笑，正要再跟吕老道连干三碗，怎知大腮帮子接着说道：“无奈大当家的您忘了一节！”常青龙闻言一怔，酒碗停在半空：“你且说来？”大腮帮子说：“您想想，这座山这么险，几百年前的人为什么费这么大力气，来山上造一座宝塔寺？那还不是因为老虎背山势险恶，背山山无脉，近水水无源，大当家的您在此坐殿，如同大罗金仙入庙，通天教主坐堂，如何施展得开手脚？绺子再大也不过是个草头王，终究难成气候，万一引来大军合围，只怕逃不过弹尽粮绝的下场！”

常青龙听得暗暗心惊，脸色由红转紫，又从紫变黑，他向来迷信这一套，眼下大军压境也是实情，更何况手下的四梁八柱和几百号崽子全在下边听着，如若说不出应对之策，可拢不住这些乌合之众，那他的头把交椅也坐不安稳了，当即一把抓住大腮帮子的手腕，凑到近前贴着吕老道的耳朵低声说：“还望道长多多指点！”大腮帮子欲擒故纵，手捻胡须连连摇头，可他越是这样，常青龙就越着急，血往上撞，一张脸又从黑变红。等到火候差不多了，大腮帮子也凑到常青龙耳边，伸手挡住嘴，小声说道：“大当家的虎踞在老虎背，吴罗锅占的山头叫苍龙背，这两座险峰相距三百里，同归一条脉，名为二有山，有龙有虎，这就叫二有。苍龙背也好，老虎背也罢，皆为易守难攻的绝险之地，否则也不会分别被大当家和吴罗锅瞧上，可是在贫道看来，虽说这两处易守难攻，却也无路可退，属于‘画水无风空作浪’，说白了就是中看不中用，如果被大军攻上山来，就只有死路一条！所以这一龙一虎还不是最好的风水宝地……”常青龙竖起耳朵，听得脸上变颜变色，一把抓住大腮帮子的手腕子，急切地追问：“那依道长看来，何处才是风水宝地？”大腮帮子微微一笑：“大当家的少安毋躁，据贫道所知，在龙虎之间还有一座玉皇顶，这座山四灵齐备，缠护周密，进可攻退可守，正是用武之地！”

常青龙被他这一番话说动了心思，寻思着整日缩在天险老虎背上当草寇，岂是长久之计？这老虎背地势憋屈，虽说易守难攻，可毕竟没个退路，苍龙背的吴罗锅一死，他的老虎背也是唇亡齿寒。大腮帮子见常青龙动了心思，趁机又说："我找了那么多的山头，可没见过比玉皇顶形势再好的了，原本想近水楼台先得月，肥水不流外人田，让吴罗锅把绺子拉过去，奈何吴罗锅福薄，还没动身就被人掏了老窝，可见这是天意……他没有面南背北的命。"常青龙又问："挪窝换山头之事非同小可，牵一发而动全身，而且那玉皇顶上没有这天王大殿，搬过去之后也没地方待啊！"大腮帮子接茬说道："大当家的且放宽心，要不怎么说是天意呢，那玉皇顶上恰好也有一座古庙，比天王殿还宽敞结实！"常青龙脸色微沉道："吕道长是不是酒喝多了忽悠某家？玉皇顶距我这老虎背不过百十里地的路程，我又不是没去过，哪里有什么千年古刹？"大腮帮子答道："大当家的有所不知，那古刹位于玉皇顶极隐蔽之处，虽说荒废多年，但恰恰是因为地势隐蔽，才没被外人破坏，我也是无意当中发现有这么个地方。大当家的要是不信，贫道陪您走上一趟，到地方一看便知。如有半句假话，我听凭大当家的发落就是。"常青龙坐不住了，屁股在老虎皮上摩来蹭去，大腮帮子一番话说得他心动不已，他现在就想下山走一趟，瞧瞧玉皇顶的形势。抬头看看殿外的天色，此刻月已偏西，东方发白，露水挂满树梢，不知不觉间，一众人等已然喝了一夜，大部分土匪都东倒西歪醉卧在殿上。常青龙打定主意，仗着邪法在身，倒不怕有埋伏，勒令喝躺下的崽子全爬起来，留下四大天王守住老虎背，点上八大护法和十几个崽子，全骑上快马，等到天一放亮，就随大腮帮子前往玉皇顶。

东方刚刚泛起鱼肚白，常青龙就带着二十来个土匪出了大殿，大腮帮子扫了一眼，这一干人虽说长得神头鬼脸，可都是杀人不眨眼的悍匪，一个个精壮威武，彪勇凶猛，眼神里带出杀气，一举手一投足绝无半分拖泥带水。尤其是匪首常青龙，外罩九龙八卦仙衣，掐金边走银线，里边一身劲装结束，下穿紧腿马裤，足蹬马靴，擦得锃亮，十字皮带挎手枪，胸前斜插三口飞刀，刀柄坠着红绸，透着一股子邪劲儿，一般人不敢多瞧半眼。那个道童打扮、鸡胸驼背的小崽子背着皮口袋紧跟其后。众人带好家伙，到后面牵出战马搬鞍认镫，再看常青龙胯下那匹枣红马，骆驼头、蛤蟆背，肚大腰圆、头高腿长，比别人的马高出一头肥出一圈，顶上生角、腹下带鳞，跑起来追风逐电，真可以说是“火龙飞下九天来，黄金万两无处换”。大腮帮子一路上悬着个心，这些土匪狡猾异常，又擅长骑马，一旦发觉中了埋伏，定会立即突围。自己手无寸铁，只能空手夺白刃，纵然盯得住匪首，却还有八大护法和十来个崽子，他们均为快马轻骑，放走当中任何一个，回到山上报信，再攻打老虎背就难了，如何才能将这些土匪一举歼灭？

众人快马加鞭，终于来到玉皇顶山下，大腮帮子给一众土匪指点，山口是一道天门，高十几丈，宽三五丈，其深约百步，如同凌霄宝殿的南天门。匪首常青龙本来没看出什么，经大腮帮子这么一说，心下若有所悟，双脚踹镫，率众穿过天门。再往前走是地缝，其实是条山缝，一座大山从中间裂开，两边的峭壁直上直下，形似刀劈斧削，深处云雾缭绕，郁郁葱葱，幽邃莫测。大腮帮子又叫住常青龙等人，扬起马鞭往前指点：“大当家的请看，此处土高水深，草郁林茂，高而不危，低而不没，若得此地，必定平步青云，控天下之和，据阴阳之正，均统四方，以制万国。”常青龙听得心花怒放，众土匪在旁边也跟着煽风点火，都说天命难违，大当家的得此宝地必成气候，捧得常青龙晕晕乎乎。一侧山壁上有条马道，众人催马在地缝中穿行而过，眼前就是二有山的主峰玉皇顶，大腮帮子遥指山顶对常青龙说道：“那座千年古刹，就在山顶之上！”

常青龙心下称奇，对大腮帮子的话又信了七八分。由于马道狭窄，群匪只能一字排开，各自勒紧手中缰绳，一个接一个小心翼翼地通过。四个崽子在前头开道，其后是匪首常青龙和那个道童。大腮帮子跟在道童身后，紧紧盯住装令牌的皮口袋，八大护法带着其余的土匪断后。

玉皇顶和老虎背同在二有山，原本山岭相连，延绵不绝，不过深山老林阻隔，又相距上百里，常青龙等土匪虽说下山劫道时没少路过，但这荒山野岭的，也没人往山上走，此时见天门地缝形势森严，绝不亚于天险老虎背，正寻思怎么把绺子拉过来，在此创建一番基业，忽见深山中飞起一群野鸟。常青龙也非等闲之辈，马上意识到“深山无人，鸟不惊飞”，当土匪的刀头舔血，成天把脑袋别在裤腰带上，睡觉也睁着半只眼，向来疑心最重，立时明白中了埋伏，他头一个念头就是逃，忙让道童取出令牌，准备掐诀念咒，施法抗敌。然而常青龙是外来的土匪，他并不知道玉皇顶在老时年间还有一个别名叫断龙崖，常青龙来到此处等于犯了地名，那还好得了吗？

前头说过，大腮帮子独闯老虎背之前，先找剿匪部队首长商定了计划，如此这般这般如此，早早在玉皇顶天门地缝之间设下天罗地网，马道两侧埋伏精锐部队，待到大腮帮子把常青龙诓上玉皇顶，立即开火围歼匪首。大腮帮子心里一清二楚，只要进入伏击圈双方交上火，匪首常青龙不会顾及旁人死活，马上就得逃，既然设下伏兵，就不怕常青龙能逃得出玉皇顶，无奈此人一身旁门左道的本领，万一将令牌接在手中使出邪法，借一道风就走了，谁还拿得住他，岂不是前功尽弃？因此一路之上，大腮帮子这双眼就没离开过前边的道童，说什么也不能让道童把令牌递给常青龙。虽说匪首已经相信大腮帮子就是苍龙背的吕老道，但却仍处处提防，一没给他枪，二没给他刀，大腮帮子两手空空，便在半路上悄悄解下一个马镫子，暗暗藏在道袍袖子里。一行人骑马来到地缝当中，仰面不见天，俯首不见地，匪首发觉山中飞鸟受惊，叫了一声："不好！"转身让道童把令牌拿来。道童从背后皮兜子里掏出令牌，正要往前递还没递到手的时候，大腮帮子眼尖瞅得真切，如古人骑马打仗一般，单脚用力，身子从马鞍上直立起来，抡圆了马镫子狠狠砸去，正打在道童头顶，马镫子无异于一个铜疙瘩，抡圆了砸到脑瓜顶，换谁也受不了，当场把道童砸了个脑浆迸裂，哼也没哼一声便即死于非命，死尸翻身落马掉入深涧，手中的令牌掉在地上。大腮帮子将胯下马往前一提，将令牌踏为两段。

常青龙听见身后响动不对，一扭头正瞧见令牌毁在大腮帮子的马蹄之下，心道一声糟糕，登时二目圆睁，怒不可遏，他的马头朝前、脸朝后，一手攥住缰绳，一手拔出手枪，反身就要打大腮帮子。便在此时，堵在地缝两头和对面山壁上的伏兵出来了，机枪响如爆豆，土匪们挤在马道上进退不得，乱成了一团，想举枪还击却一时找不到目标所在，顷刻间就被机枪放倒了一多半。说时迟，那时快，大腮帮子眼疾手快，见匪首常青龙拔枪打来，忙将手里的马镫子扔过去。常青龙可不白给，手一抖三道红光闪出，三把飞刀闪电一般直奔大腮帮子。大腮帮子骑在马上无从躲闪，情急之际扯下道袍，挡在面前一卷，打落其中两把，还有一把实在躲不开，肩头上挨了一刀，血流如注。

这时跟在后头的土匪也已腾出手来，举枪要打大腮帮子。大腮帮子双拳难敌四手，恶虎架不住群狼，在狭窄的马道上，干瞪眼挨打可不成，他来不及拔下肩头的飞刀，忍着痛忙乱中蹿上马背，踏过道童那匹马，纵身往前一扑，跃上了常青龙的马背。常青龙拔高了嗓门大声叫道："化把的是水线子，插了他！"怎奈此时两人已在马背上扭打在一处，前后两边的土匪投鼠忌器，谁也不敢开枪，生怕子弹不长眼睛，打到大当家的常青龙身上，只能举着枪，干瞪眼不敢开枪。

常青龙胯下宝马纵然神骏，可架不住这两位在背上较劲，一个失蹄滚下深涧，摔了个气绝身亡。马背上的大腮帮子和常青龙双双措手不及，也同时跌入山涧，常青龙为了活命，可顾不上再跟大腮帮子纠缠，拼命去抓绝壁上凸出的岩石和松枝。亏得峭壁上长了许多奇松乱草，藤萝满挂，二人接连让松枝挡了几下，又被一株古松挂住，不至于直接坠入深涧摔成肉饼，不过浑身上下也刮破了无数口子，如同两个血葫芦，大腮帮子更惨，肩头的伤口还在呼呼淌血。常青龙摆脱了大腮帮子，有如一条大壁虎，趴在陡峭的绝壁之上，一点一点往下出溜。大腮帮子一看就知道了，这是匪首身上的衣服暗藏倒钩，攀壁如履平地，他身上可没有这等销器儿，当时想也没想，瞅准下边一株虬枝古松，直接跳了下去，长在深涧绝壁上的松树，一般来说没有太粗的，禁不住一个人身体的分量，再加上下坠的加速度，落上去咔嚓一下树干就折了。大腮帮子借这一下之力，身子又飞出去，抓住别的树干再往下跳。土匪不要命，大腮帮子比土匪还不要命，只要还没摔死，他就咬牙接着追，抓着枯藤松枝，如长臂猿猴一般，三蹿两跃下到了深涧底部，脚底下还没站稳，朝着常青龙的方向就扑了过去。

5

二有山地缝奇深无比，山裂中云缠雾绕，底部怪石嶙峋，从岩壁中渗出的泉水，或飞流直下一泻千里，或如银线珍珠绵软细密，形成了雨雾，人在下边，抬起头看不见天。山谷本来就聚音，加之此处是条山缝子，两边距离并不算远，其下碎石无数，怪石林立，平时就算掉块小石头，声音也会来回回荡不绝于耳，常青龙和大腮帮子二人下坠时带动无数碎石纷纷落下，此刻山谷之中轰隆隆巨响不绝于耳，如同天崩地裂，听来惊心动魄。

常青龙刚爬到谷底躺在地上想歇会儿，没想到对方这么不要命，竟赤手空拳在这陡壁上翻转腾挪，衣衫皆被划得稀巴烂，浑身都是血条子，却不缓气，一落脚就追下来了，心说怎么撞上这么一个不要命的东西，此时他无心恋战，只得拔足狂奔。大腮帮子常年翻山越岭，论脚下功夫，常青龙可比不上他，甩开大步追上了匪首，伸手刚要抓，却见寒光一闪，急忙缩颈藏头，间不容发之际躲过了这一下。原来常青龙腰间皮带是条软剑，发觉跑不过对方，回手就是一剑，这软剑乃合金打造，柔软如绢，是常青龙赖以防身保命的利器，平时常常演练，使起来得心应手。俗话说不怕千招会，就怕一招鲜，常青龙挥软剑直取大腮帮子，一道寒光不离脖颈。这也就是大腮帮子他躲得快，换成旁人死都不知道怎么死的。他肩上中了飞刀，又是赤手空拳，自知与常青龙缠斗下去必定吃亏。常青龙此刻占了上风，只想尽快了结这追命的凶煞，越攻越猛，剑光如电。大腮帮子提起一口气，堪堪躲过常青龙手中利刃，窥出个破绽，不等常青龙变招，抬起一脚踹在了常青龙心窝子上，这一脚是老把头铁腿索爷真传的绝技，常青龙却不简单，脚底下打了个趔趄，居然没被踢倒。大腮帮子紧接着猱身直上，攥住常青龙的手腕子，朝着旁边一块凸起的大石头猛磕了下去。常青龙手腕断裂，软剑撒手。大腮帮子正想顺势将常青龙摁在地上，怎知常青龙怪叫一声，摇头一晃变成一条大蛇，粗如抱柱，红头青鳞，口吐长芯，带动十里腥风，连天接地漫卷而来。

大腮帮子心中一慌，暗道一声："不好！"急忙退了几步，眼见这条大蛇就冲他来了，当时心念一闪，想起常青龙常吃活人脑子，还专拣脑壳大的。曾听道门中人说过，有这么一路千百年来秘密流传下来的邪法，吃脑浆子不仅为了一饱口腹之欲，还可以借此乱人心神，虚形幻影，近似于圆光显像之术，可见这常青龙身上确有许多邪门歪道的妖法。但他也听过破解之法，当即一用力咬破自己的舌尖，一口鲜血喷在怪蛇脸上。再看那怪蛇的脑袋猛然间晃了三晃，摇了三摇，面前仍是匪首猪肺叶似的一张大红脸。原来那常青龙被血喷中，浑身打了个激灵，这口气泄了大半。大腮帮子正要上前活捉匪首，不料头顶一块落石直冲二人飞速坠下，他急忙闪身退步，堪堪躲开落石，又有一阵雾气扑面而来。这山裂子底部极其潮湿，雾气说来就来，方才还能看清四周，转眼就被雾气笼罩，能见度不到一丈。就在这个当口，常青龙的大脑袋摇了三摇，晃了三晃，突然张开大嘴，竟吐出一条血蛇。大腮帮子吓了一跳，见那血蛇足有三尺多长，有皮无鳞，遍身红肉，蛇头下长着密密麻麻的彩斑，近似薙鸡脖子，甚是可怖。此时方明白，怪不得常青龙总要吃活人脑子，原来腹中长了一条血蛇！

常青龙吐出血蛇，整个人双目无神，大红脸变得比纸还白，仿佛就剩下一副皮囊。而在一瞬之间，血蛇一跃而起，变成一团血雾，如罗网化开，吱呀作响，将大腮帮子罩在当中。大腮帮子来不及躲闪，心说一声完了，想不到死在这里！

正当紧要关头，身后起了一阵飞沙走石的大风，一个巨大的声响由远及近，如同摧枯拉朽。大腮帮子似乎在哪儿听过这个响动，同时嗅到一股刺鼻的腥气。但见深谷中来了一缕黑，有一条筷子粗细的小黑蛇，通体漆黑，头顶一道隐隐约约的红线，疾如狂风，快似闪电，竟是蛇王到了，一团红雾一道黑雾纠缠交错，斗得难解难分，一时风雨大作，一时电闪雷鸣。相持多时，只听一声巨响，有如金戈相击，血雾落为尘土，黑雾也不见了，留下失魂落魄一般的常青龙立在原地发呆。

大腮帮子飞身又是一脚，这一次常青龙没挺住，被踹倒在地生擒活拿。大腮帮子伸手从他腰里抽出裤腰带，给他捆了个结结实实。匪首常青龙仰着脖子喘着粗气，肠子都快悔青了，要不是双手被缚，说什么也得抽自己几个大嘴巴，只怪自己刚愎自用，不听塔什哈的话，没在老虎背天王殿毙了这个二老道，害得如今被生擒活拿，如何还有命在？

就在此时，接应大腮帮子的战士已将地缝中的残匪尽数歼灭，放了一根长绳下来，大腮帮子先把常青龙捆在绳子一端，自己也把绳子系在腰间，再由上面的战士把二人吊上去。至于后来匪首常青龙怎么被抓走，怎么被枪毙，却也不在话下。大腮帮子拿住了匪首，片刻不敢耽误，草草包扎了肩头的伤口，扒下常青龙那件掐金边、走银线的九龙八卦仙衣罩在自己身上，又挑了二十个眼明手快的战友扮成土匪模样，还带了两挺轻机枪，马不停蹄返回天险老虎背。到达老虎背时天色已经黑透了，大腮帮子借着夜色，冒充匪首接连骗开几道关口，到得聚义分赃厅门口，正赶上穿黑衣的炮头从里面出来，大腮帮子并不搭话，抬手就是一枪，那个炮头应声倒地，都不知道自己怎么死的。聚义分赃厅里面的人听得外面枪响，急急忙忙提着家伙往外冲，这二十几个战士有备而来，架上机枪一通扫射，把冲出来的土匪撂倒了一大片，此时后续的剿匪部队也赶到了。山上的土匪原本就是乌合之众，眼下大当家的不知去向，受到突袭被打了措手不及，自然溃不成军，大多跪在地上举枪投降，有几个负隅顽抗的悍匪，也被尽数击毙。大腮帮子走上去逐一辨认，发现其中唯独少了他最想找的飞行队残匪。

原来大腮帮子扮作吕老道，只身独闯老虎背，取得了匪首常青龙的信任，却让塔什哈觉得惴惴不安，背上一阵阵发冷。常青龙被大腮帮子一招调虎离山忽悠得离开了老窝天王殿，塔什哈更是如坐针毡，越琢磨越觉得不对劲儿。这吕老道看上去大麻脸、红胡子、破锣嗓，压耳毫毛往上卷，跟大腮帮子完全挨不上边，可他心里总感觉好像在哪儿见过此人。除了那双细长的眼睛，还有举手投足、行动坐卧的习惯，怎么那么眼熟？塔什哈打从记事起，就整天跟在大腮帮子屁股后头寸步不离，后来他俩又和江上飞一起亡命山林，他对大腮帮子可以说再熟悉不过，但是并不知道大腮帮子在道观里生、道观里长，对火居道这一套一清二楚，见吕老道言谈举止深不可测，因此也不敢断言，只在心中打鼓。不过咱之前说过，当土匪的疑心最重，凡事“宁可信其有，不可信其无”，他把金蝎子拽到没人的地方，俩人一合计，现下常青龙不在山上，老虎背天险只有一条路，真要出了事，想跑都跑不了，必须给自己留条后路，以防不测。

大腮帮子带领剿匪部队上山剿灭了常青龙这一伙土匪，把老虎背天王殿搜了个遍，根本没找到飞行队的下落。大腮帮子仍不死心，又从里到外仔仔细细搜了一遍，终于在天王殿后头的悬崖峭壁上发现了烧焦的麻绳。原来这十来个土匪留了后路，用长绳逃下了老虎背，再从底下点火烧了绳子。大腮帮子岂肯善罢甘休，他也找来长绳，带了最得力的几个侦察兵，凭借常年打猎的经验，攀下悬崖搜寻匪踪，可是一直没找到这股土匪的去向。飞行队多为金匪出身，最善于钻洞，躲入深山老林的洞穴之中，可真就不好找了，还有可能让大烟泡捂住，或是掉进山裂子，尸首让野兽吃了，鬼知道死在了什么地方，那还上哪儿找去？大腮帮子虽懊恼，却也无可奈何。

接下来由于战争的进程，大腮帮子所在的剿匪部队被编入东北野战军，参加了辽沈战役，又随大军入关，一路打到湘西，参加了湘西剿匪，后来又入朝作战。不过大腮帮子跟江上飞逃亡之时当过一年土匪，参加抗联的时候还当过俘虏，进了关东军的劳工营，又纵穿西伯利亚荒原和蒙古大漠，从嘉峪关逃回了山东老家，这期间有很多事情无法证实，相关证人也大多没活下来，这样的一个人，虽然冲锋陷阵不畏生死，但满身疑点，也很难得到重用。大腮帮子手下带过的兵，能够在枪林弹雨中活下来的，不是当了营长，就是当了团长，可他一直是一个侦察排长。不过他并不在乎只当到排长，一次又一次从死人堆里爬出来，就是为了干掉塔什哈和金蝎子，让飞行队的金匪血债血偿，否则他死也闭不上眼。战争结束之后，他脱下军装，但是没有回长白山，而是在大兴安岭一带的林场找了个活儿干，因为他听说 1947 年有人在老爷岭这一带见过飞行队的土匪。当时这股残匪袭击了一个林场，抢夺了一些粮食和绳索，随后遁入莽莽林海，再也没人见过他们的踪迹。他一万个没想到，这一次给摄影队当向导，落在与世隔绝的天坑地洞中，会意外捡到一只鞋口镶金边的黑色胶底鞋，这是仅有飞行队才穿的山袜子，难道说当年那些土匪躲入了这个天坑？

第八章　电闪雷鸣

大腮帮子倚墙坐地，喇叭筒抽了一支又一支，使得整个石室中烟雾缭绕，让人喘不上气，把埋在肚子里的往事，从头到尾竹筒倒豆子一样讲了一遍。接下来气氛沉闷，半晌无人说话。娜佳突然轻声咳嗽了几声，连忙转过身用衣袖轻轻擦了擦眼角，又快速回身，生怕别人看见。可这一切小动作都被大腮帮子看在了眼里。赵工则如同听书一般，两只眼发直，半天回不过神来。他的经历相对简单，虽然生逢乱世，但是家中条件尚可，供他从小念书，出国留洋，学成之后赶上全国解放，为了建设祖国效力。他身边的朋友和长辈，简单点的和他一样，念书干活混口饭吃，复杂点的，无非饿过几年、打过几年仗、蹲过几年大牢。像大腮帮子十几年间离奇坎坷的遭遇，对于他这样的知识分子来说，委实难以想象。他这才明白为什么会有人说大腮帮子当过土匪，但他自己却不承认。大腮帮子虽然和匪首江上飞同仇敌忾，在山中打小鼻子，可是并没有插香入伙，更没干过砸窑、绑票的买卖。袭击黑瞎子沟森林警察巡逻队，为的是给亲人报仇；与关东军讨伐队在深山老林中周旋，为的是打小鼻子，凭什么承认自己是土匪？但是此人不屑在别人面前辩解，多年四处漂泊，让他性格变得孤高，再加上确实一身土匪习气，言谈举止怎么看怎么像绺子里的胡子，他的这些过往又没人作证，如何说得清楚？赵工不知道怎么劝慰大腮帮子才好，只得把注意力放回山袜子上，低声问道："山袜子当真是飞行队残匪留下的？"

大腮帮子听到飞行队这三个字就气不打一处来，咬碎钢牙恨恨说道："整个东三省，只有匪首金蝎子及其手下这二三十个损王八犊子穿带金边的山袜子，这可是小鼻子给他们专门定制的。因为这些人大多干过金匪，穿上山袜子钻林入洞跑得飞快，所以才叫飞行队。"

这些年，从上到下，从官方到民间，没有人不恨飞行队。以至于剿匪开始后，他们只能在深山老林里蹦跶，一个地方最多待半个月，转移路上碰见个猎户都要绕道走，一旦被发现肯定会被举报。

赵工若有所思地点了点头，以目前的情况推测，不包括留下岩画古迹的先民，至少还有三批人先后进入了天坑古洞：分别是 1945 年苏军出兵东北与关东军决战之时坠入天坑的坦克，里面有三名坦克兵，在坦克跌入坑底之后，还没整明白掉哪儿了，他们就当场毙命，到死也不明白是怎么回事；1947 年逃至此处的金匪，人数不详，是不是死在天坑里了还不好说；以及 1954 年的摄影队，一共六个人，已经死了三个。看这山袜子烂成这样，应当扔在地底下七八年了，可见金匪是之前来到此处，这倒不会错。不过他们仅仅在石室中找到一只胶底鞋，没发现别的蛛丝马迹，根本无法确定残匪是不是全躲了进来，或许只是在逃窜过程中，有少数几个人意外失足掉进天坑。地底的环境恶劣至极，到处是危险，没有供人生存的条件，进入天坑的残匪，几乎不可能在岛上活下去，丧命之后尸身或被飞猴吃掉，或是沉入湖中，过去了七八年之久，只怕再也无从找寻。想到此处，赵工心里头一凉，他们这三个人还能活着出去吗，是不是也会落得残匪一样的下场？

大腮帮子当年参加东北民主联军进山剿匪，不能说有多么崇高多么了不起的革命理想，单就他的私心来讲，无非是为了捉拿塔什哈和金蝎子。他这半辈子，千方百计地想活：闯关东想活，放排遇匪想活，深山猎虎想活，掉入金眼子想活，深牢暴动想活，在开往西伯利亚的列车上想活，与狼群的周旋中想活……没有人比大腮帮子更惜命，因为有报仇这个支撑他活下去的理由。

他为了报仇，出生入死追踪残匪多年，可是自从 1947 年以来，他再也没见过这股残匪的踪迹，至今已有七八年，换成别人早死心了，他大腮帮子却放不下。从部队退伍之后，本来他可以有更好的去处，过上安安稳稳的日子。当年跟他一起出生入死的战友大多都已高升。为了照顾他，有人安排他去沈阳军区下属的军工厂当个领导，他说没那个能耐；有人安排他去大城市派出所当两年所长，退休后享受干部待遇，他说自己不吃闲饭；甚至有人联系好了北京的干休所，让他去颐养天年，他觉得没意思。最后他选择到条件相对艰苦的大兴安岭山区林场落户，当了个普普通通的猎户。大腮帮子不是不想过几天安稳日子，可这桩勾心债没了，他怎么可能安心呢？当时战争刚刚结束不久，枪支管理较为宽松，大腮帮子当年在侦察排带过的兵此时已经成了地方上的武装部长，知道老排长回林场就是为了找金匪，担心他的人身安全，特批他一直带着打仗时用的那支柯尔特手枪。

金匪最后一次出现，就是在大兴安岭林场这一带。起初金匪试探抢了几家猎户，没遇到多少抵抗。胆儿肥了的金匪竟然想朝地方金库下手，干最后一票大的，抢够金条，就归隐山林，殊不知这些金库全都有军队重兵看守。一场激战下来，金匪死的死，残的残，逃的逃，此后就如同凭空消失了一般再无踪影。大腮帮子知道惯匪擅长匿形换貌，深信飞行队残匪就躲在这片大山里。他打定了主意，一年找不到找两年，两年找不到找三年，年复一年找下去，除非他们都死了，否则一定把飞行队残匪找出来，绳之以法，这是他这辈子唯一要干的事。除此之外，他想不出自己还能干什么。不干掉塔什哈和金蝎子，他死也闭不上眼。

这一次由他担任向导，带领摄影队进山，最开始觉得是趟闲差事，无非是进山溜达一趟，他根本没往心里去，没想到发生了意外情况，掉入与世隔绝的天坑地洞。眼看着同来的六个人死了一半，本以为自己也活不成了，却在此意外捡到了金匪的山袜子，可见冥冥中早有定数，但觉身上热血如沸，只要还有他一口气在，无论飞行队那些残匪是死是活，总之是活要见人，死要见尸，决不能再错失这次机会！他早已将生死置之度外，对于能否从天坑逃出去，全然不放在意下。只见大腮帮子站直了身子，整了整衣服，朝前面，扑通跪了下来，“当当当”磕了三个响头道:“江大哥、各位牺牲的弟兄们，我对不住你们，这些年一直没找到那帮金匪，没能给你们报仇。今天要是在这里找到金匪，我就拿他们的人头来祭你们。我大腮帮子说到做到，如若食言，天地不容！”然后他把手枪从枪套中拔出来，就要出去搜寻飞行队残匪的下落。

赵工之前喝下的那口烈酒仍在腹中烧灼，也不由得血往上撞，心潮起伏。经历过这么多事，分分秒秒都处在生死关头，他和大腮帮子早已是换命的交情，而今大腮帮子要去追击飞行队的残匪，他唯有舍命陪君子，岂能躲在后边袖手旁观？只是天坑古洞中就这么一座小岛，几乎被他们整个翻腾了一遍，还应该上哪儿搜索呢？难不成再去那个长出白色果实的村子？如若残匪已经像格罗莫夫一样变成怪物，又当如何是好？

赵工毕竟是留过洋的知识分子，无论做什么事，总是习惯于三思而后行。而大腮帮子历来行事果断，没有赵工想的那么多，眼下他有一件更重要的事要做，趁着赵工正在出神之际，他不动声色地低头看了看手中的枪，忽然伸手向娜佳身后一指，断喝一声："金匪在此！"

娜佳一直坐在角落中，这么半天一言不发，毕竟发生了太多变故，让她一时之间无所适从，突然听大腮帮子来了这么一句，完全出乎意料，她吃了一惊，以为金匪就在自己身后，急忙转头去看。

赵工一样吃惊，娜佳身后只不过是一堵异常坚固的石壁，哪有什么金匪？还以为大腮帮子黑灯瞎火地看走了眼，可是一瞥眼之间，却看见大腮帮子迅速抬手举枪，乌黑的枪口对准了娜佳的后脑勺。赵工来不及多想，马上挺身而出，伸开双臂挡住枪口，紧张地说道："大腮帮子同志！你可看清楚了，这是娜佳，不是金匪！"

娜佳转头一看身后什么也没有，再转回头来，看见那两个人的样子，就知道大腮帮子动了杀机。她轻叹了一声，低下头抿着嘴唇一言不发，似乎觉得事已至此再说什么都没意义了。

大腮帮子刀子般的目光落在赵工脸上，冷冷地说道："老赵你让开！"赵工硬着头皮说："你冷静冷静，先把枪放下，我知道你……"大腮帮子怒道："你知道个屁，这个小娘儿们，听得懂咱的话！"赵工诧异地说："这不可能，你是不是误会了？"大腮帮子怒道："你信不过我？”赵工满脸委屈，一时语塞。

大腮帮子有过一段被俘并从西伯利亚逃亡的经历，嘀里嘟噜的俄国话整天往他耳朵里灌，慢慢地他不仅能够听得懂部分俄语，甚至可以说上几句，只是一个字也不会写。从他作为向导带摄影队进山以来，他就对格罗莫夫等人心存戒备：一来是因为本身他就对大鼻子没什么好感，当年他的抗联战友老周死在逃亡途中，不也是因为大鼻子非把他们弄到西伯利亚去吗？二来，这几个人说话办事总是偷偷摸摸、鬼鬼祟祟，一点儿也不光明磊落，看了就让人心里不舒服。有时候这三个人说话声稍大，大腮帮子隐隐约约听到他们对话的内容，从听懂的只言片语中，能发觉这些人的动机十分可疑，绝不仅仅是拍纪录片那么简单，他们好像在谋划着寻找什么东西。

越是这样，大腮帮子越是多留了个心眼儿，经过几次有意无意地试探，他发现娜佳会说中国话，比如在天坑边缘遇险之时，大腮帮子大喊一声“趴下”，娜佳当时的反应可逃不过大腮帮子这对招子。要不是她听得懂，能趴下那么快吗？奉命来中国拍摄纪录片的人员，本该是堂堂正正的，为什么明明会说中国话，却装作完全不会？大腮帮子觉得这其中必有蹊跷，只是由于时机不到，他并没有说破。至于格罗莫夫等人究竟是干什么的，为什么会有关东军地下要塞的地图，真实目的又是什么，现在这些已经不重要了，他也不想知道，因为活下来的三个人困在天坑古洞之中，不可能再活着出去了，接下来他和赵工将会面对更大的危险，岂能让娜佳这么一个来路不明、居心叵测的女人留在身边？当断不断，必留后患，念在娜佳是个女人，就想趁她把头转过去的时候，在后边开枪射杀，因为面对枪口被处决的恐惧，实非常人所能承受，这是大腮帮子的仁义之处。当年塔什哈拔香头子下山，江上飞也是从背后举的枪。

赵工听大腮帮子言之凿凿，这些话像钉子一样，一个字一个字钉在他心头，让他无可反驳。可与娜佳相处的这段时间，她并没有任何敌对行为，相反还处处照顾，难道这也是伪装？他满腹疑惑，仍坚持摁下大腮帮子的枪口，转过身去看着娜佳美丽的眼睛，低声问道："你到底是什么人？"

娜佳知道事情再也隐瞒不住了，如释重负般长叹了一口气，用流利的中文告诉赵工和大腮帮子，她和契卡并不是苏联人，更不是为了拍摄纪录片来到这里。二人本是一对兄妹，是出生在中国东北的白俄贵族后裔。1917 年俄国爆发十月革命，布尔什维克武装力量推翻了沙皇统治，建立了苏维埃政权。一大批逃难的沙俄贵族、军官、资本家、地主，或取道中亚细亚进入新疆落户迪化，或取道西伯利亚，翻越大兴安岭的密林河流进入黑龙江。他们被称为"白俄"，以区别于"红色苏维埃"。在一开始的时候，白俄用他们带来的巨额财富，把哈尔滨建成了小莫斯科，重新翻修了圣索菲亚大教堂，在最繁华的大街上开起了俄式西餐厅，浓醇的红菜汤，像锅盖一样的烤大列巴，混合着小提琴与手风琴合奏出的悠长曲调，在远乡异域还原出俄罗斯风情。效忠沙皇的顽固派在餐厅里狂饮烈酒、高谈阔论，在俄式宾馆举行选美比赛，日日声色犬马，但仍不忘复国，声称总有一天会重整旗鼓杀回俄罗斯，重新占领自己的家园。

然而这样的生活只维系了两三年，大多数俄国贵族并不懂如何做生意，又没有一技之长，坐吃山空再加上挥霍无度，有座金山也架不住这么折腾，穷了就开始变卖随身带来的毛毯、衣物、皮鞋、首饰、肥皂、香水……直到卖女人。出身贵族的姑娘们迫于生计，只得到俱乐部做了女招待，甚至于出卖肉体。她们其中不少人在俄罗斯的贵族学校学过芭蕾，会弹钢琴，个个金发碧眼，身材高挑，白皙丰腴，有钱的中国公子哥对其趋之若鹜。可这行也是吃青春饭的，一个女人再有本事也没办法养活一大家子游手好闲的人，这也不是长久之计。越来越多的白俄贵族陷入窘境，甚至饥一顿饱一顿，过上了颠沛流离的生活。他们一度成为东三省的社会问题，就连普通老百姓也开始讨厌这些大鼻子。

娜佳比契卡小几岁，虽然父母顶着贵族的头衔，但从记事起，她的生活就已经和贵族无关了。一家四口人挤在一间又小又破、阴暗潮湿的公寓房里，左邻右舍大多是穷困潦倒的白俄，不是小偷，就是妓女，要不就是游手好闲的二流子，以及惶惶不可终日的醉鬼。这一家人一年到头仅在圣诞节和复活节才能吃上一顿饱饭，这对兄妹也不知道自己是怎么活下来的。

后来关东军占领了东三省，很多白俄为了生存，就去给关东军效力，充当侵略者的马前卒。被招募之后，他们比小鼻子还要凶残百倍。娜佳和契卡这对兄妹和很多白俄一样，被吸纳进了关东军情报机关，接受军事及谍报训练，后来又加入白俄谋略部队，被派遣越境从事爆破、策反、暗杀、窃取情报等破坏活动。再往后，苏联红军出兵中国东北攻打关东军，日本战败投降，当年投靠日本人的白俄匪军也被尽数歼灭。

流亡东北的白俄走投无路，有些幸运的侨民拿到了苏联护照，被分批遣返回国，有的被苏联红军执法队就地处决，有的则被从中国直接送到西伯利亚荒原上的劳改营。娜佳和契卡在中国出生、长大，父辈的故乡对他们来说如同异乡一样陌生，兄妹二人逃过搜捕，亡命山林，隐姓埋名躲在边境上的白俄村子里，就这样战战兢兢熬过了几年。也是在这段日子，契卡成了酒鬼，终日喝得酩酊大醉，在酒精麻醉之下苟且偷生。娜佳则靠在小酒馆当女招待，周旋于多个白俄男人之间骗点钱财，勉强维持二人生活。过了一段时间，他们想这辈子就在这儿偷摸过下去了，永远也不会有人知道，可很快就被人告发。兄妹二人终归逃不过被遣送回苏联的命运。就在遣返的列车上，他们遇上了格罗莫夫。

格罗莫夫根本不是什么电影厂的导演，他最初是个扒手，后来成了名震苏联的大骗子、一级通缉犯。据娜佳所说，格罗莫夫不是他的本名，此人出生在一个普普通通的农民家庭，长得人高马大，相貌堂堂，却不肯吃苦，整天不务正业，靠偷鸡摸狗混饭吃，屡屡盗窃被打，满脑子想着发大财，同村农民没有不骂他的，见了他都躲得远远的。这么个臭名昭著的人渣却也有过人之处，虽然出身卑微，受教育程度有限，但是聪明绝顶，不仅胆子大，心思也缜密，擅长盗窃和伪造证件变换身份，更练就了一条三寸不烂之舌，说起话来头头是道、滔滔不绝，以此四处坑蒙拐骗，骗来钱就胡吃海塞挥霍一空。

格罗莫夫年纪轻轻就已多次犯案被捕，但每次进监狱，他都靠着巧舌如簧，哄骗外加装孙子，伺候其他犯人，从他们身上学到新的犯罪技巧，出狱之后再变本加厉地继续行骗。最后一次被捕之后，由于前方战况激烈，兵源不足，他被补充为士兵，随军开赴苏德战争的最前线。他以前从来不知道什么叫害怕，可这一次他真的怕了，因为他连枪都不会用，最大的本事就是靠一张能把死人说活了的嘴四处混吃混喝，本以为靠拍马屁侍奉好长官，能给他来个炊事班的活儿，不用上前线打仗，还能捞点油水，没想到当兵的油盐不进，骂他是懦夫，还专门找了一个人盯着，必须让他上战场。他知道上前线嘴皮子可就不顶用了，这和送死有什么区别？所以他在途中想方设法当了逃兵，混上一列开往后方的火车，并在火车上顺手扒了一个证件，这本证件上的名字就是“米哈伊尔·米哈伊洛维奇·格罗莫夫”。

从此以后，这个骗子假冒格罗莫夫的名字，利用这个身份，在莫斯科立足找到一份相对不错的工作，至少有口饭吃，不用再上前线当炮灰了。但是他什么也不会干，更不想学，终日偷懒耍滑，很快就被开除。此时他已经意识到了，再这么混下去绝非长久之计，灵机一动想出一个办法，在秩序混乱的战争年代，他凭借过人的天赋和骗术，伪造出各种文件、证书、公章、签名，杜撰了一整套自己在前线出生入死的虚假经历，不仅参加了莫斯科保卫战，还在斯大林格勒战斗过，谎称自己在一场战役中立下赫赫战功，但是战友全部牺牲，唯有他一人冲出敌人的包围圈。他讲得声情并茂、绘声绘色，还向人展示了自己身上打仗留下的十来处“伤疤”。当年偷东西被打留下的伤疤，反倒成了他视死如归、拼死杀敌的证明，恨不得一处伤疤，能编出三个故事。他说自己为没能营救出战友感到深深自责，战功不应该属于他一个人，而应该属于每一个为了祖国母亲牺牲的战士！

一般来说，面对一个骗子，他只要没骗取你的钱财，很多人都会睁一眼闭一眼，正所谓“吹牛不用上税”。格罗莫夫就是利用了人们这个心理，才敢有恃无恐在大庭广众之下信口开河，就连苏联英雄、功勋狙击手扎伊采夫都跟他一起战斗过，并且在激战一个月后，一起分食了最后一个苹果。他从小就是撒谎行骗的行家，深知一次两次别人不信，但也不会把他怎样，说得多了，信的人也就多了起来。随着时间的推移，他的故事编得越来越像真的，直到每一个听过他故事的人都会感动到流下热泪，这段虚构的经历让他随时随地都能吃香喝辣，更为他骗取了许多荣誉和好处，甚至包括苏联最高荣誉“苏联英雄”的称号。在全国，这是最令人羡慕和敬重的荣誉，获得者会被授予一枚纯金制成的金星奖章，佩戴在左边胸口心脏的位置。如果这个人能获得第二枚金星奖章，他的家乡就会为他修建一座半身铜像。格罗莫夫一开始还懂得见好就收，因为不管是他伪造身份者的家乡还是真正的老家，只要有人去查，他就会立马露馅，再哄骗一枚奖章，是万万不敢的。

“苏联英雄”对格罗莫夫来讲不啻于一次身份认证，仗着这枚奖章，他开始胆大包天地接受各方邀请，到处演讲作报告，凭借自己的口才，无论走到哪里都会收到鲜花，获得礼遇。他曾多次参加高官宴会，成了许多元帅将军家中的座上宾，甚至受到苏联最高领导人的接见。那位领导人赠送给他一支钢笔，一直别在他上衣口袋里，动不动就要拿出来炫耀一番。生怕有人怀疑，他装钢笔的口袋里还放着领导人接见他时的合影，他亲自在照片背面写了一句话：伟大的革命领袖接见了格罗莫夫。

在战争末期，随着日本关东军的覆亡，格罗莫夫意外从某高官处得到一份秘密情报，得知日本关东军仓库中遗留下大量黄金。他也清楚自己的身份迟早会被识破，就想来一趟中国东北，想办法找到这个宝藏，带上黄金远走高飞。如果把这一票干成了，足够他下半辈子在异国他乡尽情享乐。格罗莫夫虽然对中国并不了解，可也明白寻找日本关东军的宝藏并非一件易事，金灿灿的黄金不可能放在地上等着他去捡，纵然情报准确，凭他孤身一人也无法行动，必须等待合适的时机。

也许是因为那个战斗故事编撰得太过生动，以至于很长一段时间以来，连格罗莫夫自己都相信了那是真的，并沉浸其中不能自拔，睡觉时说梦话，还常常喊出“苏维埃万岁”的口号。战争结束之后，他接受了《真理报》的采访，此时的格罗莫夫对他这段杜撰故事的表述已经到了炉火纯青的程度，一番慷慨陈词真情流露，记者也被他感动得眼含热泪，回去之后连夜撰写了一篇非常精彩的通讯，塑造了一个保尔·柯察金式的英雄形象。这篇文章同样感动了主编，决定刊发在报纸头条位置，并配以格罗莫夫的大幅照片。

接受完采访，忘乎所以的格罗莫夫受邀作为苏联代表团成员，兴致勃勃地前往中国东北参观，他心里打着如意算盘，想借这个机会侧面打听一下关东军黄金宝藏的下落。没想到报上刊登了那篇配发大幅照片的报道之后，竟然在全国引起了轰动，全国上下认真学习格罗莫夫同志的英雄事迹。这一下可麻烦了，真正的米哈伊尔·米哈伊洛维奇·格罗莫夫公开表示自己的证件被盗，而这个假格罗莫夫同村的老乡也写信给报社，说此人是他们村的一个无赖，还是个偷东西的扒手，并且言之凿凿地说，这个无赖胸口上有个碗大的伤疤，是当年偷东西被主人家逮住受惩罚所致。冒充苏联英雄行骗一事彻底败露，正在会议上夸夸其谈的格罗莫夫当场遭到逮捕，扒掉衣服，验明正身后，被押送上一列铁皮火车遣返回国。

格罗莫夫心知肚明，纸里包不住火，自己编造了那么多故事，靠谎言骗来英雄称号和奖章，犯的都是不可饶恕的重罪，回去就是个死，恰巧在火车上遇到了同样被遣送回国的契卡和娜佳。格罗莫夫认为这是个不容错过的机会，契卡正好可以充当他寻找黄金宝藏的助手，娜佳听得懂中国话又是个女人，编造故事时容易让人信服。而契卡在情报机关受训时，无意中听到过关东军仓库里藏有大量黄金的情报，与格罗莫夫说得大体一致，能发大财的机会谁也不愿意错过，尤其是对这种走投无路的人来说。他也知道回去即便不被枪毙，也得被送到西伯利亚劳改。二人制定了周密的计划，找机会干掉守卫，带上娜佳一起跳下火车，来了个逃之夭夭。

契卡在东北生活多年，交了不少狐朋狗友，设法从当年伪军军官手里搞到了一份关东军要塞地图。格罗莫夫故技重演，伪造了文书证件，三个人从旧货市场买来摄影机和双管猎枪，冒充成拍摄纪录片的苏联摄影队，与当地官方取得联系，没费多少口舌就得到大力支持，大摇大摆地开始前往关东军要塞寻找黄金。这种骗术对格罗莫夫来说简直易如反掌。契卡不善言辞，他就要求契卡尽量别出声，只做事；娜佳聪颖机警，形象气质好，很容易取悦别人，他就让娜佳利用自己的长处多与中方人员交流，以取得对方的高度信任。接下来的事情，赵工和大腮帮子就都知道了。可想而知，格罗莫夫等人找到黄金之后，干掉中方三名随行人员，一定也在计划之中！

娜佳袒露心扉的一番话，听得赵工怒不可遏。他深吸一口气，尽量克制住自己的情绪，思前想后重新做出判断，他认为格罗莫夫的阴谋虽深，毕竟没有得逞，现在格罗莫夫和契卡也死了，人活一口气，死了万事空，再追究下去还有什么意义？而且娜佳也是身不由己，生下来就没有故乡，甚至没有国籍。在大时代的洪流中，个人的命运过于渺小，她生而为她，并非她的错，她只是为了活下去，仅此而已。如今一起坠入天坑的六个人，只有三个人活了下来，而且身陷绝境，到头来同样躲不过一死，仨人齐心合力，或许可以多活一会儿，岂可自相残杀？想到此处，赵工知识分子的恻隐之心蠢蠢欲动，坚决地站在娜佳一边，恳切地看着大腮帮子，求他放过娜佳。

大腮帮子看不惯赵工的妇人之仁，可又不得不承认赵工的话有道理，娜佳从始至终并未害过他们，顶多是格罗莫夫和契卡的帮凶或跟班，况且他也不在乎是否立刻打死娜佳，因为他身经百战，后脑勺都长眼，一旦娜佳有任何敌对行为，他随时可以解决“问题”。

娜佳向赵工和大腮帮子投来感激的目光，主动把手枪交给了赵工。赵工说：“我不会用枪，你自己留着吧，咱们置身险境，如果连这份信任也没有，还不如先拼个你死我活。”大腮帮子又哼一声，一把将娜佳的手枪夺了过来。之前在对付格罗莫夫的时候，娜佳的手枪掉在了地上，大腮帮子手疾眼快，趁机把枪捡了起来，递给她的过程中，在枪上动了手脚，根本搂不响。此时将手枪恢复原状，再次还给娜佳，相当于用这个举动告诉娜佳，三个人可以在天坑中并肩作战，枪口一致对外，别的事等到出去之后再说。

至于接下来该如何搜寻残匪的踪迹，大腮帮子也不得要领。天坑底下仅有一座孤岛，就这么大点地方，哪里躲得了人？这一下就用上赵工的头脑了，他对大腮帮子说，要想知道金匪的行踪，首先要弄明白这些人为何会进入天坑古洞。他觉得之前大家把这个问题想简单了，飞行队的金匪被追得走投无路是没错，但总不至于主动进入天坑，这无异于自杀，他们进入天坑必定有所图谋，因为金匪挖开了岛上的石门，如果不是为此而来，谁会想得到这么深的地方会有一座石门，所以说石室中一定有个不为人知的秘密！金匪恰恰是为了这个秘密，才想方设法进入了天坑。

大腮帮子点头称是，既然金匪进来过，一定是有备而来，不可能只留下一只山袜子，多少还得有些蛛丝马迹，如果发现什么线索，或许可以顺藤摸瓜逃出去。

他们一人点上一支火把，在黑暗的石室中沿着墙根一步步仔细摸索，反反复复搜寻了三遍，石室中四壁皆空，仅有这一只破旧的胶底鞋，以及当中的大石碑，或许那个秘密就是刻在石碑上的符咒，可是谁又看得懂？

大腮帮子骂道："咱仨整不明白，金蝎子那伙金匪就能整明白了？虽说飞行队的金匪穷凶极恶、杀人如麻，可有几个识文断字的？"

听到大腮帮子说"识文断字"这四个字，赵工忽然意识到，他们不该只盯着无从辨识的碑文，照这样看下去，再看上八百年，仍是一个字也认不得。这块大石碑有一人多高，四四方方的，三个人把石碑前后左右搜了遍，除了不认识的字，连一根多余的头发丝也没找到，只剩石碑上边还没看过，于是他举起火把往上面一照，黑暗中可以隐约看到石碑顶部的边缘。三个人手脚并用爬上去，在火把的光亮下，赫然见到一具枯骨，衣衫残破不堪，四肢扭曲，身上和脸上的肉大都不翼而飞，分辨不出个人模样，脚上仅有一只胶底鞋，看来跟下边那只是一双，估摸着这个金匪死了也有七八年，骸骨上有齿痕，可见是让飞猴吃光了皮肉，仅余残骨。枪支和火把扔在一旁，都积了厚厚一层尘土。大腮帮子上前一通翻找，见枯骨下有一个圆溜溜的东西，圆如满月，红如鸡血。大腮帮子看这东西觉得眼熟，想来想去忽然记了起来，这正是多年之前，他和塔什哈、董阴阳、山狗子，从深山古墓中盗出来的血月灵石！此时他脑海中浮现出一幅画面：深山古棺中的尸骨神袍装裹，脸上覆以金面，头枕寒玉，脚蹬皮靴，双手交叉，怀抱一支降魔金杵，这个灵石正镶嵌在金杵顶端，棺盖上也有相应的图案。后来塔什哈投了敌，从墓中盗出的珍宝，估计也尽数落入匪首一只眼金蝎子的囊中，但这灵石怎么会放在石碑上？难道说天坑古洞与此物有关？

赵工手触石碑顶部，发觉有些凹凸不平，把手中火把凑到近前仔细一看，原来石碑顶部也凿刻了密密麻麻的符咒，当中凹下去一部分。他忽然想到，或许不该先入为主，认为这是一块方形石碑，说不定岛上的石室是一座古代灵庙，所谓的石碑则是一处祭坛。他一边想一边拿起血月灵石，拭去尘土，见手中灵石似与凹洞大小相等，就想把灵石放入当中一试，怎知似有磁性一般，他的手还没放下，灵石已啪嗒一下吸了上去，随即放出一道暗红色的幽光，若有若无，不知光源来自何处。红光照进人眼，不刺目，看多了有股眩晕的感觉，直往心头涌，脑袋也懵懵的。

三个人正觉莫名其妙，但听石室外的天坑中传来一阵阵滚雷之声，仿佛近在咫尺。天坑古洞位于地底深处，即使山外雷电交加，洞底也听不到这么大的响动。他们都觉得事有蹊跷，急忙爬下了石碑，一个接一个钻出石门，只见头顶上天坑之内，竟然聚集了一层厚厚的云雾，翻滚的黑云中划过一道道闪电，犹如一条条带电的黑龙在头顶翻滚咆哮，雷声如炸，震耳欲聋。洞壁上的飞猴受到惊吓"咯咯"乱叫，有飞猴慌乱中被闪电击中，直挺挺地掉下来，其余的飞猴转眼逃入了各处山裂子。大腮帮子和赵工望着高处的雷鸣电闪，心中无不惊诧，莫非这天坑古洞中要下一场暴雨？

娜佳指向水面叫道："你们快看！"二人低下头往娜佳手指的方向看去，见地下湖中突然多出了成千上万条鱼，大小不等，结成了庞大无比的鱼阵，全都朝着一个方向，围着孤岛快速游动，使整个湖面形成了逆时针的漩涡。赵工骇异地说："这个情况太反常了，鱼群结成鱼阵并不一定是受到了雷电的惊吓，也有可能为了防御天敌，湖底是不是有什么东西？"果然不出他所料，只见湖底一阵翻腾，从深水中涌出五六条硕大的怪鱼。这些怪鱼周身无鳞，通体乌黑泛紫，张着大嘴在后面追咬鱼阵。鱼群发了疯一样往前游，稍慢的就被怪鱼吞入腹中，丢了性命。

大腮帮子第一个感到不太对劲儿，刚才看红光那种晕眩感觉又涌上了心头。只见一条怪鱼转过头来朝他张了张嘴，仿佛要跟他诉说什么，正看得出神，头顶上一声突如其来的炸雷惊了他一身冷汗，眼前的怪鱼也不见了。他连忙后退两步，伸手又把赵工和娜佳拽了过来。二人也如噩梦惊醒般喘着粗气。

没等几个人回过味儿来，就见地下湖中的巨大漩涡越转越快，眼看着湖水渐渐升高，头顶的云团却在逐渐降低。又是一个闷雷，一股裹挟着闪电的黑云，犹如一条黑龙从云中蹿出，直插湖中，形成一道极速旋转的云柱，把湖里的水和鱼都往黑云里吸。

没过多久，湖水与高处的云团连成了一片，分不出哪一部分是湖水，哪一部分是黑云。大量的湖水被卷入头顶黑云，鱼在闪电交错的云团中翻腾，也是一番奇观。此时湖水大开，有如打开了通往地心深渊的大洞。剧烈的气流使人难以立足，岛上茂密的植物左摇右晃，仿佛要被连根拔掉，娜佳的一头金发也被吹得倒竖起来。赵工担心她被卷上天，赶紧把背包交给娜佳，以此增加她的重量。娜佳来不及道谢，一把将背包套在肩头，才稍稍稳住了重心。此时头顶的云团压得越来越低，抬头向上看去一片模糊，形同一堵又大又厚的黑色墙壁，仿佛天塌一般。赵工心中惴惴不安，不祥之感油然而生。最糟糕的是，岛上还有辆T-34坦克，它是个吸引雷电的“铁王八”，浓密的黑云中电光闪动，撕裂出一道一道光痕击向孤岛，把地洞里照得亮如白昼，随即又陷入一片漆黑。三个人心里都知道，这样的闪电只要落在人身上，一瞬间身体就会变成黑炭。

赵工惊诧于天坑中出现如此诡异的气象云团，雷电交加却没有降雨，地下湖水却如大门洞开，眼前的一切似乎是特定情况下产生的电磁反应，很可能是金匪带来的灵石，形成了强大的磁场，引发了云层中的电磁效应。他想冲入石室取下灵石，结束眼前的一切，可是又一转念，觉得这是揭开谜底的唯一机会，一旦错过去就完了，不如等等看接下来究竟会发生什么。大腮帮子和赵工对了对眼神，大声喊道："下面应该有东西，说不定金匪也藏在下面。"赵工知道不大可能，但看着大腮帮子坚定的眼神，他只得点了点头。他俩想法一致，娜佳也选择跟他们一同行动。三个人达成共识，冒死走到孤岛边缘，借着周围的雷鸣电闪，隐约见到地洞深处金光熠熠，不过云翻雾涌，又相距较远，实在看不真切。这个孤岛似乎是一整块通天接地的巨岩，四周有盘旋下行的台阶。大腮帮子恍然大悟，原来金匪用他们盗墓得来的灵石，打开了天坑中的地下湖，下去找那个传说中的黄金宝藏了！

第九章　黄金森林（上）

如果回到一天之前，赵工无论如何不会相信眼前的景象，可是经历了这么多变故，真觉得这世上没有什么是不可能发生的。话是这么说，即便金匪下去过，那也是七八年前了，如果下去的金匪没再上来，他们根本不可能在湖底活到今天。尸首扔在如此之深的水下，岂不早喂鱼了，还能留得下什么？即便下面别有洞天，金匪侥幸没死，估计也会跟深山里的那些村民一样变成活死人。但是他清楚大腮帮子的脾气，一旦大腮帮子打定主意，九牛八马也拽不回来，不下去看个明白，绝对不会死心，何况他自己也有心一探究竟。地下湖里有没有出去的路谁也说不好，但是留在岛上，则定是死路一条。

三个人下定了决心，借着一道道闪电的光亮，小心翼翼往下走。孤岛四周的石阶开凿在近乎垂直的石壁上，又窄又陡，仅能容下一人走过。

石阶多年浸泡在湖底，表面生出黏稠的菌胶，踩上去湿滑无比，稍有闪失就得掉下去，后果不堪设想。赵工发现这块大得难以估量的巨岩漆黑无光，可能用手电筒也照不亮，他大气儿不敢出上一口，左手摸着走在前面的大腮帮子的肩膀，右手拉着娜佳的手，双脚小心翼翼地往前挪动。娜佳死命拽着赵工的手，生怕这个救命恩人撇下自己。赵工第一次摸一个女人的手，不知是因为脚下未知的路紧张还是牵女人的手紧张，心头扑通扑通乱跳，可越紧张两个人的手拉得越紧。三人提心吊胆地走到底部，立时被眼前的情形惊呆了，浓雾笼罩下是一片金光晃动的森林，枝繁叶茂，密不透风，这要不是亲眼所见，谁敢相信世上竟有金树？

赵工被金子晃得睁不开眼，他使劲儿揉了两下眼，定睛再看，真是树木在地底变成了黄金，许多地方结出晃人眼目的金刺，一簇簇密集无比，最高的可达十余丈，低的也有几尺高，没长出金树的地方也是金子。他们三个站在湖底，对比身后的擎天巨岩，以及身前密密层层的金树，感觉自己渺小得如同蝼蚁，手中火把鬼火似的忽明忽暗，随时可能灭掉，地底阴气森森冰冷彻骨，气氛十分诡异，口鼻中呼出去的全是白气，让人从骨子里发冷。四周除了云层中接连不断的雷声，以及他们三个人克制的喘息声，再也听不到任何多余的响动，使人仿佛置身于另一个世界。

眼尖的娜佳拍了拍赵工，用手指着金树上的金刺低声说：“我好像看到那个金刺在动。”赵工顺着她指的方向望去，只见金刺的末端流出来一些金水，慢慢凝聚在刺梢，眨眼的工夫就变成了一片金叶子。逐渐变大的金叶子没有掉下来，而是沿着刺身缓慢地往下移动，如果不仔细看根本发现不了，只会觉得金树原来就长了这么多金叶子。难道这些金树是活的，还是地底下有源源不断的金水沿着金树往外扩散？

娜佳震惊之余，对赵工和大腮帮子说起一件事，她此前提到过那个长有白色果实的大树，是古本《旧约》中记载的生命之树。人类的祖先只吃过智慧之树上的果实，因此可知善恶，但在尘世之中，躲不过生死之苦，只有吃了生命之树的果实，才能够不老不死。通往生命之树的入口，由手持喷火转轮剑的大天使镇守，世人难以接近。也曾有贪婪的人类，想冒死进入抢得一颗生命之树的果实，皆有去无回，不知是死是活。按说这种古老的记载，常人即便读过也不会留意，娜佳之所以对此有所了解，是因为1917年十月革命以来，流亡到东北的白俄多达二十万，其中一些贵族复国之心不死，组建了多支探险队前赴后继进入深山，寻找埋在地底的宝藏，以便招兵买马打回圣彼得堡。娜佳的父亲曾是探险队中的一员。当时的白俄探险家在古籍之中，发现了一个离奇的传说：在无法追溯的过去，这个世界的主宰并不是人类，而是地底的邪神，它引诱人们吃下生命之树结出的白色果实，世世代代沦为它的奴隶。直至手持喷火转轮剑的大天使从天而降，这可能是指天降陨石，人类这才摆脱厄运，开始有了文明，得以繁衍生息。遭受陨石撞击的树海在大爆炸中形成了黄金森林，随着地壳变化，黄金森林所在的位置被深埋了起来。曾有多支探险队带着所谓藏宝图，进入深山寻找，只不过从来没有人找到过。白俄探险队踏破铁鞋寻找多年，最终无功而返，渐渐也就没人相信了。

娜佳的一番描述让赵工和大腮帮子越听越是吃惊，从眼前的情形来看，娜佳所言非虚，可以说通一切前因后果。深山古墓中的尸骨，以及大腮帮子打虎时遇到的神婆，装束近乎一致，都是身穿缝满金线的神袍，头顶鹿皮帽，应当同为天坑先民的后裔——世代守护这些秘密的神官。生命之树似乎是地底的古老虫类，能够让人长生不死的白色果实只不过是虫卵罢了，被陨石击中之际有一大部分形成了黄金森林，余下的一小部分虽死不僵，经过了漫长的时间，从地底挣扎出来，穿过岩层伸入一个避世隐居的村子，诱使村民变成了吃下白色果实的活死人，大胡子导演格罗莫夫和警卫员小陈也因此丧命。

大腮帮子推测，匪首金蝎子得到那批从古墓挖出来的宝物后，无意间从宝物中发现黄金森林的具体方位，并且还意外找到了进入黄金森林的方法。飞行队残匪在 1947 年来到天坑，进入湖底寻找宝藏。石室中的那个金匪是专门留下来看守灵石作为接应，不料受到飞猴袭击死于非命。其余的人是死是活，是将黄金带出了天坑，还是已然葬身于湖底了？时隔多年，又是在如此深的湖水下，即便土匪下来过，也不可能再找到任何痕迹。

说话这时候，各人手中的火把都快灭了，只剩下短短的一截，而云雾中的电光交缠，一道接着一道，足可以照亮四周，索性先将火把灭掉，以备不时之需。赵工听得出头顶的雷声越来越近，说不定什么时候地下湖会再次合拢，到时候再想上去也不可能了，留在比天坑更深的湖底，谁也活不成。黑色巨岩周围的黄金森林规模惊人，又笼罩在浓云密雾之中，仅凭他们三个人，该从何处找起？况且黄金可以导电，头顶黑云翻滚、雷鸣电闪，一道闪电打下来，里面的人即使不被直接击中，也会在一瞬间灰飞烟灭！

大腮帮子同样知道眼下处境凶险，就让赵工和娜佳留在原地，准备一个人进入黄金森林，不论能否有所发现，他也必须进去瞧瞧，这么多年一直苦苦寻找金匪的下落，如今终于有了线索，岂肯轻言放弃？赵工当然不同意留下，下来之前他就打定了主意，无论遇上什么样的危险，势必生死与共，绝不能临阵退缩。即使不会使枪，他好歹还有一双眼，脑子相对好使一些，可助大腮帮子搜寻线索。他们俩又不能扔下娜佳一个人，只得一同行动。

黄金森林笼罩在雾中，能见范围十分有限，三个人从巨岩上下来，在一阵阵电闪雷鸣之中踏入黄金森林，再打量周围的情形，皆有触目惊心之感。从从耸立的金刺，锋利如同剑戟，一个趔趄撞上去，就得串了糖葫芦。他们往深处走了几步，发现情况比预估的更复杂，也更凶险。浓雾笼罩的黄金森林深处，黑洞洞的令人胆战。不止赵工和娜佳有这样的感觉，久经沙场的大腮帮子也觉得身上起了一层鸡皮疙瘩，感到莫名的紧张，一接近黄金森林，就觉得毛发直竖，一种无法形容的压抑之感挥之不去，似乎可以感觉到黄金森林带有深深的敌意，越往前走，这种敌意越强烈！

大腮帮子低声对二人说："老赵，你俩可得多加小心，这地方不太对劲儿！"他感觉到这种敌意跟在西伯利亚遇到荒原狼时一样，暗处隐藏的那股力量，始终在注视着他们，似乎在寻找一个时机，来个致命一击。面对荒原狼，他还有点把握，多杀一头狼就多一分活下来的希望。可面前的情景，敌人就矗立在面前，深处也许还有更可怕的敌人，却始终见不到真面目。

没等他们再往前走，黄金森林深处发出巨大的轰鸣，地底金树一齐颤动，枝杈间雷火缠绕，迷雾中的闪电时隐时现，紧接着传来一阵怪响，三个人觉得似乎有什么东西从身体当中穿了过去，来不及躲闪，也无从抵挡，手脚持续发麻。三人定在原地，谁也不敢挪动脚步。娜佳脸色惨白，伸手紧紧抓住赵工的胳膊。赵工强行稳住心神，劝大腮帮子原路退回从长计议。黄金森林中的情况一切不明，完全不知道深处藏着什么东西，在想出如何行动之前，最好不要轻举妄动。万一有感应雷击中金树，他们仨都得变成焦炭！

大腮帮子心有不甘，此刻退出黄金森林，未必还有机会进来，可是为了赵工和娜佳的安全，也只得同意后退。仨人刚一转身，一道闪电掠过头顶，照亮了四周。不知娜佳看到了什么，突然发出一声惊呼，接连倒退了几步，险些瘫软在地上。大腮帮子和赵工顺她的目光一看，见金树下竟有个扭曲的人脸，虽然仅有半边脸，但是轮廓分明，在雷电下直泛金光。

赵工已将生死置之度外，紧跟大腮帮子往前走了两步，打开手电筒照过去，发现半个人脸下还有残缺不全的身子，并非血肉之躯，与天坑底下的金树一样，全是晃人眼目的金子，而且不止一处，周围也有散落的黄金尸骸，大多只有半个头，几乎与黄金森林浑为一体，不在近处根本看不出来，不知是死人变成了黄金，还是金树长成了人形？赵工一肚子疑惑，定下神仔细再看，黄金尸骸上仍有残破的皮衣、皮带、皮帽子，皆已朽烂不堪，铜制皮带头长出了斑斓的锈迹，可见是死人的血肉变成了金子，身上的衣帽则保持原状。鞋子虽已朽坏，却和石室中金匪脚上的山袜子完全一样。那么说来，黄金森林中的尸骸，就是失踪多年的金匪！

娜佳用颤抖的声音对赵工和大腮帮子说：“刚进入黄金森林的时候可没见到这些尸骸，是不是我们走错了路？”赵工回想之前的情形，认为三个人顶多在黄金森林边缘走了几步，并未深入其中，应该不至于迷路，不过置身于奇光异雾之中，四周尽是密不透风的金树，又没有任何参照物，实在不敢相信自己的直觉。大腮帮子则盯着金树下的尸骸目不转睛，他百思不得其解，飞行队的金匪怎么会横尸此地？难道是为了黄金发生火拼？应该不会，天坑深处有这么多的金子，一个人带得出去多少？金匪再多也够分了，该不至于自相残杀。如果不是内讧，一众金匪又是怎么死的？匪首金蝎子和塔什哈是否也在其中？尸骸又怎会变成黄金？黄金森林中到底发生过什么？

三人满腹疑惑，谁也想不出个所以然，决定先找到来路再说，此时又响了一声炸雷，密集的金树轰鸣颤动，再次发出怪响，同时夹杂着一股从黑暗深处传出来的寒风。三人仿若又受到电击，整个身子发麻，霎时间五感皆失，潮水一般的黑暗吞没了一切，更听不到任何声响。大腮帮子感觉心头发闷，想深吸一口气，嘴张开，不仅一点气没吸着，还有一股力量从他嘴里往外抽气，他连忙闭上嘴。娜佳的脸都憋成了酱茄子色，眼泪从眼眶中不断往外涌，竟被扯成了一条泪线。赵工以为雷电击中了金树，心想这可彻底完了，似乎只过了一瞬间，黑暗退去，眼前又恢复了光亮，雾中的闪电仍是时隐时现，身上并无异状，只是胸口发闷、手脚略麻，这才稍稍松了口气。其余二人也立于原地，同样是一脸惊恐。这一次没被感应雷击中，下一次可不见得还这么侥幸。但是无意间一低头，黄金森林中的尸骸却不见了。仨人目瞪口呆，是尸骸凭空消失了，还是之前看错了？一个人有可能看错，总不至于三个人同时看错了？赵工隐约意识到，黄金森林中必有古怪，刚才他们仨如同被雷电击中，就在那一瞬之间，必定发生了什么变故……

娜佳挥手叫赵工和大腮帮子快走，嘴里说着："这可不是发呆的时候。"可她一下子愣住了，因为她没听到自己的声音，她确信自己开口说话了。她又说了一句，仍出不了声。娜佳用手使劲儿摇了摇旁边的赵工，想搞清楚自己身上发生了什么，忽然她又能听见自己大口喘气的声音，这才镇定下来。赵工回过神来，抬头望向四周，黄金森林中的闪电一道亮似一道，但是雾气浓得化不开来，完全分辨不出方向，埋头乱走只会使处境更危险，首先还是应该确定方位。他取出背包中的军用罗盘，打开一看不禁大失所望，罗盘指针混乱，时而摇摆不定，时而旋转不止，想必是受到强大磁场的干扰，不知何时失灵了。他下意识地抬起手腕，发现从不离身的那块苏联基洛夫手表指针也乱了套，这也是之前从未发生过的情况。

大腮帮子和娜佳见赵工一脸惊诧，忙凑上前去看他的罗盘和手表，也是相顾骇异。赵工无奈地说："可能是刚才的闪电雷鸣扰乱了周围的磁场，手表的指针……"他这话刚说了一半，大腮帮子突然打了个别出声的手势，赵工急忙把下边的话吞了回去，隐隐约约听得远处脚步杂沓，还有金属撞击的声响，很明显是一队人在走动。大腮帮子想也没想，立刻拔枪在手，快步上前察看。赵工和娜佳怕他有闪失，也来不及害怕，一左一右跟了上去。

三个人高抬腿轻落足，循着声响走了几步，但见高耸的金树后转出十来个人，为首的面似银盆，天庭满地格称，目如朗星耳有轮，长得相貌不凡，却仅有一只眼，另一只眼中塞了个金琉璃，黄澄澄金光闪烁，显得分外诡异。身后还有十几个人，皆穿黑衣，头顶翻毛小帽，全是连鬓络腮的胡子，眼神飘忽放光，身上各挂两支短枪，其中还有几个背了长枪，有马步枪，也有冲锋枪，脚穿嵌金边的山袜子。

大腮帮子刚才听到的那阵响动，就是这些人的长枪划过金树的碰撞声。双方一打照面，全部愣在了当场。赵工脑袋嗡的一下炸开了，身上毛发直竖，根据之前大腮帮子的描述，眼前这些人分明是1947年以来就下落不明的金匪！他无论如何也想不明白，地下湖底怎么会有活人，这些金匪还是人吗？难道是徘徊在此的幽灵？1945年坠入天坑的那辆苏军坦克，里面三个士兵当时毙命，坦克的铁壳早已锈迹斑斑，可是这些金匪身上的衣服……就在这一瞬之间，他意识到眼前一众金匪的装束、枪支、鞋子，虽然说不上崭新，但是与石碑上面的金匪枯骨完全不同，他们之前捡到的山袜子，以及那具枯骨朽坏的程度，都可以看出至少经过了七八年之久，而这些金匪身上的装备明显没有那么破旧。在剿匪部队持续地追击下，飞行队的金匪疲于奔命，连立足之地也没有，如何得到补给？

双方相遇之际，赵工分明看到一众金匪正在左顾右盼，有的一脸惊愕，有的目光贪婪，似乎也跟他们一样，刚刚进入黄金森林，可不像在这里转了七八年。赵工实在想不透这是什么原因，他们三个人走进黄金森林之后，身上都有过电的感觉，本以为会被电死，却又安然无恙，许不是刚才的几道闪电让他们见到了金匪的幽灵？是否与突然消失的黄金尸骸有关？他一瞬间转过七八个念头，越想越觉得可怕，眼前似乎有无数条出路，却都是死胡同，根本无路可行！

第十章　黄金森林（下）

双方愣在当场，只不过是瞬息之间，大腮帮子出手一向干脆利索，从不拖泥带水，见了这些金匪，当时眼就红了，他可不理会对方是人是鬼、是妖是怪，即便是一群孤魂野鬼，也得让他们在自己手上再死一次，想到此处不由分说抬手就是几枪，子弹飞出枪膛，直接撂倒了走在队伍前边的三个金匪，当中就有匪首金蝎子。其余的金匪猝不及防，想不到会在这个地方遇上死对头，而且一路被剿匪部队追击，早已变成了惊弓之鸟，摸不准对方来了多少人，还以为中了埋伏，听见枪声的头一个反应就是跑，眨眼间分头闪入了金树丛中。

大腮帮子已然占了上风，不容金匪再有半点喘息之机，仗着一身钻山入林的本领，脚不点地飞奔向前，手起枪响，又打死了一个身背马步枪的金匪。对方毕竟也是亡命山林的悍匪，个个杀人如麻，手段刁钻，缓过神来很快发现大腮帮子这边只有三个人，两支手枪，有一个没枪的，还有一个金发碧眼的小娘儿们，岂肯坐以待毙，于是在叫骂声中纷纷拔枪还击，甚至有人叫喊着，活捉小娘儿们开洋荤。大腮帮子见对方火力强大，又来不及取下金匪尸身上的枪支，只得先招呼赵工和娜佳躲到金树后面。对方集中火力，子弹如同飞蝗一般，打在金树上当当作响、火星迸射。

娜佳受过关东军情报机构的训练，身手足够敏捷，尽管比不了大腮帮子骁勇善战，也多多少少可以配合战斗。她用手枪打中一个迂回到大腮帮子侧翼的金匪，却很快被对方的强大火力压得抬不起头。这让大腮帮子对她的看法有了改观，认为大鼻子里头也有好样的，生死攸关之时还是值得信任的。

赵工见敌众我寡，大腮帮子和娜佳的手枪子弹也不多，照这样打下去，无论如何也对付不了那些武装到了牙齿的金匪，他是干着急帮不上忙。正当此时，刚才一个中枪倒下尚未咽气的金匪，身子被金树穿透，腹破肠流，沾上鲜血的金刺却似活了过来，又如同被高温所熔化，变成许多大小不等的金色水滴，在还没死透的金匪身上乱钻。那个金匪眼睁睁地看着金水从脚到头，灌满了全身，一瞬间浑身上下就像是被镀了一层黄金，口中高声惨叫，手脚乱刨乱蹬，钉在金树上挣扎了这么几下，就再也不动弹了。赵工刚松了口气，那个死透了的金匪突然毫无征兆地往前一蹿，从金刺上挣脱出来，整个身子直挺挺的，半是血肉半是黄金，恶狠狠地扑向身边一个手持冲锋枪的同伙。

突如其来的变故把在场的人全看傻了，一众金匪被吓得忘了射击，只有那个手持冲锋枪的金匪惊恐万状，一个字也说不出来，赶忙扣下手中那支 MP-28 的扳机，枪口连吐火舌，嗒嗒嗒嗒就是半梭子。子弹打在活死人身上铿锵有声，活死人却是毫发无伤，反而毫不迟疑地扑将过去，一巴掌拍在那金匪的胸口，力道远超常人。手持冲锋枪的金匪平着飞了出去，倒在地上，四肢蜷缩成一团，胸口陷下去一个深深的掌印，一口鲜血狂喷而出，眼瞅活不成了。怎知那口鲜血溅到金树上，又在一瞬间变成许多金色水滴，走五官通七窍，飞也似的钻入此人口鼻之中。这个尚未气绝的金匪两腿一蹬，转眼之间，竟也噌的一下跃了起来，跟方才那个活死人一般无二。

赵工躲在一旁看得触目惊心，刚刚进入黄金森林后见到的那些黄金尸骸就是眼前的活死人不成？这些变成了活死人的金匪，比之前的格罗莫夫恐怖百倍。格罗莫夫仍是血肉之躯，变成活死人的金匪却铜皮铁骨刀枪不入。赵工心下猜测，这个地方的黄金只怕并非真金，或许是数万年前陨石爆炸后产生的未知能量，与古虫的肉身混合在一起，凝固成了近似黄金的形态，沾上鲜血就会活过来，变为无数微小的金虫，钻入还没死掉的人身上，金虫与血肉细胞发生同化反应，并且侵入人脑，使之成为受其摆布的“黄金僵尸”。如果在金虫占据身体之前，该人已经气绝身亡，金虫也无法使其复生。

四周的金匪看见这一幕，吓得惊慌失措，乱成了一团。大腮帮子却杀红了眼，瞅准机会冲上前去，又撂倒两个金匪。娜佳也在一旁策应，打得一众金匪顾此失彼，应接不暇。

混战之际，猛然撞上一个身形高大的金匪，双手端着长枪瞄准，正欲开枪。大腮帮子与他只相距两三步，一举枪才发觉没子弹，当机立断把手枪朝对方面门掷去，抬腿踢在金匪的小肚子上，随即扑将过去。对方的长枪掉转不便，也把枪支扔下，与大腮帮子近身搏杀。两个人滚倒在地，互相击打对方的身体。那个金匪比大腮帮子高出一头，乍出一臂，一拳接一拳捣在大腮帮子面门之上，发出一阵沉闷的声响。大腮帮子满脸是血，紧紧抱住金匪往金树上撞。对方大骇，生怕自己撞在树上也变成活死人，忙用力抵住大腮帮子。身旁地势狭窄，两个人险些就被周围的金树穿成一串。

赵工和娜佳见状，都替大腮帮子捏了一把汗。娜佳想开枪替大腮帮子解围，然而方才一番混战，她手枪里的子弹也打光了。赵工瞥见旁边有个中枪死掉的金匪，身上背着一个鼓鼓囊囊的大皮兜子，手中的枪不知掉到了哪里，他以为皮兜子中或许有枪，赶紧抢步上前，拽过皮兜子打开一瞧，却见裹了一件金灿灿的物什，近乎寺庙之内护法天神所持的法器，猛然意识到这是大腮帮子等人从深山古墓中盗出的“九股降魔金杵”。赵工无暇多顾，抓起降魔杵砸向正与大腮帮子扭打在一处的金匪。这一下是奔脑袋去的，怎知这个金匪反应极快，听得脑后生风，急忙把头一偏，堪堪避开了这一击，脑袋躲了过去，身子可躲不过去，肩膀上结结实实挨了一下。赵工使上了全身的力气，再加上降魔杵分外沉重，砸得那金匪疼彻骨髓，口中一声怪叫，两手一松，身子滚倒在了一旁。大腮帮子趁势一跃而起，夺过赵工手中的降魔杵，不等金匪起身，就抡起降魔杵砸了金匪一个脑浆迸裂。

黄金森林中的枪声此时已然停止，一众金匪横尸遍地，只是混乱之中，没看见塔什哈是否也已毙命。赵工和大腮帮子还没把这口气喘匀，就见娜佳惊慌失措地跑了过来，几个一半金身的活死人在后面紧追不舍，继而将他们三个围在当中。大腮帮子将娜佳挡在身后，紧握手中降魔杵，使上了全身的力气，以泰山压顶之势狠狠砸在一个黄金僵尸的头顶上，只听当的一声，如同金戈相交铮铮作响，震得大腮帮子虎口发麻，九股降魔杵几乎脱手飞出去。一半金身的僵尸却浑然不觉，仍张牙舞爪向三人扑咬而来。大腮帮子虽然骁勇善战，此刻也无从应对，心说这一次恐怕是在劫难逃了！

生死关头，大腮帮子忽然灵光一现，想起当年上山打头排虎遇到的神婆曾让他记下石门上的怒目金刚形象，有朝一日可以救他一命。而今想来，那个怒目金刚手中所持的正是九股降魔杵。这个念头在他脑海中一闪而过，正所谓急中生智，人一旦到了危急关头，头脑中处理信息的速度将快出平常十倍。大腮帮子当即瞑目观想，“左手降魔杵、右手金刚橛，骷髅头饰、虎皮围裙，眉心有怒纹形似烈火，血盆巨口可吞三界，赤足踏莲台，碾压世间妖邪”的怒目金刚呼之欲出。说话只不过在一瞬之间，当他再次睁开眼的时候，刚刚挨了他一降魔杵的活死人已经扑至近前。大腮帮子纵身跃起，一杵击在黄金僵尸头顶天灵盖上，殊不知手中的九股降魔杵已注入不可思议的无上之力，灭尽三界六乘一切“鬼神、天魔、非人”之厄，在他这雷霆一击之下，活死人的一半金身立时朽如泥沙，崩塌溃散，就此倒地不起。大腮帮子绝处逢生，并没有半分迟疑，冲将过去将余下的活死人逐一击倒，又直着眼快步走向一个金匪的死尸。再瞧这个躺在地上的金匪，人长得精瘦精瘦，头顶的翻毛小帽遮住半张脸，扫帚钢眉铜铃眼，秤砣鼻子火盆嘴，身上黑衣黑裤，腰扎铜扣牛皮武装带，脚踏嵌金边的山袜子，乍一看跟其他金匪并无两样，却在大腿与小腿之间多扎了一圈兽皮。赵工听大腮帮子说过，在山里当过猎人的土匪有这个习惯，主要为了保护膝盖，再看大腮帮子脸上的神色，就知道这是塔什哈了！

而今的塔什哈早已不是当年见着小鼻子就要尿裤子的猎户了，他跟着金蝎子干了几年飞行队，反正也没想过有什么好下场，干脆破罐破摔，早就变得天不怕地不怕，太岁头上敢动土，老虎屁股也敢摸一把。可唯独一见大腮帮子，就觉得心惊胆战，脸憋得通红，舌头也捋不直，大气儿都不敢出。刚刚眼见着大腮帮子一照面就一枪打死了金蝎子，自己的主心骨死了，这可怎么办？又见黄金森林中的活死人到处乱窜，见人就抓，不分敌我，他躲也没处躲，藏也没地藏，只得趴在地上装死。偷眼瞧见大腮帮子往他这边快步走来，塔什哈明白躲不过去了，爬起来就想跑，早被大腮帮子赶将上来，飞起一脚踹倒在地。

塔什哈对自己身上有几斤几两的能耐一清二楚，他这两下子绝不是大腮帮子的对手，大腮帮子收拾他，如同猛猫伏鼠，当时就哆嗦成了一团。大腮帮子手举九股降魔杵，二目放火，怒不可遏，只问了他一句："你还有脸活吗？"

塔什哈全身颤抖，看不出是激动还是害怕，突然冒出一句："你这条命都是我爹拣回来的，你摸着良心说说，我们老索家的人对你如何？"

大腮帮子听他这么一说，蓦然想起了对自己恩重如山的索爷老两口，还有苦命的媳妇儿，十几年前的一桩桩往事历历在目，走马灯一样在眼前掠过。自己少年时走投无路，在深山老林里险些让山狸子咬死，多亏被老把头搭救，收留为徒带回家中，师娘见面头一天就给了自己一碗肉。当年上山打头排虎，出门那天早上，媳妇儿站在门口眼巴巴地看着自己，从此夫妻二人阴阳两隔，可怜肚子里的孩子还没降生就没了……可是转念之间，又想起塔什哈卖友投敌、为虎作伥，带着飞行队端了一个又一个密营，把自己和江上飞追得上天无路、入地无门。江上飞袭击森林警察队，为铁腿索爷和黑瞎子沟遇害的猎户报了仇，最后却惨死在他手上。他还够个一撇一捺吗？当年自己一点慈悲之心，没让江上飞在背后打死他，以至于留下他这个祸头，这些年有多少良善之人命丧他手？老把头泉下有知，岂能容他在世上作恶？一时间思绪如潮，心里头翻江倒海一般，又是愤慨，又是憋屈。

塔什哈趁大腮帮子出神之际，腕子忽然一翻，手中多了一柄短刀，合身就往前冲，直插大腮帮子心窝。这些年塔什哈跟着飞行队钻山入林，也经历了无数险情，如若不是心黑手狠，偷奸耍滑，专门朝别人背后开枪捅刀子，也根本活不到今天。他偷袭的这一下说不上十拿九稳，可也是保命的绝招，再加上早已丧尽天良，出手就是奔着要命的地方去的。大腮帮子无时无刻不在想找塔什哈报仇，塔什哈却也是一直惦记着置大腮帮子于死地，省得整天提心吊胆、东躲西藏。两个人都一门心思想把对方弄死，眼珠子几乎瞪出血来。

赵工和娜佳见状大吃一惊，齐声叫道："当心！"大腮帮子久经战阵，厮杀娴熟，几乎凭本能应变，抬腿一脚踢落了塔什哈手中的短刀，另一条腿勾踢连环，正兜在塔什哈下巴上，此乃黑瞎子沟老把头的绝技，豹子也踢得死，所以当地猎户送了他一个"铁腿索爷"的名号。大腮帮子得了索爷的真传，一脚将塔什哈踢得翻了一个跟头，跌落在锋利的金刺上，当场戳了个对穿。大腮帮子不等塔什哈挣扎，跟上去就是一降魔杵，砸碎了塔什哈的人头。

大腮帮子手握金杵站在原地，此刻大仇得报，他心里头又是痛快，又是难受，千头万绪百感交集，说不出来是个什么滋味儿，额头上黄豆大的汗珠子吧嗒吧嗒往下掉，恶战之余心神激荡，忽觉天旋地转，密密层层的金树在眼前乱晃，脚下站立不稳，重重跌倒在地。

赵工和娜佳见大腮帮子倒下，急忙上前将他扶起，使劲掐了几下人中。大腮帮子似有知觉，却仍二目紧闭。二人想尽快离开雷鸣电闪的黄金森林，架起昏厥的大腮帮子就走，可是一看周围的情形，两个人都惊呆了，经过刚才的一场恶战，黄金森林中到处是血肉模糊的死尸，血肉化开的金水已经凝固，有的蜷缩在地，有的四仰八叉，有的腹破肠穿挂在金刺上，枪支和匕首散落四周，身上的皮袄皮帽、腰间的铜扣皮带、脚上的山袜子，这一切与他们之前见到的黄金尸骸完全一致！

不等赵工和娜佳转过这个念头，头顶上炸雷响起，黄金森林再一次发出巨大的轰鸣，成千上万的金树一齐颤动，听得人肝胆皆颤。赵工但觉手足发麻，如同被一道电流穿透身子，失去五感的同时，意识也不复存在。不知过了多久，赵工发觉自己还没死，睁开眼四下里一看，横尸遍地的金匪已经不见了，周围也找不出任何战斗过的痕迹，刚才他们仨在黄金森林遭遇失踪多年的金匪，双方展开一场你死我活的恶战，大腮帮子用降魔杵将变成黄金僵尸的残匪一一击毙，仿佛只是噩梦中的经历。隔着大腮帮子，赵工都能感觉到娜佳身体的颤抖。他也觉得心惊胆战，双腿发软，如果之前的一切只是黄金森林带给他们的一场噩梦，那么三人身上的伤痕、娜佳打空子弹的手枪、枪口残存的硝烟的味道、大腮帮子气冲心田昏迷不醒却又如何解释？

让他们感到更恐怖的是，金树上的金叶子开始慢慢变小，金刺梢流出来的金水也开始倒流。一切好像都在往回跑，这到底是怎么了？赵工有种大难临头的预感，他和娜佳两人咬紧牙关，合力架上大腮帮子，继续寻找出路逃险。赵工抬头努力分辨方向，前方迷雾中似乎有一点微光，赶忙奔过去，眼看着走到头，微光却消失了。周围又一片漆黑。如此反复数次，始终找不到出路。黄金森林中迷雾缠绕，走来走去只似原地打转，二人筋疲力尽，只得先将大腮帮子放下。赵工看看一脸惊恐的娜佳，又看看双眼紧闭的大腮帮子，意识到三个人的生死存亡悬于一线，自己告诉自己一定要将娜佳和大腮帮子带出去，可是周围的雾越来越浓，罗盘指针混乱，也没有参照物指引方向，在这样的情况下，如何逃出黄金森林？

黄金森林上方黑云压顶，一道道蛟龙惊蛇似的闪电劈将下来，全擦着他们的头顶划过，四下里的金树挫裂之声不绝于耳，似将天崩地裂。赵工知道留给他们的时间不多了，竭力让自己镇定下来，重新捋了捋思路，盯着手表里一直倒转的表针出神，凡事必有因果顺序，如果黄金森林中的尸骸就是他们消灭的飞行队金匪，为什么他们先见到尸骸，接下来才与金匪发生激战？他冷不丁转出一个念头：黄金森林中的时间在倒退！他们三个人踏入黄金森林之际，似被感应雷击中，其实从那一瞬间起，时间就在不住闪回。黄金森林每发出一次轰鸣，时间就向后闪回一次。陨石撞击出的天坑地洞，不仅仅在洞底形成了黄金森林，同时也产生了扭曲的重力旋涡，下到天坑底部的人都会被卷入这个时间闪回的旋涡，并且越陷越深，再也别想逃出去。旋涡的尽头，正是远古时代陨石撞击形成天坑地洞的瞬间，到时候所有人都将灰飞烟灭，不会在时间的洪流中留下任何痕迹！

娜佳虽觉难以置信，但也只有这样才说得通。她按赵工的思路去想，三个人其实是困在了陨石撞击天坑迸发出的巨大电磁旋涡中。赵工不是物理学专业，不过触类旁通，多少也有所了解，身为知识分子，总得为自己的推测找点儿科学依据，不能全是猜测，否则过不了自己内心这一关。他觉得三人陷入的旋涡并非无形无质，手指脚尖上一阵阵地发麻，说明是被电流束缚住了，或许可以通过绝缘摆脱电磁乱流，也就是说，必须制造出一个相对绝缘的环境……

说话这时候，昏厥的大腮帮子睁开了眼，听到赵工的一番话，直如丈二和尚摸不着头脑，什么叫“相对绝缘”？赵工猛然想起了什么似的，顾不上和大腮帮子多说，扯下娜佳的背包，蹲在地上一通乱翻，找出了几捆契卡带来的炸药，激动得全身发抖。干燥的空气可以绝缘，而爆炸所产生的高温、高压，能够制造大量干燥的空气，形成相对绝缘空间，摆脱电磁的束缚，并且会维持一段时间，所以这炸药对他们三个人来说简直就是救命的稻草！不过赵工也知道，这一切只是他据理分析，至于引爆炸药之后能否脱离险境，他实在没有任何把握。大腮帮子一拍赵工肩膀说："有枣儿没枣儿先来上一杆子，不行再说别的！"

时间紧迫，谁也不敢耽搁，大腮帮子将几捆炸药全都集中在一处，他让娜佳和赵工往后退，自己用火把点燃引信，之后立即转身一个前扑，用身体把赵工和娜佳护在了下面。一秒、二秒、三秒……他们没有听到爆炸声。三人连忙爬起来一看，炸药爆炸产生的冲击波，在天坑特殊重力磁场影响下，竟然形成了一个气罩穹顶，把他们全包围在了里面。紧接着就听轰的一声巨响，气罩穹顶消失了，巨大的爆炸声在天坑深处反复回荡。三个人气血翻涌，耳鼓生疼，随着一阵弥漫的硝烟迎面扑来，火药味刺鼻，身上过电的感觉已荡然无存。

与此同时，上百条鱼穿过光雾从天而降，湖水紧接着从四面八方合拢下来，有如山洪暴发一般倾泻倒灌，三人转瞬间便已置身于滔滔湖水之中。赵工和娜佳一左一右拽住不会水的大腮帮子，在洪流中起起伏伏，全呛了一肚子水，只恨自己不是鱼。大腮帮子的金杵过于沉重，带着身子往下出溜，为了逃命也只得扔下。由于地下水的强烈冲击，天坑四周的洞壁再也承受不住，大块大块的乱石纷纷往下崩落。赵工心念如灰，好不容易死中求活逃出了黄金森林，仍不免葬身鱼腹。一想到"葬身鱼腹"这四个字，他冷不丁记起前几天在挑灶沟宿营之时，契卡抓来烤着吃的那条怪鱼，浑身长满倒刺，背鳍又黑又长，嘴里全是尖牙，其实与天坑地下湖中见到的古老鱼类几乎完全相同，这才恍然大悟——两地有暗河相通，金匪一定是从暗河进来的！

地下水越涨越高，赵工虽然意识到可以从水路逃出天坑，无奈激流汹涌，头顶有乱石落下，身边又有恶鱼威胁，他和娜佳还得死死拽住大腮帮子，根本顾不上去找暗河。就在这紧要关头，他在忽隐忽现的闪电光亮下，看见水面上有个黑乎乎的东西起起浮浮，再仔细一看，竟是初落天坑孤岛之时，被他们当成筏子渡水的断木。

赵工连忙招呼娜佳，拖上大腮帮子奋力游过去，紧紧抱住这根断木。二人先把大腮帮子推上去，接下来一前一后爬上断木，大腮帮子在前，赵工居中，娜佳在后。大腮帮子喘了几口气，心里踏实多了，三个人一起俯下身子，使出全身的力气拼命划水，使木筏接近天坑边缘，随着水流进入了一条他们之前未曾发现的暗河。但听身后的天坑仍在崩塌，巨大的岩层如同炮弹一般落入水中，声势惊天动地，激起了十几丈高的水柱，鱼群在水面上乱窜乱跳。赵工不敢回头，双手用力划水，心里只有一个念头——逃得越远越好。

地下河的水流迅猛湍急，四下里漆黑一片，位于当中位置的赵工甚至看不见大腮帮子的后脑勺。三个人已用尽全力，赵工只觉全身又冷又僵，昏昏沉沉地一动也不能动，支撑他的已不再是身体，而是内心的求生信念。行进过程中，他仿佛又听到身后传来了落水声，急忙扭过头去，但是太黑了，目光所及什么也看不见，再腾出一只手往后一摸，发觉身后的娜佳已经落入了水中。他正想下水救人，却又感觉身后的断木往下一沉，娜佳又从水中爬上断木，坐了上来，赵工这才松了一口气。三个人继续随波逐流在山腹中穿行，赵工只听得身边水声震耳欲聋，渐渐失去了意识。

也不知过了多久，赵工感觉前方天光刺目，亮得让人睁不开眼，旋即又昏死过去。等他再次醒来，已被水流带到了老爷岭下的挑灶沟，又不知怎么挣扎到了岸边，大腮帮子趴在他前面，张口吐着一肚子水，而身后的娜佳却不见了。赵工回想起来，当时漂流出天坑暗河之后，虽然双眼被突如其来的光亮刺得睁不开，身子也几乎散了架，但是仍可察觉自己身旁是一个人还是两个人，因此能够确定，娜佳和他们一同逃出了暗河。大腮帮子也和他一样，虽说没看见什么，却能够感觉得到确实是三个人一起出来的。赵工自思自量，或许是娜佳提前醒来，不想让他们为难，因此选择不告而别。而她一个金发碧眼的异国人，身处于大兴安岭的深山密林之中，又能去哪儿呢？

赵工和大腮帮子虽从天坑中脱险，却深知此事不好交代，出发的时候一行六人，回来就剩下两个人了，三个外国人全没了，多少会让人有不好的联想。他俩商量一番之后统一了口径，只得说在拍摄结束归来的途中不幸遇上了山洪，六个人被洪水冲散，他俩也是最后才偶然遇上，其余的人都已不知去向，在周围找了很久也没找到。之所以说这个谎，并非是他们有意隐瞒实情，皆因这里面牵扯的线索太多，他俩又提供不了任何证据，难道让他们照实说，六个人一起跌入了天坑地洞，发现一村子的活死人，警卫员小陈就是被这些活死人咬死，大胡子导演格罗莫夫则是职业骗子，娜佳和契卡是白俄分子，他们又击毙了 1947 年失踪的金匪？这些个话鬼也不信，就如同大腮帮子当过土匪的历史问题，根本说不清楚，索性守口如瓶，让一切归于平静。

好在三个外国人的身份均系伪造，不好继续追查，到后来这件事也就这么不了了之。

大腮帮子凭记忆回去找过天坑的洞口，不知是洞口太隐蔽，还是由于山体塌陷，将天坑中的一切秘密深埋在了地下，总之再也找不到了。他报仇的心愿已了，按说是了无牵挂了，可是人这一辈子就这样，一件事干完了，后面总还有另一件事在等着你。大腮帮子又托人写信，请胶东的战友帮他打听母亲和两个妹妹的下落，结果还真找到了。家中老娘早已去世多年，两个妹妹分别嫁人成家，都已身为人母，膝下儿女成群。他抽空回了趟老家，去看望两个妹妹。兄妹相见，其实已经不认识了，但终归是骨肉相连，免不了又是一番唏嘘感慨。转过年来，大腮帮子离开了大兴安岭林场，并未再去胶东老家，他孤家寡人一个，要是回去和妹妹一家子住在一起，怎么说也不是个事，所以就在长白山下的一个猎屯中落了户。因为从他少年之时就跟父亲闯关东到了东北，早已习惯了深山老林中打猎的生活，不让他干别的还行，要是不让他打猎，心里头就痒痒，所以仍在山里当猎人。胶东老家的妹妹又烦人托窍帮他说了个媳妇儿，他默默无闻地在猎屯中一住就是一辈子。终其一生，从没对外人提及过往的经历，当地人只知道他当过兵打过仗，打猎是把好手，一年去黑瞎子沟的坟前拜扫两次，别的就一概不知了。我和表哥也是从赵工口中得知，这个大腮帮子不是旁人，表哥得称他一声“四舅爷”。

至于赵工，他作为一个知识分子，想的当然比别人多，在经历了那一切变故之后，他更懂得珍视生命了，尽管后来随着中苏关系日趋紧张，由于他会说俄语，翻译过好几部苏联电影，又跟苏联人拍过纪录片，一度成了众矢之的，甚至被扣上了“修正主义分子”的帽子，送到新疆戈壁荒滩上进行劳动改造，没少吃苦，却都挺了过来。想想在老爷岭天坑中遇到的生死困境，吃苦受累又算什么？根据社会发展的必然规律，人类终将找到普遍的真理，在这个过程中，个人的苦难再深也显得渺小。正所谓见过生死的人，就不会再把区区几十年的人生看得太重，世间的一切都只是过眼云烟。然而仍有一件事让他牵肠挂肚、念念不忘，这三十几年来，他还一直惦记着娜佳的下落。娜佳为什么不告而别？逃出老爷岭天坑之后，娜佳究竟去了什么地方？

我和表哥听赵工讲这个故事的时候年岁还比较小，留下的印象并不深，只记得赵工说到最后，打开窗子望向远方，陷入了长久的沉思。窗子边墙上挂着一个相框，相框里放着一块苏联基洛夫手表，时针、分针、秒针都指向 12 点，静止不动。若干年后表哥突然告诉我，娜佳并没有逃出天坑，当时就死在了地底。跟随赵工和大腮帮子逃出天坑的另有其人，当时暗河上一片漆黑，即使前后两人相距咫尺，也看不见对方的脸。而在娜佳落水之后，爬上断木的那个人，就是匪首一只眼金蝎子，真正的匪号叫“血蘑菇”。常年当土匪的大多擅长匿形换貌，这个人一直隐姓埋名躲在长白山！

《天坑追匪》全文完

附：天下霸唱作品名录

《凶宅猛鬼》（无实体书）

《鬼吹灯 1：精绝古城》

《鬼吹灯 2：龙岭迷窟》

《鬼吹灯 3：云南虫谷》

《鬼吹灯 4：昆仑神宫》

《鬼吹灯 5：黄皮子坟》

《鬼吹灯 6：南海归墟》

《鬼吹灯 7：怒晴湘西》

《鬼吹灯 8：巫峡棺山》

《贼猫》（又名《金棺陵兽》）

《鬼吹灯之牧野诡事》

《死亡循环》

《死亡循环 2：门岭怪谈》

《地底世界 1：雾隐占婆》

《地底世界 2：楼兰妖耳》

《地底世界 3：神农天匦》

《地底世界 4：幽潜重泉》

《我的邻居是妖怪》

《河神：鬼水怪谈》

《鬼不语之仙墩鬼泣》

《无终仙境》

《摸金校尉之九幽将军》

《摸金玦之鬼门天师》

《迷航昆仑墟》

《大耍儿 1 西城风云》

《大耍儿 2 两肋插刀》

《大耍儿 3 生死有命》

《大耍儿 4 肝胆相照》（本系列作品仅限有声小说，喜马拉雅平台）

《天坑鹰猎》

《天坑追匪》

《天坑宝藏》

《崔老道捉妖 1 夜闯董妃坟》（四神斗三妖系列 1）

《崔老道捉妖 2 斗法定乾坤》（四神斗三妖系列 2）

《火神：九河龙蛇》（四神斗三妖系列 3）

《火神：白骨娘娘》（四神斗三妖系列 4）